第九届（2018—2020）小小说金麻雀奖获奖作家自选集
{杨晓敏　尹全生　梁小萍　陈兰　主编}

具丘山笔记

邢庆杰 ………… 著

中国出版集团
中译出版社

债钱	116
大号	119
晚点	123
钟离昧之死	126
霸王别姬的真相	129
韩信回乡	133
一只叫黄耳的狗	136
涵墨傲骨	138
白貔记	143
白夜行	145
具丘山记	151
蛇杀记	154
逃逸记	157
诈尸	158
空棺	162
百年魔咒	165
劈头者	169
宿仇	174
行规	178
祖传规矩	182
宽恕	186
宝刀	190
战地情结	194
兄弟墓	199
紫砂壶	203
追杀令	207
讨水	211
生命的消失	214
失衡	216
守望者	220
较量	224
漫长的守望	228

目录 CONTENTS

冬夜箴言	001
白鸦	005
绑架	009
初心	014
借款记	017
歧视的惩罚	020
有「短」的女人	023
心中的初恋	027
铺邻	030
一九七九年的鸡	033
步步惊心	038
顶雷	042
关系	046
《卖油翁》新编	048
埋地雷	051
电话里的歌声	056
善良的回报	060
搭车记	062
钓鱼记	066
凤岐画苑	070
面子	073
胡一刀的爱情故事	076
救援记	080
「喝一斤」婚史	084
无言的默契	088
越来越像领导	091
邂逅良家女子	093
拯救	096
真假皮夹克	101
羊汤馆	104
扎西的菜园子	107
讨债记	111

漫长的爱情	232
飘飞的汇款单	235
爬行表演	238
鸟语花香	240
剃头店	244
邪不压正	247
医者	251
秋天的礼物	253
窥视	256
卧底	259
特殊试卷	264

遗产密码	268
最后的旅行	271
杀猪记	275
深夜奇遇	278
求爱攻略	281
嬗变	284
玉米的馨香	288
生活是作品的灵魂（代后记）	292

冬夜箴言

纪然听到客厅有动静,就悄悄地下了床。他踩着暖暖的地板,慢慢向客厅移动。自从过了五十岁,纪然睡觉就非常浅,一点儿小动静就能惊醒。

客厅又有声音传来,他侧耳听了听,像是有人在轻声拉动抽屉。自从妻子和女儿去了澳大利亚,家里余他一个人后,他半夜经常被一些可疑的声音惊醒。但每次,都是虚惊一场。但这次的声音,似乎更真实一些。他走到玄关,偷眼往客厅里瞄去,借着窗外的光,他看到一个黑影正在电视橱内翻找东西。他的心脏忽然之间敲鼓般剧烈跳动起来!怕什么?他安慰自己,闯入者是贼,而我是这个房子的主人,害怕的应该是小偷才对。

他挪步到客厅,摸到客厅灯光的那一排开关,果断地按了下去!

灯光大亮!那个身影顿时清晰起来,他直起身,吃惊地看着纪然,似乎纪然是不速之客。四目相对,两人都愣了片刻。

对方是一个青年人,三十岁上下,刀条脸,身形消瘦,穿一件暗红色的旧面包服,长长的头发凌乱地披在肩上。

还是纪然首先打破了寂静,他轻声问:"你怎么进来的?"

刀条脸没有说话,下意识地往厨房瞟了一眼。

纪然明白了，他是从厨房爬进来的。是自己大意了，忘了关厨房的窗户。

纪然忽然之间就放松了下来，他觉得，这种事情并不像自己想象的那么可怕。

"你还真行，穿得这么厚，居然能爬上三楼，当过兵？"

刀条脸不说话，满脸大汗，眼珠子不停地转动着，像在思谋对策。

纪然说："你别紧张，我就一个人，你坐下，咱俩唠唠。"

刀条脸忽然从怀里掏出一把明晃晃的刀，上前一步顶在纪然的胸口，疯狂地叫道："你不准喊人！"

纪然心里慌了一下，但当他看到对方惊恐的眼神后，顿时泰然了，显然，对方比他更害怕。

纪然冲他笑了笑，小声问："是谁在喊人？你这么大声，要让左邻右舍听见，你还跑得了吗？"

对方愣了一下，显然，纪然的态度出乎他的想象。他压低了声音问："就你自己在家？"

纪然点了点头说："对对，你别紧张，咱坐下聊聊。"

刀条脸狠巴巴地说："我可没这闲工夫，你的钱在哪里？"

纪然看了看客厅的钟表说："现在是凌晨一点，离天亮还有六个小时，你不差这几分钟。"

刀条脸把刀塞入怀中。

纪然说："你坐下，咱们说几句话，我会给你钱的。"

刀条脸缓缓瘫坐在了沙发上，显然他也累坏了。

纪然给刀条脸倒了一杯白开水，又从茶几上的凉水杯里给他兑了点凉开水，小声说："你先喝杯水，看你出的这一头大汗。"

刀条脸端起水，一仰脖子全喝了下去。他的目光始终没有离开过纪然。

纪然问："你是新手吧？怎么在客厅找钱，谁会把钱放在客厅？"

刀条脸的表情也放松了下来，他忽然轻轻叹了口气说："唉！我以前从不入户，太不安全了，但现在的人都不带钱包了，真让人没法活。"

纪然说："是呀，大家都用手机微信、支付宝，谁还带钱包？"

刀条脸自己拿起茶几上的凉水杯，倒了一杯水，他冲纪然抱歉地笑了一下说："快渴死了，在你们小区绿化带里趴了半宿。"说完，他将水一口饮尽。

纪然说："一看你就是个新手，一般家庭，现金都放在卧室里，当然，现在谁家里也不会放很多现金。"

刀条脸一愣，脸色沉了下来。

纪然冲他笑了笑说："放心，一定不会让你空手走。"

刀条脸的脸这才松弛下来，他又给自己倒了一杯水，喝了下去。

纪然说："兄弟，我搭眼一看，你就不是真正的坏人，只是被生活逼得没法了，人都得活吧，是不是兄弟？要不是为了养家糊口，谁肯半夜三更地冒这个险，受这个累，对不对兄弟？"

刀条脸点了点头。

纪然说:"咱们分析一下哈,假如咱俩打起来,我是说假如,你捅我一刀子,我一喊人,这下坏了,我可能会受伤,也可能会丧命。而你呢,肯定跑不了,伤得我轻了,会坐牢,真捅死我,你也活不了了。兄弟,一看你也是个明白人,这样两败俱伤,你说划算不?"

刀条脸连连摇头说:"不划算不划算,哥,我不伤你,我只要钱。"

纪然说:"如果要双赢呢,你也别太贪心,我让你拿钱走人,你出了这个门,咱们就当从来没见过。这样,我保了个平安,你也弄了点饭钱,咋样,兄弟?你给个话!"

刀条脸连连点头说:"好,好!哥,这样最好。"

纪然说:"那你等一下,我去卧室给你拿钱。"

纪然进了卧室,刀条脸紧紧地跟着。

纪然从床头柜里拿出钱包,在刀条脸的注视下,把钱全拿了出来,有五六百元的样子。

纪然将钱递给刀条脸:"兄弟,就这些了,别嫌少。"

刀条脸将钱接过来,神色有些失望。

纪然说:"兄弟,咱到客厅,给你拿些值钱货。"

纪然在客厅翻了半天,又给刀条脸找了两条烟,一斤茶叶,还要找时,刀条脸不耐烦了,他把烟和茶叶拿起来说:"哥,就这样吧,我得走了。"

纪然轻轻打开门,把刀条脸送了出去。

刀条脸刚走出门,就被几个身穿制服的保安按在了地上。

一个保安说:"他刚爬进去就被我们发现了,我们不敢出声,怕他狗急跳墙,伤了人又劫持人质啥的,就一直守在门口。"

刀条脸拼命挣扎着,用乞求的目光看着他。

纪然问保安:"你们报警了吗?"

保安说:"当然报了,人都来了。"

纪然这才发现,几个人中,有两个是穿正规警服的,手里还拎着手铐。

纪然转过脸对刀条脸说:"不要怕,你没伤人,钱是我主动给你的,不会有大事。"

刀条脸不再挣扎,老老实实地被戴上手铐后,他忽然跪在了纪然面前,连磕了三个响头。

纪然感觉内心一阵酸楚,他背过身去,不让别人看到他眼里的泪光。

白 鸦

那对白色的乌鸦从空中扑向他的一瞬间,朱老三从梦中惊醒了,直挺挺地坐了起来,脸上、身上全是汗珠子。

窗外,电闪雷鸣,雨声如瀑。

奇怪,好多年前的事了,咋又梦见它了呢?

朱老三翻身下了床,右腿画着半圆,一瘸一拐地走到饭桌前，给自己倒了一杯白开水。

大前年的一天早晨，朱老三起床的时候，右腿忽然就不听使唤了，西医、中医都看了，打了无数针，吃了无数药，大半辈子的积蓄都花光了，也没治好。

朱老三重新躺到床上，却再也睡不着了，外面的雷雨声倒没影响他，他的脑子里，全是那对白色的乌鸦。

朱老三是个护林员，已经干了二十多年了。护林员主要职责就是防火防盗伐。盗伐树木是要入刑的，所以，真的敢来伐树的人并不多，最让他头痛的，是那些来砍树枝的半大孩子，他们专瞅他中午打盹的时候，选个离他远一些的地方，猴子一样上了树，专拣手腕粗细的大树枝子砍。等他听到动静赶过去时，他们早就拉着树枝跑远了。

那年月，农村穷，老百姓买不起煤，冬天取暖做饭，全靠晒干的树枝子这种"硬柴火"。自家的树枝不够烧，就都打起了集体林场的主意。朱老三原则性很强，他自己决不上树砍树枝子，而是用绳钩子把树上已经枯死的树枝子钩下来用。这样当然不会收集到大量的柴火，但朱老三还有一个办法：拆鸟窝。一个硕大的鸟窝，足够一家人烧多半个月的。这是朱老三的特权，因为鸟窝都筑得非常结实，短时间内是不可能弄下来的，别人都没有机会。

那年冬天，朱老三的儿子刚刚出生，家里那三间四面透风的房子更需要取暖。他就把留了多年的一个最大的鸟窝拆了。那个鸟窝足有一间房子那么大，他从中午一直拆到太阳西斜。拆到最里层时，竟有了意外的收获：里面有四只鸟蛋。他把鸟蛋放在口袋里，就顺着树干溜了下来。

朱老三用地排车把拆下来的柴火运到家里时，太阳已经落山了，整个天空红彤彤的，让寒冷的冬天有了一丝暖意。他正从地排车上往下卸柴火，忽然面前掠过一阵冷风，他下意识地缩了缩头。一只鸟儿贴着他的头皮飞了过去，头皮火辣辣地疼，用手一摸，满手掌的鲜血。他惊恐地抬起头，恰好看见两个白色的影子冲他俯冲了下来！他从地上抄起一根木棍，迎面抢了出去。鸟儿惊叫着，留下了几片白色的羽毛，落在了对面的房顶上。是乌鸦，两只罕见的纯白色乌鸦，冲他愤怒地鸣叫！他忽然明白了，下午拆的鸟窝，应该是这两只白鸦的，它们来寻仇了。

那天晚上，他把四只鸟蛋煮了，给妻子补充了营养。两只白鸦在他的屋顶上叫了一夜，吵得他和妻子一夜都没睡好，孩子更是不停地哭叫。第二天一早，孩子发了高烧，他请来村里的赤脚医生，折腾了一天，也没让孩子退下烧来。第三天，等他把孩子送到镇上的卫生院时，孩子已经没有呼吸了。妻子当天就精神失常了，几天后在村后的河里淹死了，不知是失足，还是投河自尽。

朱老三把鸟枪装满弹药，开始找那两只白鸦寻仇，但那两只白鸦再也没有出现过。

天快亮的时候，朱老三打了个盹，醒来时太阳已经一竿子高了。

推开屋门，朱老三吃了一惊：门前的水洼里，躺着两只白色的乌鸦。望着曾经的仇家，朱老三竟没有丝毫复仇的快感,而是从心底升起一阵兔死狐悲的伤感:它们也老了,经不起大的风雨了。

他踩着一地的泥泞,走出院子,吃惊地发现,院外的小路上,躺着十多只死鸟,有燕子、麻雀、啄木鸟……昨天晚上的风雨太大了,无家可归的鸟儿都被风雨打了下来。

把所有的鸟儿都埋葬之后,朱老三的心情变得异常沉重,脑海里不断闪现二十几年来他拆除的那一个个鸟窝,他第一次感觉到,那不但是谋财害命,也是作孽……

朱老三开始行动,是三天以后的事情了。他找出了祖传的木匠家什,伐倒了两棵枯死的榆树,用大锯把它们拆成板子,开始在护林屋里制造鸟窝。他有祖传的手艺,整个鸟窝,没用一颗钉子,所有的木板都是用卯榫扣起来的,板子之间的缝隙全部用蜂蜡封得密不透风。鸟窝的出口处,上下各安上了一个巴掌大的平板,上面的遮雨,下面的供鸟儿站立。他对自己设计的鸟窝非常满意,就按这个样品,日夜不停地做,困了就睡一会儿,饿了就啃个馒头,渴了就喝点开水。一个多月后,他把所有的木板都用完了。他数了数,共做了四十八个鸟窝。

朱老三休息了一天,炖了一只自己养的老母鸡,美美地犒劳了自己一下。

他觉得自己体力恢复了,就扛着一把轻巧的竹梯子,把鸟窝一个一个地安在林场的树上。他的口袋里装着泡透的小米,每安好一个鸟窝,他就撒一把在鸟窝入口的木板上,用以吸引鸟儿来这里安家。

朱老三用了十几天的工夫，才把四十八个鸟窝均匀地安在了林场的各个部位。最远的地方，离护林屋有三四里路。在来来回回的路上，他欣喜地发现，最早安装的几个鸟窝，已经有鸟出入了。

在安装完最后一个鸟窝回来的路上，他忽然觉得有什么地方不太对劲，停下来想了想，却想不出什么，就不再想。继续走了几步，他才发现，自己的右腿不知什么时候不画圈了，恢复正常了。

他的目光停留在一棵枯死的槐树上，他在心里估算着能做多少个鸟窝。

绑　架

已经是第三天了，送钱的事儿还毫无消息。

二贵看着被绑在角落里的苟三，一根接一根地抽着劣质香烟，眼睛里布满血丝。

"兄弟，给我一根烟吧。"苟三哀求道。

二贵一言不发，从口袋里掏出已经挤扁的烟盒子，里面还有五根烟，全被挤得不成样子了，就像二贵现下的生活。二贵从中挑选了一根保留得较好一点的，送到苟三的嘴边，然后替他点上。

二贵绑架苟三，纯属无奈。二贵是一个民工，常年在外面打工，结果妻子在家红杏出墙，后来抛下七岁的儿子跟一个男人跑了。二贵只得把儿子接到他打工的城市，送进了一家条件很简陋的私立小学。本来，爷儿俩在一起也挺好的，尽管儿子的学费用去了他每月收入的三分之一，可只要儿子在眼前，二贵就觉得这日子有盼头。不幸的是，眼下儿子病了，住在本市的中医院里，医院张口就要五万元的押金，缴不上押金，医院就不安排手术。

二贵借遍了所有能借到钱的工友、老乡，只凑了一万多元。这些工友、老乡也都是建筑工地上的民工，每到过年，老板才发薪水，平时，只发一点儿可怜的生活费。

被逼无奈的二贵决定铤而走险。在选择下手目标的时候，二贵想起了苟三。苟三是一个商人，年近五十，这几年赚了不少钱，在郊区一个风景秀丽的地方建了一栋别墅，娶了一个二十多岁的漂亮女人。二贵之所以想到他，是因为那栋别墅是二贵他们给建的。当时二贵还想，在这么个前不着村后不着店的地方过日子，如果碰到个什么事儿，喊破喉咙也没人听见呀！

二贵在苟三门前的树林里守了两天两夜，终于发现了苟三的一个习惯。苟三喜欢晚饭后在他别墅附近的野地里散步。于是，第三天，苟三刚一出门，就被二贵罩进了一只麻袋里，然后，二贵扛着他就跑。苟三在里面又喊又叫，又扭又蹬，但丝毫不起作用。二贵一口气把他扛到了这里。这是荒野里的一个砖窑厂，由于现在地方政府不允许再烧砖，窑就废弃了，但窑洞内很宽敞，且空无一人。二贵把苟三扔在了一个不易发现的偏窑里，然后掏出手机，让苟三给他老婆打电话，拿五万元钱赎人。

苟三给老婆打完电话后，居然笑了。苟三说："兄弟，你可把我吓坏了，我以为你要多少钱呢，区区五万元钱，用得着使这种手段吗？"

见二贵不出声儿，苟三又说："你知道你在干什么吗？这是绑架，是犯罪，看你的样子也不像坏人，你要真的有难处，找到我的门上，我会送你五万元的，你何必冒这个险呢？"

二贵羞愧地低下了头。过了好久，他才含着眼泪把儿子的事儿说了。

苟三叹了口气说："你也不打听打听，我一年光资助穷困学生，就要掏几十万元，你遇到这个难处，给我说一声，我能不给你吗？你这么做是在毁自己呀！"

二贵咬了咬牙说："只要儿子的病治好了，我就去自首。"

苟三摇了摇头说："你自首了，你儿子怎么办？"

二贵蹲在地上，双手拼命地抓自己的头发，一会儿，就落了满地的碎发。

苟三说："好吧，等钱送到了，我们就分道扬镳，这件事儿就当没有发生过。记住，以后可千万不能再干这种蠢事了。"

二贵一个劲儿地点头。

三天过去了，两个人吃完了二贵准备的所有食物，钱却仍然没有送到。

电话每天都打，苟三的老婆每次都应得好好的，说是一会儿就送到,但却一直不见人影儿。

苟三有些担心了,他问二贵:"这个娘们儿,她不会是报警了吧?"

二贵用两只疲惫的眼睛直勾勾地盯着他,却一言不发。

苟三又说:"不会的,她不会拿我的命做赌注的。"

其实,二贵已经从内心里可怜起这个有钱人了。

就在刚才,女人给他发了一条短信,让他做掉苟三,她付二十万元。

二贵在心里掂量来掂量去。

苟三资助穷困学生的善举二贵早有耳闻,在为他家建别墅的时候,二贵和工友们每天下了班后,谈得最多的,除了女人,就是苟三。

可是苟三怎么偏偏就娶了这么一个恶毒的女人呢?

二贵掏出匕首,走近了苟三。

苟三一惊,叱道:"兄弟,别干傻事,你儿子还等着你呢!"

二贵几下将苟三身上的绳子挑断,叹了口气说:"我们都是可怜人呢,你有钱又怎么样?"

说完,二贵扔下匕首,头也不回地走了。

直到走出这个砖窑厂,走上乡间小路,二贵才有些害怕起来。毕竟,是他绑架了苟三,如果苟三报了警,自己"进去"是小事,儿子怎么办?

他开始留意过往的车辆,想打车尽快赶到中医院,然后带儿子逃回老家,到了老家,兴许能从街坊邻居和亲戚们那儿凑足儿子的手术费。

可在这荒郊野外，连辆出租车的影子也见不着，私家车过去了几辆，可二贵怎么摆手人家都不停。二贵只得撒开脚丫子猛跑起来，累了，就靠在树上歇一会儿。跑了三个多小时，他终于到了城边，也终于打上了一辆出租车。

二贵赶到儿子的病房时，发现床已经空了，一个护士正在收拾。他感到有些不妙，颤着声儿问："这床上的小孩呢？"

护士边忙活着边说，进手术室了，估计这会儿手术快做完了。

二贵又找到了手术室，儿子刚好被推出来，见了他，微弱地叫了声："爸爸！"

二贵的眼泪像小溪一样淌了下来。

推车的护士摘下了口罩，高兴地对他说："你儿子的手术非常成功，疗养一个多月就可以出院了。"

二贵诧异地问："那，钱怎么办呢？"

护士也诧异地问："你不知道吗？有位姓苟的先生刚刚为你缴了十万元，连后期的疗养费也足够了。"

二贵脑子一转：是他，一定是他。

二贵对儿子说："儿子，你在病房里等着爸爸，爸爸出去一下。"

二贵想：等会儿见了他，一定给他磕个头，向他发誓，这钱我一定会还！同时，还要告诉他，注意身边的那个女人……

可二贵刚出了医院的楼梯间，就见两个警察冲他走了过来。后面跟着的，是苟三，他整张脸上写满惋惜。

初 心

太阳刚刚落山，千户营派出所指导员钟方格就接到县公安局指挥中心的指令，要他组织全所所有民警、辅警在晚上8点前到局里集结。

千户营是本县最偏远的一个乡，离县城四十多公里，而且全是窄窄的乡村公路，没有一个小时到不了。自从李所长半个多月前被局里抽调到外地执行任务，所里的工作一直由钟方格负责。他当即把所里的十几个人召集起来，分乘三辆车赶赴县公安局。

今天又是什么任务呢？钟方格脑子里打了一个大大的问号。作为一名刑警出身的资深警察，他已经多次被抽调参加局里的紧急行动了，知道只有集合起来，把手机都收上去以后，才会知道行动地点和目标。

一个小时后，钟方格接到了具体的抓捕任务：去端一个涉毒的地下酒吧。

行动起初很顺利，钟方格他们从前后两边同时破门而入，把七八个正在吞云吐雾的人堵在了屋子里。

"蹲下蹲下，抱头抱头……"

在一片呵斥声中，钟方格看到了一个人，脑袋"嗡"地响了一下，暗叫：真倒霉。

那个人既不抱头，也不蹲下，他安坐在沙发上，悠闲地吸着一支烟。

竟然是县公安局新到任的副局长刘东来。

见他不配合，一个民警拿出了手铐……

怎么办？钟方格的大脑急速运转起来。

钟方格原是刑警大队的一名中队长，参加工作以来，屡次立功，本来前途一片光明。六年前，他端掉了一个拦路抢劫的团伙，团伙的头头，竟然是局长的表侄。局长让他想办法给表侄脱罪，但当时铁证如山，他不愿昧着良心办假案，最后局长的表侄被判了十年。事后不久，他就被调到那个偏远的千户营派出所，成了一名普通民警。几年来，他一直被压制着，几次与升职的机会擦肩而过。直到去年，那个局长被纪委"双规"，新来的陈局长上任，了解到他的情况后，才把他提拔为派出所指导员。最近，局里空出一个刑警大队长的位置，听说要搞竞争上岗，钟方格觉得自己东山再起的机会来了……可是，就在这个节骨眼上……偏偏这个刘副局长就是分管刑警大队的，今天要是得罪了他，恐怕这次竞争上岗又没戏了……唉！刘副局长怎么会有这么个恶习呢？……

钟方格的这些思想纠结，只在电光石火之间。他下了决心的时候，那个民警已经给刘东来戴上了手铐……

钟方格大喝了一声："都带走！"

刘东来冷漠地扫了他一眼，顺从地和其他"瘾君子"一起被押了出去。

钟方格把抓捕的人员全部押送到局里，关进拘留室，就算完成了任务。

他在公安局院子里转了好几圈，纠结了一阵子，觉得还是应该把刘东来的事儿向一把手汇报一下。

陈局长上任以来，只要晚上有行动，他肯定在办公室值守，随时听取汇报，下达指示。

他敲了门，刚进陈局长的办公室，就听到有人喊道："钟大指导员回来了，刚才好威风呀！"

竟然是刘东来，他正坐在陈局长办公桌对面的椅子上，冲他微笑。

他吓了一跳，问："刘局，您您……您是怎么跑出来的？"

陈局长笑了笑说："提前没有告诉你，今天晚上，刘局是卧底，是配合你们行动的，要不，你怎么会抓得这么准？！"

钟方格恍然大悟，心里的一块石头总算落了地。

他不好意思地对刘东来说："刘局，对不起，我怎么也想不到，这么个小案子，您会亲自去卧底。"

陈局长大笑了两声，说："刘局可不是专门为了去做卧底，主要的，是对你进行一场特殊考察呀！"

钟方格的汗都要下来了：今天晚上的行动，竟然包含着对自己的考察，好悬呀……

陈局长过来，拍了拍他的肩膀说："方格同志，我知道你以前受到过不公正的待遇，所以我想了解一下，你经历了那一次被降职之后，还是否保留一颗初心。"

刘东来走过来，紧紧握住他的手说："方格老弟，恭喜你，你给我们递交了一份合格的答卷。"

钟方格心情骤然舒朗起来，他大着胆子问："领导，那这次竞争上岗,什么时候开始?"

陈局长和刘东来相视一笑,几乎同时说:"已经结束了。"

见钟方格不解,刘东来说:"这次我们不搞上台演讲那一套,玩的实战!"

钟方格大喜,他立即给两位领导分别敬了个标准的礼!

几天后,钟方格如愿地担任了刑警大队长,干起了他所热爱的老本行。

借款记

电视上正演着抗日剧,老郝却无心观看。开着电视,只是他打发寂寞的惯用办法。多年前,妻子因病去世后,儿子先是在省城上大学,读研,后来又在省城当了大学老师,他一直一个人过日子。每天回来,他第一时间打开电视,让屋里有了响声,然后再动手做饭。今晚他无心做饭,一根接一根地抽着烟,烟灰缸里的烟头已经满了。

手机响了,竟然是初中同学崔仁义打来的。他们虽是老同学,但因社会地位悬殊,平时很少联系。崔仁义很热情地问他在不在家,说有点儿事想和他商量。

老郝初中毕业后就接班进化肥厂当了工人。崔仁义却一路读到大学,毕业后分配到了行政单位,多年前就当上了县水利局局长。他们住在一个小区,虽然一个住独栋别墅,一个住两室一厅的平层，但平日里还是免不了碰面。开始，老郝见了他总是热情地打招呼，但崔仁义每次都是板着脸点点头，一丝笑意也没有。老郝知道人家这是刻意和他保持距离，以后就尽量躲着他。

当下，老郝的儿子在省城找了女朋友，买房子成为迫在眉睫的大事。他已经跑了好几趟省城，和儿子以及未来的儿媳一块看了多处楼盘，无奈都贵得远远超出他的承担能力。最后，他们只得在郊县定了一套八十多平方米的，也要一百二十多万元。他收入有限，虽然一直省吃俭用，却仅存有七万多元。为了凑足三十万元首付，他几乎借遍了所有能借到钱的人。就在昨天，他向初中同学赵云借钱时，赵云还提过让他找找崔仁义。

……多年以前，儿子考上大学，老郝却连学费也拿不出来。治妻子的病早把家底掏空了。他拉下脸，四处筹借，也只凑了不到一半，只好硬着头皮走进了崔仁义的家门。崔仁义对他还算客气，给他沏了茶，敬了烟，但一听到借钱，脸上就愁云密布，说了一大堆经济拮据的理由，最后，拿出了二百元钱，说算是孩子考上大学的份子钱，不用还了。那一刻，老郝恨不得找个地洞钻进去……后来，厂里知道了他的情况，发动全厂职工给他捐款，才让他迈过了那道坎……

崔仁义进门时，老郝已经将一只盖杯洗得干干净净，沏好了一杯茶。

崔仁义坐下后，问了问老郝的近况。老郝照实"汇报"了，也有意无意地说了给儿子买房的事儿。崔仁义这才说明来意，他从赵云那儿已经知道老郝正四处借钱。

崔仁义问:"你需要多少钱?"

老郝说:"首付三十万元,我已经凑了二十万元,还差……"

崔仁义霸气地打断他说:"咱交全款,这个钱我借给你,这些年我们一家省吃俭用的,攒了些钱……"

一番话,惊得老郝如在云里,如在梦中,一时竟然失语了,傻了般看着崔仁义。

崔仁义接着说:"当然,我是有条件的,这件事,只能天知地知你知我知,就连你交全款的事儿,也不能跟任何人提起……"

老郝赶紧说:"这个保证没问题,问题是借你这么多钱,我什么时候还得清呀?"

崔仁义笑道:"你贷银行的钱就不还了?你儿子儿媳都是大学老师,等过几年他们评上高级职称,两个人一年就能挣三四十万元,这点钱算什么?"

老郝心下顿时释然,人家是算好了他有这个偿还能力才肯借的,不过,这毕竟是个天大的人情,他对崔仁义千恩万谢。

崔仁义出去了一趟,回来时扛着一个破旧的编织袋子,他反手关上门,将袋子往地上一扔说:"你点点,这是一百万元。"

临走时,崔仁义把老郝打的借条撕得粉碎,有些生气地说:"你在厂里是多年的优秀党员,谁能信不过你?"

第二天，老郝先把这笔钱存到了自己的银行卡上，再转给了儿子。

几天后，老郝听到一个惊人的消息：崔仁义被县纪委留置了，工作人员搜遍了他的几套房子，却没有发现值钱的东西和现金……

老郝把自己关在屋子里，不断地抽烟，抽完了整整一包烟后，打通了儿子的电话。

"儿子，房款交上了吗？"

"还没呢，这几天太忙，没顾得上。"

"把钱转回来吧，要快。"

打完电话，老郝像卸下了一个沉重的包袱，把自己重重摔在了床上。

歧视的惩罚

我在建筑队的时候，最拿手的活儿是砌砖。

后来，我承包了一个工地，当了一个小头儿，俗称为"掌线"，官称为"工长"，管着百十个人。

这天，公司的朱副总来工地视察。老朱是八级瓦工出身，是行内的砌砖高手，有过一天砌砖2000块的纪录。他在工地转了一圈后，我带他到办公室喝茶。后来，不知道什么原因，我们把话题转到了砌砖方面，互不服气，越说越僵，就换上工作服，爬上脚手架，各砌一段墙比试起来。一个小时之后，我和老朱的汗都下来了，各自砌的那段墙也完成了，工人们评价：不相上下。我们相视一笑，都觉得过瘾。这时已经是中午了，我留老朱吃饭。

出了工地，就有一家新开的"肥羊羊"自助火锅店，每人五十元，羊肉管够，啤酒和散白酒可随意喝。我昨天刚在这儿吃过，还不错。我和老朱都累了，就打算在这里"凑合"一顿。谁知，我们刚到门口，就被瘦猴般的老板挡住了，他呵斥我们："干什么的？"

我一惊，不怒反笑："能干什么？打酱油能到你这里来吗？"

瘦老板说："不行，来我们这儿消费的，除了公务员就是白领，像你们这种一年下不了几次馆子的民工，我们接待不起。"

我这才发现，我和老朱都没有换衣服，都穿着建筑工的工作服呢！

我赶紧说："我们是搞管理的，只是忘了换衣服，我们不会像民工吃那么多的。"

瘦老板把头摇得像拨浪鼓："不行不行，您二位还是别处请吧，要不让保安轰你们了！"

老朱身家数千万元，到哪个大酒店都有漂亮的女经理高接远迎，哪受过这个气，脸都紫了。

我怕他发作起来不好收场，就拽着他离开了。我们到底还是回去换了衣服，然后他开车带我去了一家四星级酒店。

老朱是个有仇必报的家伙,喝着酒,他还是对刚才的事儿耿耿于怀。我也很气愤,表示要"教育"一下那个瘦猴般的老板。一瓶"古贝春"下肚,老朱的主意也出炉了。

按照我的安排,第二天一早,大家七点就上了班。

十一点,大家都下了脚手架,然后洗脸、换衣服。

十一点半,所有的弟兄们都进了"肥羊羊"火锅店。把所有的座位都坐满后,还有几个坐不下,就让服务员加了椅子。

瘦老板已经认不出西装革履的我了,见来了这么多人,小眼睛亮得像夜明珠。

大家开始风卷残云般大吃二喝。我的这些弟兄,都来自农村,真像瘦老板说的,一年也下不了几回馆子,平时都吃馒头,这下逮住了涮羊肉,都往狠里造。半个小时后,菜架子上的羊肉和柜台上的啤酒就都空了,餐厅内一片"上羊肉"……"上啤酒"……的叫喊声。

这一顿吃下来,弟兄们平均每人吃了二斤羊肉,喝了六瓶啤酒。瘦老板的脸都绿了。

第二天、第三天照旧。

瘦老板看出事情不好,第四天,他开始采取措施,让保安在门口拦着。但是区区两个保安,哪里是百十号民工的对手。况且,有些民工长得一表人才,西服一穿,谁也弄不清是干什么的。老板打了110,"110"五分钟就赶到了,一问,民工很委屈:"我们拿钱吃饭,触犯了哪门子王法呀?""110"把瘦老板熊了一顿:"这警能随便报吗?再乱报,就算你扰警!"

瘦老板的脸像霜打的茄子。

第五天一大早，瘦老板来到了工地办公室，进门就点头哈腰，求我"高抬贵手"。

我说："我们可以收手，但是，我们工地的午餐费是每人五元，为了'教育'你，我提高到了每人五十元，每天多出四千五百元，四天共一万八千元，这笔钱得你出！"

瘦老板当即就蹦起来了："你……你这是敲诈！"

我微笑着说："你可以报警，可以去法院告我，要不我们继续去吃，要不你就关门别干了。"

瘦老板的小眼珠子转了几圈，终于泄了气，他小心地凑到我面前问："能不能少要点儿？我做点小生意也不容易。"

我说："我们当民工的就容易了？到处被人看不起，花钱吃饭都进不了门。"

瘦老板哭了："我错了还不行吗？我再也不敢瞧不起民工了。"

我冷冷地说："做错了事是要受到惩罚的，这就是对歧视的惩罚。"

有"短"的女人

20世纪80年代后期，我在五合村开过几年诊所。

这天早上，我刚刷完牙，正漱着口，诊所的门就被拍响了，声音很大、很急。

我问："谁呀？"

"兄弟！我是玉珠！快开门！"

我赶紧拉开门，见柳玉珠一手扶着门框，一只手捂着洇着鲜血的下腹，弯着腰站在门口，原本清丽的俏脸因为痛苦扭曲变形了，还溢满了汗水。

我赶紧扶她进来，一边搀她躺在病床上，一边问："怎么搞的？"

玉珠摇了摇头说："别问了，小肚子上捅了个口子，赶快给我包上。"

看出血的位置，伤口应该在肚脐以下，我解开她用红布条做的腰带时，她下意识地抓住了我的手，两只秀美的眼睛紧紧盯着我。

我冲她笑了笑说："这是疗伤，必需的。"

她仍然紧紧地抓住我的手说："你关上门。"

我回身把门关上，问她："这么大个事，你家大哥咋不陪你来？"

她摇了摇头，泪水顺眼角滴落到枕巾上。

腰带系的死扣，我怎么也解不开，在征得她同意后，把打结的地方用剪刀剪开了。伤口呈不规则的三角形，在脐下两寸多的地方，不深。我用酒精棉球给伤口消了毒，敷上消炎药，几分钟就包扎完毕了。

我猜想，她这伤八成是牛胜勇弄的。

事后玉珠的娘家人找上门来闹，证明我的猜测是对的。

那天早上，牛胜勇趁她熟睡，想解开她的腰带，可是怎么都解不开，就拿剪刀剪，这时玉珠醒了，两个人在争执中误伤了玉珠。

玉珠是从很远的地方嫁过来的，结婚那天，有人看见，她从马车上下来时，手脚都是捆着的，脸上的泪痕都风干了。

牛胜勇的爷爷是地主，早年因为他家成分不好，牛胜勇又长了一张麻子脸，一直没有女人肯嫁给他。玉珠进门那一年，他已经三十多岁了。那年月的农村，三十多岁就是老光棍了。谁也没想到，他这种条件的老光棍竟然娶了个天仙般的女人。

成亲当天，村里的长舌妇们就在门口议论，这么漂亮的女人嫁给牛胜勇，肯定有什么"短"。"短"在我们那里就是"短处""缺陷"或者"污点"的意思。果然，后来陆陆续续有传言传到村子，说玉珠在娘家时曾怀过孩子，而且打死也不肯说出男人是谁。后来孩子是打掉了，但她的婚姻大事却不好办，附近村里有条件不好的人家想娶她，但玉珠爹娘碍于人家知她有"短"，怕闺女嫁过去受委屈，就托人把她嫁到了一百多里以外的五合村。可是，这世上哪有不透风的墙呀！

这桩婚事从一开始就是玉珠的爹娘强行安排的，玉珠根本没看上牛胜勇。新婚那天，据听房的几个半大小子讲，两人床上床下地从晚上扭缠到早晨，进行了多个回合的较量，牛胜勇整整一夜没有得手。

时间一年两年地过去了。牛胜勇软硬兼施，最终过上了正常的夫妻生活。但是，玉珠的肚子却一直没有动静。

起初，大家都以为是牛胜勇不行。

村长酒后和他开玩笑说，柳玉珠怀不上孕，肯定是你不行呀！人家可是在娘家就怀过。

老光棍二嘎啦对他说，胜勇，你把嫂子借给我一宿，我保证能帮你种上。

又过了两年，牛胜勇无意中才发现，玉珠一直偷着吃避孕药，就把她一顿好揍，还闹着要离婚。这时候，玉珠三十出头了，她也认了命，向牛胜勇保证，以后不再吃避孕药了，生个孩子，和他好好过日子。但是，她想怀却怀不上了，中医西医都看了，人家告诉牛胜勇，她是长期服用避孕药，把生殖系统破坏了，永远怀不上了。

时光推进到90年代中后期，已经四十冒头的牛胜勇时来运转，靠养鸡发了财。有了钱的牛胜勇更加渴望有个后，盼子心切的他，竟然偷偷和一个发廊的洗头妹生了个儿子。

孩子满月后，牛胜勇用钱打发了洗头妹，理直气壮地把孩子抱回了家。他以为柳玉珠有"短"，而且他们生不出孩子全是她的错，她没有理由不接纳这个孩子。

不料，当天晚上，柳玉珠就吊死在牛棚里，牛胜勇发现时，人都硬了。村人知道后都道可惜，那一年，玉珠才三十出头，正是一个女人风姿绰约的年纪。

柳玉珠的娘家人闻讯后，纠集了一帮人想来闹事，被村长组织的上百名男子挡在了村外。村长将事情的来龙去脉告知了玉珠的娘家爹，她爹知道理亏，最后只提出一个要求：见闺女最后一面就走。村长答应了，但只允许几个近亲进村。

谁都没想到，玉珠爹掀开闺女脸上的烧纸后，在死去的闺女脸上啪啪甩了两记耳光,然后扭头就走了。

柳玉珠没能进牛家的祖坟,牛胜勇把她埋在了自己家的自留地里。

她下葬后不久,一个五十多岁的男人,醉倒在她的坟头,坟边扔了两个白酒瓶子。被人发现时,他已经人事不省。有人拨打了120,不一会儿就有救护车呼啸而来,把他拉走了。

这个男人是谁,至今无人知晓。

心中的初恋

男人经常在这条小巷尽头的树林里徘徊。

男人来一般是下午下班之后,夕阳西沉的时候。他步行来到小巷尽头的这片树林里,或静静地倚在一棵树上,或在一个很小的范围内转悠,眼睛时不时地向静静的小巷里扫上几眼。

男人来这里,是回忆初恋的。

这片小树林,是他初恋的地方。那时,他每天傍晚来到这里,从怀里取出一支短笛,轻轻地吹一首曲子,那个女孩就会出现在小巷里,然后,跑到树林里和他见面。那个女孩并不是特别的漂亮,但很清纯,两只眼睛非常秀气,一笑,还会露出两颗好看的小虎牙。那时,男人只要看到她,心里就有一种说不出的甜蜜和快乐。男人从来不舍得碰女孩子一下,就满足于面对面地站着说话，当时说了些什么，男人已经不记得了。其实，说什么都是无所谓的，只要那个女孩子站在他对面，就是最美的时光。

两人最终没能走到一起。女孩村里的地被县里的一家大企业征用了，扩建了一个新厂。作为交换，女孩和本村的很多女孩被招工，从城边村的农民成为吃商品粮的非农业户口的工人。而男人的村子离城很远，永远只能是农民。那是1988年，当时，一个有残疾的男性工人在城里找不到对象，而放眼农村的话，他可以随意挑选，会娶到一个非常漂亮的女人。这就是当时巨大的城乡差别，也是男人和女孩巨大的身份差别。

女孩的父母坚决反对两个人的事，男人的笛声再也引不出女孩的身影了。

女孩进了工厂后，很快就有了众多追求者。

女孩很快就嫁人了。

男人一个人苦苦地生活着，他在等，但连他自己也不知道在等什么。

在重重压力之下，男人在三十多岁的时候和一个高不成低不就的老姑娘成了家。两个人只在一起生活了两年，就平静地分开了。那老姑娘讨厌男人总是魂不守舍的样子。而男人也无法忍受老姑娘那古怪的脾气。

这些年世道已经变了，不但城乡差别缩小，农民进城打工也易如反掌。男人在城里找了一份工作，租了一间房子，远离了村里的流言蜚语。

在别人的眼里，男人就这么孤苦伶仃地一个人生活着。

但男人也有自己的乐趣。

男人的乐趣,就是在下班后,来到初恋的地方,回忆和女孩在一起的分分秒秒,回忆女孩那清纯的笑脸,那秀气的眼睛,还有可爱的小虎牙。男人觉得,世界上任何人也想不到,一个人可以靠甜蜜的回忆来感受幸福。

有一天,男人正沉浸在回忆中时,女孩出现在他的面前。女孩已经是女人了,她回娘家看望父母,意外地看到了男人。

男人有些激动,也有些尴尬,还夹杂着些许害羞。

女人很诧异,问男人来这里干什么。

男人不想说,也不好意思说,但经不住女人再三追问,只好说了。

女人哭了。她倚在一棵小法桐树上,哭得连树都颤动了。女人已经微微发福,小肚子有点儿鼓,眼角有了深深的皱纹,眼泪把眼线和口红都弄在了脸上。女人从包里掏出湿巾擦了擦脸,然后对男人说:"跟我走。"

男人问:"去哪里?"

女人说:"甭问,上车。"

男人上了女人开来的车。

女人把男人带到一所房子里,然后女人一把抱住男人说:"我对不起你。"

男人赶紧挣扎着说:"你干什么?"

女人说:"别害怕,他不在家,他嫌在企业挣钱少,去南方做生意了……"

此后,每隔几天,女人就约男人来家里幽会。

但是，男人并没有感受到以前的乐趣。男人越来越深地感觉到，这个女人和以前的那个女孩已经变成了两个人，没有什么关系了。而且男人再想那个女孩的时候，能想到的全是这个女人白花花的肉体，她把以前那个清纯女孩给无情地覆盖了。

男人开始拒绝女人的约会。

男人远离了那个女人之后，又能想起那个初恋时的女孩了：清纯的笑脸，秀气的眼睛，好看的小虎牙。

女人疯了般找男人，后来，她还是在这个树林里找到了男人。

男人说："求求你，放过我吧，你已经伤害过我一次了，不要再把我心中的初恋夺走了。"

女人终于哭着走了。

铺　邻

杨老三的羊汤馆开业那天，他的对面也开了一家铺子，是"老李家火烧铺"。

杨老三的羊杂汤是用羊骨头在蜂窝炉子上细火熬出来的，整整熬一宿，那真叫个香。羊杂是货真价实的新鲜羊下货，羊杂汤是自己放了各种香料煮的。

几天后，杨老三的羊汤馆火了，不但近处的居民来喝，很多道儿远的顾客也开着车来这里喝羊汤。杨老三陆续雇用了六个人，总算能照应过来了。

老李的火烧铺子也同时火了起来。他们两口子每天天不亮就开始和面，等有客人来时，已经做好了满满一大竹箩火烧。但这些火烧很快就会销售一空，他们再现做现卖，一刻也不得闲，门前还经常有十几个人等着。

人们吃早点的时间差别挺大，早一些的，六点就吃；晚一些的，能到十点。所以，上午这四个钟头，是喘气的工夫都没有的。只有过了十点，杨老三才能松口气儿。

这天上午，杨老三送走最后一位顾客，就遛到"老李家火烧铺"，掏出烟来，递一根给老李，叹口气说："真他娘的累死人了。"老李憨厚地笑说："累了好啊，不累就坏了。"杨老三问老李："这整天这么累死累活的，一个火烧能赚多少钱呢？"老李迟疑了一下，但随即就笑了，说："当着你这明白人不能说假话，一个火烧大体能赚两毛钱左右吧！"杨老三就在心里算了一笔账：自己每天卖一千多碗羊杂汤，老李就卖一千多个火烧，这还不算饭量大吃俩火烧的，这一千个火烧就赚二百块钱哪，一个月下来就是六千块呀！自己雇用了这么多人，每月除去各种费用，也不过赚七八千块钱，这老李就俩人，却赚这么多……正想着，老李递过来一根烟说："咱这是秃子跟着月亮走，沾大兄弟的光呀！"杨老三接过烟，笑了，笑得有些勉强。

从这天起，杨老三就有了个心病：老李每月这六千块钱是我这羊汤馆帮他赚的呀！要是这六千块钱是自己的多好……

几天后,杨老三做了一件大事儿:他在自己铺子旁租了间房,又开了一家火烧铺。他知道学不来老李的手艺,就弄了套现代化的电烤炉,按着使用说明试验了几次,也烤出了像模像样的火烧。他又雇用了两个人,专门做火烧。

开始的几天,还真的卖了不少,很多人图个新鲜,也想尝一尝杨老三的火烧,这一尝,每天就尝去了几百个。可几天以后,销量就开始大幅度下降了,一天只能卖几十个。杨老三发现,只有对面的火烧铺没了货时,才有等不及的顾客来买他的火烧。一个月下来,杨老三的火烧铺子亏了不少,但羊汤馆的生意还一如既往地忙,经常有人端着碗找不到座位。这使杨老三想出了一记狠招,他做了一个大牌子,写上:本店谢绝自带火烧。杨老三想,反正我这羊汤馆经常爆满,少来几个人也无所谓。

杨老三的这一招起初给他带来了点麻烦:有几个顾客不满意,和店里的员工发生了争执。但杨老三在这件事儿上一点儿也不含糊,他态度非常明确:本店就是这么个规定,谁不高兴可以自便。

有几个人被气走了,并扬言再也不来了。但杨老三的羊汤馆依旧生意兴隆。

"老李家火烧铺"门可罗雀。老李硬撑了几天,后来在一个晚上悄悄搬走了,不知去向。

老李搬走后,杨老三的羊汤馆也发生了变化。先是开车来的人不见了,后来只有在附近居住的老顾客光顾。连续多天，杨老三每天只能卖出二百多碗羊汤、二百多个火烧，他自己算了算，这样下去，每个月还赚不了两千块钱，比以前光开羊汤馆时差远了。

杨老三急于找出原因，他从自己的羊杂和羊汤上都没有找出任何毛病，就问一个老顾客："我这羊汤还是以前那羊汤吗？"

老顾客是位退休教师，他说："你这羊汤还是以前的羊汤，只是这火烧，可差远了。"

杨老三说："你们来这里不就是为了喝羊杂汤吗？对火烧还这么计较？"

老顾客说："吃着老李家那外酥里软的火烧，再喝你这羊杂汤，那真是香到心里去了，没了他那火烧，你这羊汤的味道大打折扣呀！"

杨老三半晌无语。

一九七九年的鸡

故事发生在1979年的春天。

一大早，吴二嫂就到处找那只棕红色的老母鸡。可是，她找遍了院里院外、房前屋后，也没见到这只鸡的影子。

吴二嫂一个多月没见到这只老母鸡下蛋了，每次见了它就骂"宰了你这不着调的玩意儿"，难道它听得懂，跑了？今儿是城里大集，吴二嫂早就打好了谱：今天一早就把这只鸡抓了，拎到集上换成钱，给男人抓药。男人病了五六天了，村里的先生也开好了药方，一直没钱抓药。

鸡没找到，这集也没赶成，自然也没法给男人抓药。吴二嫂一整天都闷闷的。吃过晚饭，她一个人出了门，想到支书那里借点钱，明天去把药抓了。男人今天咳得特别厉害，这病经不起拖了。

这天晚上月光明亮，吴二嫂走在月光里，周围的景致看得一清二楚。快到支书家时，她忽然闻到一股奇异的香味儿，她吸了吸鼻子，竟是炖鸡的味道。这不过年不过节的，谁家舍得炖鸡？她联想到自家失踪的母鸡，忽然警惕起来。她顺着鸡肉的香味儿，一直寻到一个大门口，仔细闻了闻，香味儿就是从这个院里传出来的。这个院子是村里的知青点，以前住了十几个知青，最近，知青们陆续回城了，只有小杜和小陈两个小伙子还留在这里。村里人议论，他们两个都因"朝中无人"，没有单位接收。

吴二嫂悄悄地进了院子，来到屋门前。借着亮如白昼的月光，她清晰地看到屋门外的台阶下，有一堆棕红色的鸡毛在夜风中瑟瑟抖动。她一时热血上涌，一脚踹开屋门，冲了进去！

两个年轻男人正对坐在八仙桌子前喝酒，惊得赶紧站了起来。

吴二嫂先指了指小杜，又指了指小陈，嘴唇哆嗦着说："你……你们——也老大不小了，怎么能干这种事？"

两人面面相觑，同时看向吴二嫂，问："怎么了？"

吴二嫂指着桌子上的那盆鸡肉说："你们偷了我的老母鸡，鸡毛还在门外呢，还敢不承认？"

小陈一听急了："吴二嫂，你可不能乱说呀！今天是小杜生日，这是他从集上买来的鸡……"

见他们不承认，吴二嫂又急又气，浑身直抖，她声泪俱下地说："你们真下得去手呀！俺还指望用这只鸡换钱，给孩子他爹抓药呢，没想到让你们偷吃了……"她越说越激动，竟然瘫坐在地上，大哭起来。

小杜赶紧上前来扶她："吴二嫂，别着急，你是说，你家吴二哥病了？"

吴二嫂甩开小杜的手说："你别碰俺，你赔俺的鸡，你们这两个挨千刀的……"

小杜急匆匆进了里屋，一会儿，他拿着一张十元的钞票出来，递到吴二嫂的手里说："吴二嫂，你别生气，是我不对，不知道你家里有病人，这钱你拿去给二哥治病吧！"

小陈大喊："小杜，你……"

小杜用手势制止住他说："你别管，这鸡是我捉来的，和你没关系。"

看着手里的十元"大钞"，吴二嫂止住了哭声，抽泣着说："俺现在可没钱找给你。"

小杜说："不用找了，多余的钱当我给二嫂赔罪了。"

吴二嫂说："那可不行，该咋着咋着，俺明天找开钱就还你。"

第二天，吴二嫂早饭后就骑上自行车进城了。村子离县城只有五六里路，吴二嫂脚下加紧，不到半个小时就进了城。她先到药材门市部抓了药，又去食品门市部割了一斤肉，就匆匆赶了回来。到村头时，已经响午了。她顾不上回家，直接奔向知青点。在路上，她盘算过了，一只鸡，按市场价格算，一般就是四五块钱，她家的这只鸡比较肥，足有四斤重，算五块钱应该不贵。她恰好剩了五块钱，正够还给小杜。没想到，她来到知青点时，屋里已经空荡荡的了。去问了支书，才知道小杜他们昨天就接到了回城的通知，今天一早就走了。

这一下吴二嫂蒙了，知青一旦回了城，很可能就不回来了。而且小杜回的这个"城"，不是她上午去的县城，是几百里之外的大城市。他这一走，去哪儿找他？欠人家的钱可怎么还呢？吴二嫂这时又想起了小杜的种种好处。他是知青队的队长，在生产队，脏活累活都是他带头干。吴二嫂家男人身体不好，干不了重活，她家的猪圈，每年都是小杜下了工，用晚上的时间给出圈，干这么重的活，却一顿饭也没吃过她的……唉，那只鸡，他吃了就吃了吧，干吗还要让他赔呢？都怪自个儿当时太冲动了……

吴二嫂纠结了好几天。

半个多月后，吴二嫂纠结的心情刚刚平静下来，那只棕红色的老母鸡就奇迹般出现在院子里，身边还围着十几只"叽叽喳喳"的小鸡。吴二嫂又惊又喜，她忽然之间全明白了：这只母鸡把蛋下到外面的一个隐秘之处，自己躲到那里去孵小鸡了。以前只听说过这种稀奇事儿，没想到这回竟让自己碰上了。可是，自己却冤枉了小杜，小杜真是个好人，明明自己没有偷鸡，却把事儿承担了下来，现在不但欠他的钱，还欠人家一个道歉呢！

吴二嫂又去问了支书，问了村里好多人，但没人知道小杜在城里的地址。这件事在吴二嫂的心里打了一个结，她久久不能释怀……

日子一晃，四十年就过去了。

2019年春天的一个上午，吴二嫂正在院子里晒日头，老支书从门外边喊边走了进来："吴二嫂，有人来看你了！"

老支书背后跟进来一个穿着整洁的男子，有三十多岁。

已经年近七十的吴二嫂缓缓从躺椅上起来，茫然地看着眼前的男子，越看越面熟，却怎么也想不起在哪里见过。

老支书笑着说："我给你介绍一下吧，这是市委派驻咱们村的第一书记——杜书记，他就是当年的知青小杜的儿子！"

一句话，唤醒了吴二嫂尘封多年的记忆，刹那间，仿佛时光倒流，多年前的那个小杜又站在了面前。吴二嫂上前紧紧抓住杜书记的手说："小杜，你总算回来了，这些年，你让二嫂念叨得好苦。"

两行热泪顺着她满是皱纹的脸颊流淌下来。

步步惊心

最近,施局长心里特别不踏实。

施局长的不踏实,与他的前任柳局长出事有关。柳局长退休两年多了,已经"安全着陆"。不想,他一夜之间被"双规"了,纪委工作人员在他家的床垫底下搜出了二百多万元的现金。

施局长虽说才当了两年多的一把手,却因生财有道,"积累"了一百多万元现金。这笔钱,一直在主卧室的床垫底下藏着。本来觉得这个地方绝对安全,柳局长一出事儿,他才知道,这个地方是纪委工作人员搜查的首选位置。从那开始,他接二连三地做噩梦,多次梦见这笔钱被当场缴获。在度过了多个不眠之夜后,他终于想出了一个绝对保险的地方。他选择了一个星期天,把父母都接到了城里。到了晚上,他借口有应酬,自己开车回到老家,把用防潮纸包裹好的一百万元现金埋到了自家后院的小树林里。施局长的老家在村子的最北边,后院再往北就是一条小河,唯一的通道就是自家的大门,可以说非常隐秘。最重要的是,后院里还有他爷爷奶奶的合葬墓,平时很少有人过来。

神不知鬼不觉地办完这件事,他总算是松了一口气,能睡个安稳觉了。

没想到,他刚舒坦了几天,M局的温局长又出了事儿,纪委根据温局长的交代,在他老家后院里起出了一大箱子现金,有三百多万元。电视台的《清风》栏目还做了专题报道。施局长看到这则报道后,突然心跳加剧,差点儿晕过去。完了,这个地方也不保险了……从此,他的噩梦又开始了……

施局长瘦了。以前,他尝试过多种减肥方法,都没有成功。现在,他半个月就掉了十多斤肉。"将军肚"不见了,整张脸蜡黄,眼窝深陷。

不能这样下去了,再这样下去,非把命搭上不可。思前想后,他忽然想起,自己搬家之后,以前的旧房子还没有出售,那个地方在老城的一个角落,现在非常冷清。最重要的是,那套房子是妻子娘家出钱买的,一直在岳父的名下没有过户,即使出了事,也不会有人查到那里。

他仍然选择了一个星期天来行动。这天,他起了个大早,自己开车直奔老家。天还没亮,灯光把前方的路掏了一个明亮的大洞。路上人车稀少。他将车速放慢,打开车窗,贪婪地深吸了一口略带凉意的新鲜空气,长叹了一声。

施局长家祖祖辈辈是脸朝黄土背朝天的农民。爷爷是烈士,抗战时期应征入伍,在淮海战役中牺牲。父亲是村里的老党支部书记,但因村里穷,父亲又正直,当支书一直是赔钱赚吆喝,只赢来了十里八乡的好名声。施局长是靠自己勤奋学习,先考上大学,后考上公务员,才改变了命运的。当年,他的老领导慧眼识才,不但处处提拔重用,还把自己的独生女儿嫁给了他。他也不负众望,一直兢兢业业,从科员干到科长,再干到副局长,年近不惑时,又坐上了局长的宝座。如果真的翻了船，唉，自己哪里还有脸见父母和岳父，更没胆子到爷爷奶奶的坟前祭奠……

二十多里路，很快就到了。施局长在门前停下车，熄了火，慢慢地关上车门。他家的大门从来不锁，从门闩旁的方孔内伸进手去，就把里面的门闩打开了。他蹑手蹑脚地进了院子，然后穿过正房西山下的巷子，来到了后院。后院原是一片荒芜多年的盐碱地，是在他刚记事时，父亲用了三次冬闲填土改良的。后院种了枣树、苹果树和杏树。爷爷奶奶的坟，在东北角上。当初他埋这笔钱时，下意识地要离爷爷奶奶的坟远一些，埋在了西北角的一棵老枣树下。这时，天已经蒙蒙亮了。他蹚着杂草上的露水，小心翼翼地走到西北角……

天哪！他脑袋嗡地响了一下，一下瘫坐在湿漉漉的草地上！

那棵老枣树下，裸露着一个黑洞洞的大坑！

钱竟然被人取走了！会是谁呢？难道是他回来埋钱时被人盯上了？

呆坐了半晌，他越想越怕，豆大的汗珠渐渐爬满了额头。

猛然听到一声沉重的咳嗽，惊抬头，父亲不知什么时候站到了他的面前！他下意识地哆嗦了一下。

良久，父亲低声说："从上次你接我们进城，我就看你魂不守舍的。"

他赶紧站了起来。

父亲接着说："这后院就是我的胳膊腿，你动一根草也瞒不过我。"

他心里稍稍踏实了点儿,看来,是父亲起走了这笔钱。

父亲问:"就弄了这些钱吗?"

他低下头说:"就这些。"

父亲又问:"花过没有?"

他像蚊子哼哼般小声说:"没花过。"

父亲松了一口气说:"还好,还没给国家造成损失。"

他忽然猜到了父亲的意图,怯怯地看了父亲一眼,弱弱地说:"爹,不能……那样我就完了……"

父亲拍了拍他的肩膀说:"儿啊,你现在回头还不晚,该交代的交代,该上缴的上缴,大不了关几年,出来再回家种地……"

他不敢看父亲的脸,耷拉着脑袋说:"那样,我可什么都没有了。"

父亲指了指东北角上的坟冢说:"你去问问你的爷爷,他把命都献给国家了,他现在有什么?"

见他不说话,父亲放低语气说:"儿呀,这是你自己作下的孽呀!你不去自首,还有更好的法子吗?"

自首?反腐的风声紧了之后,他只想千方百计地掩盖,从来没想过自首。他抬头无助地望着父亲,父亲冲他毅然点了点头说:"只有干干净净地了结了,你才能踏踏实实地重新过日子。"

他一颗忐忑多日的心突然之间找到了着落,一瞬间他感到身心放松,他忽然抱住父亲的脖子,像个孩子一样哭了起来。

顶 雷

深夜,林杰明刚把疲惫的身子放到沙发上,就听到房门响。林智回来了,一脸的惊慌,脸色惨白。

林杰明不由自主地站了起来,问:"怎么了小子?"

林智忽然双手抱头,蹲在地上大哭起来:"爸,我刚才开车撞死人了!"

林杰明大吃了一惊,儿子刚刚考上香港大学的研究生,为了奖励他,就给他买了一辆宝马3系。

林杰明轻轻拍了拍儿子的肩膀说:"儿子,别害怕,你是在什么地方撞上人的?"

林智抬起头来,迷茫地说:"大概是三八路桥那一段,我开得快,什么也没看见,就听见'砰'的一声,然后有个人影从我车前飞了出去,还发出一声很惨的尖叫。"

林杰明问:"你没下去看看吗?"

林智低下了头:"我没敢停车,我害怕。"

林杰明长叹了口气说:"好了儿子,你上楼休息吧,这件事我来处理。"

林智疑惑地看了父亲一眼,像踩着棉花般走上了二楼。

林杰明给自己的司机小周打了一个电话,十分钟后,小周就到了。

小周进门后,毕恭毕敬地问:"董事长,您有什么吩咐?"

林杰明示意小周在他对面的沙发上坐下，把事情的经过简单描述了一下，然后叹了口气说："小周，你知道，现在路上安了这么多监控，逃是逃不掉的，超速撞死人是要坐牢的，林智刚考上香港大学的研究生，要是坐了牢，他这一辈子不就……唉……"

沉默了半晌，林杰明问："小周，我平日里待你不薄吧？"

小周点了点头说："董事长对我很好，可是——要是我替林智顶这个雷，我也是要坐牢的……坐牢，对谁都不是好事……"

林杰明说："你坐牢不会耽误前程，出来后继续在这里上班。"

见小周不说话，林杰明又说："你坐牢期间工资翻倍，其他福利待遇一样不少。"

小周看着林杰明的脸，眨了眨眼说："可是，我老婆一直没工作，我进去后，她跟人跑了咋办？"

周杰明说："我把她安排进咱们公司，给她一个好的工作，她还敢对不起你？我会找人看着她。"

小周又低下了头，不说话了。

林杰明说："小周，你还有什么要求，直接说出来，咱又不是外人。"

小周说："董事长，实话给您说吧，我每天下班后，还上街摆摊烤羊肉串，哪个月都比工资多几倍，要是坐了牢……"

小周飞快地看了林杰明一眼，又低下了头。

林杰明强压住怒火问："你说吧，要赔偿你多少钱？"

小周伸出了一个巴掌。

林杰明试探地问:"五万?"

小周摇了摇头。

林杰明顿时火冒三丈:"你竟想要五十万?"

小周慢言慢语地说:"董事长,坐牢是人一辈子的污点,洗都洗不掉,要是换别人,给五百万我也不干!"

林杰明尽力稳住自己的情绪,长出了口气。他知道,小周说得也有道理,为了儿子,认了吧!

林杰明和小周又商量了一些细节问题,然后,他到书房里开了一张五十万元的支票,递到小周手里。

小周接过支票,却坐在沙发上不动弹。

林杰明问:"还有什么事?"

小周说:"刚才您答应给我老婆安排工作的事儿,是不是该写份协议?"

林杰明厌烦地看了他一眼说:"不用了,明天就让她直接到公司来上班吧!"

小周这才站起来,向林杰明深深鞠了一个躬说:"谢谢董事长,我会按您教我的说法去自首。"

林杰明到今天才认识到,这个平时对他俯首帖耳的司机是多么的精明。林杰明担心他走了以后要滑头,再节外生枝,就决定开车带他去自首。

这时,天已经蒙蒙亮了。林杰明开着自己的大奔送小周来到市交警支队事故大队时,第一眼就看到了自己的儿子,他大吃了一惊,怒道:"你来干什么?"

林智平静地说:"爸,我来自首。"

林杰明又急又气:"不是说好了我来处理吗?你怎么偷偷跑出来了?!"

林智轻蔑地看了小周一眼说:"爸,您是有身份的人,我不能让您为了我而承受别人的要挟和敲诈!您平时不是教育我,男子汉要敢作敢当吗?……"

林智说到这里,脸红了一下,接着说:"当时事情来得太突然了,我吓蒙了,但后来我在楼上听到你们的对话,慢慢清醒了过来……什么香港大学研究生,远远不如做人重要,您平时那么正直的人,遇到儿子出事,就乱了分寸……我很愧疚,就从后门跑了出来……"

这时,值班室的门开了,几个警察走出来,对林智说:"我们大队一直没有接到报案,决定先不立案,先到现场看看吧!"

几个警察在林智说的事故现场搜索了半天,方圆两公里都找遍了,既没有找到尸体,也没有见到一滴血。警察让林智先回家,最近不要外出,随时接受传唤。

几天后,案子告破。警察通过调取监控,发现事发当晚,有一个男人在路边站了好久,林智的车路过他身边时,他将手里的一个大布娃娃抛了过去!那声尖叫也是他发出的。很明显,这是一个碰瓷的,但因为当时林智没有停车,他追了几步,就放弃了。

事情结束后,林杰明将小周从身边调离,让他去做了一名业务员,同时,给他的妻子安排了一份内勤工作。

不久,林智登上了前往香港的飞机。

关 系

华姐和我妻子的友好关系是从服装加工开始的。

我妻子原是服装厂的，因厂子效益不好，就辞了职，在街上赁了一间小房子，干服装加工。华姐是附近的居民，以前并不认识我妻子，后来在这儿做了条裤子，就连连夸奖我妻子的手艺好，活儿细。之后华姐就成了这儿的常客。华姐一家四口的衣服都在这儿做不算，还热心地把她的一些熟人引荐到这儿来。妻子对她很感激，再给她做衣服时总适当少收些钱，华姐似乎也很高兴妻子给她的优惠。两个女人的关系一天比一天亲密起来。后来华姐没事儿的时候也常来这儿拉呱儿，两人的交情日益发展到无话不说的程度。

有一次妻子对华姐提起我的情况说我只会玩笔杆子，不会和领导拉关系，参加工作十多年了还只是个副科长，正科长送走了五六个还没能扶正。眼下正科长又被提起来了，论资历按文凭都该提我了，可公司的老总们私下已放出风来，打算把科员小郑提起来，让我仍干副职。华姐听了这话后很是愤愤不平，临走的时候说："回家我给我们家老赵提提这事儿，这天下还有没有正事！"

这些都是女人闲扯的话，谁也没当真。不想几天之后，公司里忽然就召开了个会议，宣布提拔我为正科长。散会后，组织科的老王善意地打了我一拳说："你这家伙，平时不动声色装得孙子似的,啥时候跟赵部长拉上关系了?"

赵部长?我一下坠入了雾谷。

回到家,我按捺不住喜悦,先把升"官"的事儿给妻子说了。妻子愣了片刻,忽然一拍手说:"咳!弄了半天华姐的丈夫竟然是部长!以前只听她说过在组织部,没想到还是个官儿!"经妻子一提醒,我也恍然大悟。

当天晚上,我提了一箱"古贝春",和一大兜时鲜水果,打听着摸到华姐的家里。华姐一见我手上的东西,当即拉下脸来道:"怎么你也来这一套?快坐快坐。"我很有些尴尬,搓着手不知该说什么好。赵部长不在,我向华姐表达了一番我的谢意,请华姐转达赵部长。华姐轻松地说:"这点小事你就别挂在心里了,老赵只不过被我逼着给你们老总打了个电话。"

临走,华姐留下水果,却把那箱酒抱出门,硬塞回我的手中。

这之后,华姐又来做了几次衣服,妻子都坚持不收钱。华姐强让了几次,没能拗过妻子,就失踪般没了影子。

很久以后的一天傍晚,我和妻子在街头散步,迎面走来了华姐和她的丈夫。我正想打招呼,妻子猛拽了一下我的衣袖。迟疑间,华姐和我们擦肩而过。可我分明看见华姐是发现了我们的。

我们和华姐的关系彻底完了。

可为什么会这样呢?我一直百思不得其解。

《卖油翁》新编

冬天无事,被村人称为"小精人"的赵小利睡到日上三竿才起床。他正想上茅厕,大门外传来了叫卖豆油的声音。

赵小利出了大门,见一高大魁梧的汉子推着独轮车,边走边吆喝:"打油喽……打油喽……"独轮车的两边放着俩油桶,恐怕每桶不下百十斤。汉子穿着极为破旧,身上的衣服补丁摞着补丁,四方大脸,表情略有些痴呆。

赵小利问:"你的油多少钱一斤?"

那汉子憨憨地答:"一块五。"

赵小利说:"别人卖的可都是一块四。"

那汉子又笑说:"一块四就一块四。"说着话,他放下车把,把车停稳。

赵小利见汉子答应得爽快,暗暗后悔价给得高了。他见桶沿上挂着油壶子,就搭讪着问:"你这一壶子多少?"

那汉子将壶子摘下来说:"一壶子四两,两壶子半斤。"

赵小利以为自己听错了,往前探了探头又问:"多少?"

那汉子说:"一壶子四两,两壶子半斤。"

赵小利重新打量了一下那汉子,问:"大兄弟,你是哪个村的?"

汉子不好意思地搔了搔后脑勺说:"远了去了,东北乡刘胡庄的。"

赵小利说:"哟,离这可三四十里呢!大兄弟怎么称呼?"

汉子说:"俺原本叫刘大青,俺村里人都说俺傻,都叫俺刘傻青,反正你进村一说找傻青都认识。"说完,他就摸着后脑勺"嘿嘿"地傻笑。

赵小利回家拿来了塑料油桶,说:"看你这么远也不容易的,就打五斤吧!"

那叫刘傻青的汉子就给他整整打了二十壶。赵小利迅速地在心里算了算:一壶子四两,两壶子是八两,二十壶就是八斤,他正好多给了三斤油。付完钱,赵小利回到家里,赶紧拿出秤来称了称,果然,整整八斤,秤杆还撅得老高。

中午,赵小利让老婆用新打的油炒了个菜,嘿,这油还真是不掺假,香着呢!

不到半天,赵小利打油占便宜和"一壶子四两两壶子半斤"的故事就传遍了整个村子。

村里有好事的女人便三三两两地拥到赵小利的家里。每来几个人,赵小利都会声情并茂地讲傻子卖油的故事,听得人直咋舌,都说,这个人还真是个傻青。有人还拿起赵小利盛油的塑料桶子左看右看地研究那油。赵小利便极得意地叼着烟,坐在椅子上吞云吐雾。后来,不知谁突然说了一句:"那个傻青还来不来?"

这一下,引起了众人的兴趣,众人都攒足了劲,等那傻青来了后多买点儿。最后,众人一致决定,不管谁看到那个傻青来卖油,都不准自己吃独食,得挨家送信。

村人们望眼欲穿地等了半个多月,那个汉子真的又推着独轮车来了。

最先看到他的是支书的女人王香香,王香香一看见他,就觉得很像赵小利说的那个人,王香香就问:"哎,卖油的,你的油是一壶子四两两壶子半斤吗?"

那汉子放下车把,不好意思地摸了摸后脑勺说:"是的是的,一壶子四两两壶子半斤,都卖了好几年了。"

王香香大喜,一边风一样跑回家拿了个大油桶,一边嘱咐男人在大喇叭上给广播一下,就说卖油的来了。

不消一刻,小小的独轮车旁就围满了打油的人。

那叫刘傻青的汉子可忙坏了,不断地打油、收钱、找钱,大冬天的,竟忙出了一脸的汗。

两大桶油,足足有二百斤,一袋烟的工夫就全部打完了。还有一些没打到油的,不甘心地围在独轮车旁问那汉子:"还来不?"

那汉子就憨憨地笑,一边擦汗一边说:"来,来,不来油卖给谁去。"

汉子在众人恋恋不舍的目光中推着他的独轮车走了。

中午,家家户户的房顶上都飘起炊烟的时候,打了油的人们都拥上了街头,聚到了刚才打油的地方。人们中午都用新打的油炒了菜,却一点儿香味也没有。她们打的,是几毛钱一斤的菜籽油,还兑了一半的水,这个当可上大了。

人们愤愤地怒骂了一通那挨千刀的汉子后,有人忽然说:"赵小利怎么没出来?"

又有人说:"好像打油的时候也没见到他。"

人们又都拥到了赵小利的家里。

赵小利仍然叼着烟吞云吐雾，等众人说完了骂完了之后，他才不紧不慢地说："这一次，我一斤也没打。"

王香香问："你怎么不打？"

赵小利说："我总琢磨着不对劲儿，我还想起了那句老话：南京到北京，买的不如卖的精啊！"

众人一听，又纷纷指责他："你怎么早不说，眼看着我们这些乡亲上当？"

赵小利冷笑了一声说："早说？早说你们谁肯听我的？你们能放弃到手的便宜吗？"

众人哑然。少顷，尽散。

埋地雷

徐小永大学毕业后，先是考了两年公务员，没考上，又考事业单位，还是名落孙山。他只好去企业打工，经常加班加点，才挣得一份微薄的薪水。

徐小永的家在一个小镇上，镇子是几百年的古镇，很有名。每逢双休，徐小永便坐车回家，与以前的同学好友喝酒玩耍。

镇子上有一家古玩店，店名很大，叫"博古斋"。店却很小，只有一间门脸，一个瘦瘦的外乡人整天守在店里。店里的生意也很冷清，半天见不到一个人出入。徐小永经常和老五、龙一凡、"骚狐狸"等几个中学同学在博古斋对面的小酒馆里喝酒。有一天，徐小永看着空无一人的街道，忽然有些替这间博古斋担心：生意如此惨淡，这个外地佬拿什么交房租、吃饭呢？他心里想着，竟然随口说了出来。

龙一凡瞪着一双红红的牛眼说："你可不知道这一行，'半年不开张、开张吃半年'，里面利头大着呢，这家伙，经常往老家汇钱，哪一年也得汇个十万八万的。"

龙一凡在镇信用社工作，他的话绝对有根据。

徐小永在心里吃了一惊！这个不起眼的小买卖，每年的收入竟然多他五倍，那他这个大学是白上了。

徐小永忍不住问："他整天在店里不出去，哪来的生意？"

龙一凡说："这老家伙在这里待了四五年了，附近几乎每个村子里都有他的'线人'，一发现有旧东西，就带他去看，他总是花很少的钱就把东西买下了，然后一倒手就赚大钱，而'线人'呢，也会得一定的好处。"

徐小永毅然辞了职。

徐小永大学学的正是考古，因为太过冷门，所以总找不到合适的单位。如果再在企业这么混下去，这一辈子也别想在城里买房了。

第一步，他买了很多文物鉴定方面的书，每天坐在家里死读。等读得差不多了，他又扛着一箱好酒，找到了他院中的三大爷。这样，他将博古斋的房子就转租了下来。那房子是他三大爷的，徐小永又不少给租金，他三大爷没有理由为一个外地人得罪他的侄子,就冷着脸将那个外乡人赶走了。外乡人搬走的那天,冲站在门口的徐小永深深地看了一眼,那一眼竟让徐小永打了个冷战。

用了不到一个月的时间,以前外乡人的那些"线人",都被徐小永收到了麾下。

徐小永逐渐体会到了什么叫"开张吃半年"。他花二百元收的一个明青花瓷盘子,拿到省城做古玩生意的同学那里,竟然卖了一万多元,这一笔就赚够了他以前半年的工资。有了钱,徐小永开始回报他的同学们。以前,喝酒总是别人买单,现在,他不但请龙一凡他们喝酒,还悄悄带他们到歌厅泡妞,很是逍遥快乐。

这年秋末的一个上午,石佛寺村的一个"线人"气喘吁吁地跑来,说他们村有一个菜农在屋后挖菜窖时,挖出了一个瓷坛子,让他赶快去看看。徐小永这时已经买了一辆二手的面包车,他拉着"线人"直奔石佛寺。石佛寺是个大村,离镇子也就五公里的样子,十多分钟就到了。那个菜农的家就在村子边上,靠近大街。他的后院是一片白菜地,菜农挖菜窖就是为了贮藏过冬白菜。徐小永把那件东西拿到手里,心跳顿时加快起来。凭直觉,这是一件明成化官窑烧制的青花团菊蝶纹盖罐,是件真品。他强压住激动,不动声色地仔细鉴别起来:胎质纯洁细润,胎体轻薄,如脂似乳,莹润光洁;釉质肥厚,光洁晶亮;用手抚摸,有玉质感。他又看了看罐底的落款,也对,是"大明成化年制",根据他的专业知识,明成化官窑的瓷器,落款都是六个字,"大明成化年制"或"大明成化年造",凡"成化年制"四字及"成化"两字款者大多为伪作。他又将罐底对着太阳,从罐口透视,呈牙白色。种种特征都表明,这是个旧玩意儿。徐小永偷眼看那个菜农,五十多岁的年纪,极瘦,一脸的皱纹。菜农正在用铁锹翻一块菜地,丝毫没有注意徐小永。

徐小永将罐放在地上,用脚踢了踢,问:"大爷,您说个价,这个玩意要多少钱?"

那菜农头也没抬,边一下一下地翻着地,边说:"你是行家,看着给吧!"

徐小永见老头并不在意,就说:"一口价,二百块,不卖你就留着腌咸菜吧!"

那菜农仍没抬头,却撂下了一句狠话:"少于十万,不卖。"

徐小永吃了一惊,看来,这老头不简单呀!

徐小永问:"大爷,罐子是不错,可也值不了这么多钱呀?"

那菜农这才停止了翻地,冲徐小永笑说:"俺虽然不懂,可俺表弟明白,俺给他打过电话,他说了,少于十万不卖,他正给联系买主。"

徐小永又吃了一惊,他虽然不知道菜农的表弟是什么来路,但现在下乡收文物的多如牛毛,好不容易碰上一件,再让别人弄走,岂不亏了。更让他担心的是,据可靠消息,那个被他赶走的外乡人并没有走远,就在离这里最近的一个镇上落了脚,如果他得了消息,肯定会和他争。根据他的经验,这个罐子少说也值三十万元,十万块钱买进,利润也非常大。

徐小永又尝试着压价,菜农态度却很强硬,少一分钱也不行。徐小永没有这么多钱，回去筹钱，又担心事情有变。没办法，他只得用车连罐子带菜农一块儿拉到了镇上。

这一年多，徐小永虽然挣了五六万块钱，但因整日喝酒泡妞，又刚买了车，手头上只有两万块。他到镇信用社找到同学龙一凡，又找了另一个同学做担保，贷了八万块钱，才把菜农打发走。

第二天一早，徐小永就开车到了省城文化市场，把罐子抱进他大学同学的店里。

同学仔细地观赏了一番，就问："在哪收的？"

徐小永眉飞色舞地把收购过程描述了一番。

同学深深地叹了口气说："怪不得你这么聪明的人也会上当，这法子确实高明。"

徐小永一怔，感觉大事不好。

同学问："你是不是得罪什么人了？一般情况下，同行竞争，不会轻易使用这种毒计。"

徐小永的脑子里，忽然闪现出外乡人那让他打了个冷战的眼神。

同学见他发愣，拍了拍他的肩膀说："别心痛，你也算长了长见识，学了一招。留着这个玩意儿，什么时候也到乡下找个可靠的亲戚朋友，唱一出戏，没准能把钱再找回来。"

徐小永知道自己被那个外乡人算计了。但他不甘心，问同学："这叫什么计？"

同学笑了笑说："这在书本上是学不到的，是古玩行里的一大发明，叫'埋地雷'。"

电话里的歌声

他是援藏干部,赴西藏的时候,妻子正怀着身孕,为此,他曾有过犹豫。妻子很坚决地对他说:"一个大男人,光恋着老婆孩子有什么出息!"

就这样,他怀揣着一颗牵挂的心远离了亲人和朋友,来到了孔繁森曾经工作过的地方——西藏阿里。

三个月后,电话里传来了女儿嘹亮的啼哭声,妻子让他取个名字。他激动万分,一时想不出该给女儿取个什么名字。

妻子说:"女儿懂事了,肯定会盼着你早回来,要不,就叫盼盼吧!"

每天下了班,他都往家打电话,除了和妻子说说话,每次都要听听女儿的声音,哭声或者"呀呀"的稚音。

终于有一天,他听到女儿喊了他一声"爸爸",尽管发音有些含糊不清,他还是高兴得掉下了眼泪。

随着时光的流逝,女儿喊他"爸爸"的声音越来越清晰越来越响亮了。

他开始变着花样让女儿喊他。

"盼盼,叫爸爸。"

"爸爸。"

"叫爹爹。"

"爹爹。"

"叫老爸。"

"老大。"

"叫老——爸——"

"老——爸——"

"叫 Daddy。"

"Daddy。"

"……"

每逢挂断电话,他落寞的心里就有了甜蜜和温暖,阿里满目的荒山和戈壁也化为浓浓春意,在他眼里生动起来。他快乐的情绪会持续很长时间,对枯燥的工作也有了饱满的热情。第一年,他就被评为援助单位的先进工作者,并被原单位通报表彰。

女儿三岁的一天,对他说:"爸爸,你给盼盼唱首歌好吗?"

他给女儿唱了一首《爱的奉献》,这是他唯一能完整唱下来的歌。

唱完了,他问:"好听吗?"

女儿说:"好听,爸爸真棒。"

从此,每次通电话,女儿都要他唱《爱的奉献》。为此,他每月的电话费涨到了五六百元,但他觉得值,毕竟他能给予女儿的太少了。

女儿四岁的时候,对他说:"爸爸,我给你唱首歌吧!"

女儿奶声奶气的,竟然把《爱的奉献》一句不落地全唱了下来,只是气短,有些地方像念白。

他夸张地说:"盼盼真聪明,唱得真好。"

女儿开心地笑起来。

五年的光阴很快就过去了,他的援藏年限已满,在办完相关手续后,他返回了故乡。

在路上,他无数次地想象女儿见了他后兴奋的样子,女儿乳燕投林般投入他怀抱的瞬间……一定要好好抱一抱女儿,把缺失的父爱加倍补偿给她。

他进家门的时候,女儿正趴在客厅的茶几上画着什么。他怕吓着孩子,轻轻放下行李,然后轻轻叫了声:"盼盼。"

女儿抬起了头,惊诧地望着他,一脸陌生的表情。忽然,她转身跑向厨房,边跑边喊:"妈妈,有人来了。"

妻子领着女儿来到客厅,女儿躲在妻子身后,探着头看他。

尽管提前打过电话,妻子还是压抑不住惊喜,她有些失态地叫道:"盼盼,你爸爸回来了,快叫爸爸呀!快叫呀!"

女儿却坚决地摇了摇头:"他不是爸爸。"

他心里一阵难过,女儿竟然不认他。他笑着弯下腰说:"盼盼,我是爸爸呀,让爸爸抱抱。"

女儿围着妻子的两条腿转着圈子躲避着他,不让他抱。

妻子把女儿抱起来,递到他的怀里。他刚接过来,女儿就拼命挣扎,甚至,还挠破了他的脸。他只得将女儿放下了。

妻子有些恼怒:"盼盼,这是你爸爸呀,你不是天天想爸爸吗?"

盼盼哭着说:"他不是爸爸,爸爸在电话里头呢!"

他和妻子相视一笑，笑里含了很多的无奈、心酸、苦楚……

他来到卧室，用手机拨通了家里的电话。

像往常一样，电话里传来了女儿的声音："爸爸——"

他的心像被一根线牵了一下，他几乎哽咽了，他说："盼盼，爸爸给你唱首歌好吗？"

他又唱起了那首已经唱了上百遍的《爱的奉献》："这是心的呼唤，这是爱的奉献，这是人间的真情……"

他边唱边走出卧室，走到了客厅里。女儿正拿着电话的听筒认真地听着，与刚才拼命拒绝自己的样子判若两人。

他悄悄地挂断了电话，但他的歌声并没有停下来："……只要人人都献出一点爱，世界将变成美好人间……"

女儿在他挂断电话的一瞬间歪了歪小小的脑袋。

他已经走到了女儿的身后，继续唱着："再没有心的沙漠，再没有爱的荒原……"

终于女儿循着歌声转过了身子，先是惊疑地望着他，随后，就有大滴的泪水滚落下来……

"爸爸——"女儿哭着投入了他的怀抱。他也哭了，而妻子的泪水也像汹涌的江水寻到了堤口，滂沱而下！

他把妻子和女儿紧紧地、紧紧地抱在了怀里。

善良的回报

一切都发生在无意之间。

那一天，刘晓杰和司机驱车去乡下探望母亲。回来的路上，下起了瓢泼大雨。雨水很密，车子只能缓慢地在雨水中穿行。在一个拐弯的地方，刘晓杰看见前方十几米的地方，有一个瘦小的身影正扛着一辆自行车艰难地行走在泥泞的路上，他的另一只肩膀上，还背着一个帆布书包。看得出，这是一个十几岁的小学生，车子压在他的肩上，显得过于沉重了，他的步子走得歪歪斜斜，随时都有倒在泥水中的可能。刘晓杰的内心被一种痛深深地触动了。他对司机说："停车。"

车子在孩子的面前停下时，那孩子看他们的目光有些惶恐，因为他怎么也无法预料接下来要发生的事情。司机打开后备厢，将沾满泥水的自行车塞进了一多半，用盖子挤住，然后把他让到了车上。在整个过程中，孩子始终是被动的，因为他无法明白刘晓杰的动机。在送他回家的途中，他只是根据刘晓杰的询问回答了几句很简洁的话。这是一个胆怯的孩子。

刘晓杰看到孩子在雨水中行走的刹那间，想起了自己的过去。他是从山区农村拼搏出来的，他在上小学和中学的时候，曾无数次被大雨困在前不着村后不着店的路上。乡下的土路，一沾雨水，就非常泥泞，常常把自行车的挡泥圈塞满。起初，还可以用一根小棍子去捅，走走停停地向前行进。时间长了，路越来越泥泞，费半天劲捅一次挡泥圈，只走几步又塞满了，只能扛着车子走了。七八里路，他得走两个小时，累得腰酸腿痛，肩膀也常常磨出了血。回到家，衣服全部湿透了，分不清是汗水还是雨水。每次在雨中艰难跋涉的时候，他多么希望能有一辆牛车或是马车路过，把他的自行车搁到上边啊，但他的这个愿望始终没能实现。因为亲身经历过，他深切地感受到一个孩子在雨水中的泥泞路上挣扎时的孤苦和无望。

　　车子停在孩子的门口时，雨停了。孩子的父母正在大门口张望。孩子在一家人诧异的目光中从"广本"上走了下来。司机把他的自行车弄下来，掉头要走。孩子的父亲突然拦住了车子，这个又矮又瘦的乡下汉子说："你们不能就这样走了！"刘晓杰说："我们还有事情，就不打扰了。"乡下汉子说："有事也要先讲清楚，你们把俺的孩子撞成什么样子了？"刘晓杰知道他误会了，就笑着说："我们没有撞着你的孩子，刚才下雨，我担心把孩子淋坏了，就让他上了车。"那汉子也笑了，笑得有些诡秘，他说："你当俺乡下人就好糊弄？你没撞了俺孩子，哪会无缘无故地送俺孩子回家？俺孩子又不是乡长。"刘晓杰有些烦了，但他还是很耐心地说："你问问你的孩子不就明白了吗？"那汉子才转身问孩子："他们撞没撞到你？"孩子摇了摇头。那汉子又鼓励孩子说："别害怕，这是在咱的家门口，没人敢欺负你！"孩子还是摇了摇头。那汉子便有些急了，冲刘晓杰说："你们是不是吓唬俺孩子了，他不敢说。"刘晓杰说："你这人怎么这么难缠？你看一看你的孩子不就明白了！"那汉子就把孩子从头到脚摸了一遍，还解开他的上衣和裤子仔细地检查了一遍,确认没有受伤后,又记下了车号,才悻悻地说:"你先走吧,要是俺孩子有什么事情,俺会按着车号找你的。"

出了村子,刘晓杰看了看仪表盘上的时间,送这个孩子,整整耽误了半个小时的时间。司机说:"刘总,这年头好人难做,以后这种事情还是少管。"他没有说话,他觉得实在是无所谓的事情。

前面的路中央停了几辆车。他的车子也只好停了下来。下了车,他看到前面人声鼎沸,他回城的必经之路已经一片狼藉。经过询问,他才知道,由于连降大雨,半个多小时前,这段路一侧的山坡忽然下滑,把两公里多长的路给埋上了,有几辆路过的车也给埋在了里面。刘晓杰心中一凛,如果不是去送那个孩子,如果不是那个孩子父亲的纠缠,自己在山体滑坡的那个时间正好行走在这段路的某一个点上,那自己此时肯定被活埋在泥石流的下面了。

他没有想到,自己一时的善良,竟然救了自己和司机两条命。

搭车记

小时候,黎鸣最大的愿望就是当一名警察。每当在电影上看到警察说"我是警察"时,他觉得忒威风。

高考时，黎鸣第一志愿报了警校。他很幸运，被录取了。几年后，他终于实现了自己的夙愿，分到市公安局当了一名警察。

黎鸣家在二百里之外的农村，回家时，先从市长途汽车站坐车到县长途汽车站，然后再坐通往乡镇的公共汽车，到镇上下了车，再步行三公里才到家。从市内到县里，车十分钟一趟，很方便，但从县里到镇上，就比较麻烦了，有时，两个小时也发不了一趟车。

黎鸣开始试着搭车，是在上班一年之后。这一天，他站在回家的路口，学着港台片中警察的样子，拦住一辆面包车，然后出示了"警官证"说："我是警察，想搭你的车。"司机打量了一下他全身的警服，并没看他的证件，就痛快地说："上来吧！"上车后，通过交谈，才知道司机是黎鸣家所在的镇上的，在镇政府旁边开了一家饭馆，每隔几天开车去县城买一次菜。到了镇上后，司机主动说："你离家还远，我送你吧！"从镇上到村里三公里的路程，步行需要半个小时，而坐车，五分钟就到家门口了，省了他以前的步行之苦。

第一次搭车，让黎鸣觉出了搭车的好处：方便快捷，省时省力。自此，每次回家，他都在县城搭车，而且每次都能如愿。这更使他感觉到了当警察的优越性。

后来，黎鸣又从市内开始搭车了，从市里搭到县里，再从县里搭到镇上。运气好的时候，还能直接从市里搭到镇上。他搭的每一辆车，几乎无一例外地都把他送到家门口。

黎鸣工作也很努力，几年后，被提拔为户政科副科长。

秋天的一个周六上午,黎鸣又站到了作为交通枢纽的路口,想搭车回家。

一辆黑色的轿车缓缓驶过来,他招了招手,轿车在他面前停下了。车停下后,黎鸣才看清,这是一辆2.8排量的"奥迪A6",坐这种车的,不是大领导,就是大老板。他迟疑地放下了手,他以前从不搭这么高档的车。车窗玻璃缓缓下降,司机探出头问他:"有事吗?"

黎鸣说:"我……想搭个车。"这是他搭车以来第一次说得这么迟疑。

"去哪里?"

黎鸣说出了他所在的那个县那个镇的名称。

司机说:"我这车去省城,不顺路。"

"好好!那你走吧!"黎鸣竟然有了一种如释重负的感觉。

这时,从车内传出一个男人浑厚的声音:"上来吧,搭一段也行呀!"

黎鸣一想,虽然去省城不顺路,但从最近的路段下车,离他所在的镇也只有十几公里了,应该能搭到车,就拉开车门上了车。

车的后座上,坐着一个五十多岁的男人,微胖,两个鬓角已经泛白。

男人主动问:"小伙子,在哪儿工作呀?"

黎鸣掏出"警官证",递给男人说:"我在市公安局,这是我的证件。"

男人看了看他的证件，还给了他。

静了片刻，男人又问："小伙子，经常回家吗？"

黎鸣说："每周都回。"

"经常搭车？"

黎鸣点了点头。

"那，你为什么不坐客车呢？"

黎鸣说："要倒好几次车，不方便。"

"你每周都回家干什么？"

"看我的母亲。"

"你母亲一个人在家？"

"是的。"

"那为什么不接来一起住？"

"那得等分了房子，我现在还住着集体宿舍。"

男人再也没有说话。

到了该停车的时候，男人说："别停了，还有时间，把他送回家。"

黎鸣说："这怎么好意思？"

男人说："这有什么？举手之劳。"

一直到了黎鸣的家门口，黎鸣下了车，对男人说："真的谢谢您了！"

男人幽默地说："这是应该的，你是为人民服务的，我是为你服务的。"

很快，黎鸣就把这件事情忘掉了。

一天早上，刚上班，局长一个电话就把黎鸣召到办公室。

局长问:"你是不是搭过省公安厅马厅长的车?"

黎鸣愣了一下后,马上明白过来,感觉要大祸临头了。因为,根据纪律,非公务行为,是不允许利用职务之便随便搭车的。

一瞬间,他的汗就下来了。他胆怯地看着局长问:"我……我是不是……给你惹麻烦了?"

局长"哼"了一声说:"瞧你这点儿胆,搭车时的胆儿哪去了?"

他羞愧地低下了头。

局长忽然拍了拍他的肩膀说:"好了,没什么事。马厅长是和我一起开会时顺便提起的,他向我表扬了你,说你孝顺,每周两天的休班时间不去找女朋友,不去休闲娱乐,而跑到农村去看望你的老母亲,现在的年轻人,很少有这样的了……"

黎鸣从此再也没有搭过车。

钓鱼记

前面驶过来一辆"桑塔纳2000",速度很慢。这正合了老米的意,速度太快的车他不敢拦,怕对方刹不住车真的轧上他,再说了,速度快的车,一般也拦不下。

老米一下子蹿到了路中间,扎煞双臂,大呼:"停车!快停车!"

车缓缓停了下来,司机按下了玻璃,问:"什么事儿?"

老米几步跨到窗前,苦着一张丝瓜脸,结结巴巴地说:"大……大……大哥,求求你了!我家孩子病了,在医院抢救,求……求……求你送我一程吧,晚了……晚了就……就来不及了……"说着话,他不断地打躬作揖。

司机盯着他的脸看了片刻,好像是要从他的脸上辨出真伪。

老米可怜巴巴地看着车上的人,几乎要跪下来了,他反复地说:"真的,我不骗你,路不远,就几里路,这儿又打不到车……"

车上的人摆摆手说:"你上来吧!"

又一条"大鱼"上钩了!老米按捺住内心的狂喜,拉开车门上了车。

"前面,左拐,大约三里路就是医院。"老米对司机说。

老米知道,前面左拐,三里路处的一个路口,他的几个"同事"正等在那里。他要到那里下车,车停下后,他要掏出10元钱递给司机,司机如果接了,就太好了,不接,也没关系,一推一让之间,几个"同事"就会冲上来,有拉车门的,有拍照的,这样,他们就又抓获了一辆"黑出租",就有一笔可观的罚款提成了。

但司机没有左拐,司机说:"左拐修路呢,从前面多走一个路口,绕一下吧!"

老米说:"不会吧,好好的路修什么呢?"

司机说:"我刚从那里过来,好像在修下水道,反正是不通车。"

老米疑惑了,他都几天没有"钓"到"鱼"了,所以他也搞不清那里到底修没修路。转念一想:绕过去也一样,反正都要到指定的地方,多烧点儿汽油怕什么,又不花我的钱。

到了下一个路口,司机仍然没有左拐,而是直行冲郊外疾驶而去!

老米说:"错了错了,快左拐。"

司机说:"没错,多绕点儿路,我在前面加点儿油,市内没有加油站。"

驶出城区,前面是开阔的田野了,路边就有一个加油站。

老米说:"大哥,前面有个加油站。"

司机说:"借你手机用一下。"

老米不知道他用手机干什么,但坐在人家的车上,也不好拒绝,就把手机递了上去。

司机接过手机就揣在了自己的口袋里。

老米问:"大哥,你这是干什么?"

司机冷笑道:"能干什么?我是土匪,你被抢劫了!"

老米惊恐地看着司机,司机是个圆脸,面无表情,身材魁梧。老米刚才只把他当成了一条"鱼",所以没有仔细看他的面貌,这么一看,他忽然觉得司机有些面熟。

老米战战兢兢地问:"大哥,咱……咱是不是在哪儿见过?"

司机笑了:"你真的不认识我了?"

老米摇了摇头说:"面熟,真的想不起来了。"

司机说:"那是因为你坏事儿做得太多了!再好好想想吧!"

老米仔细一想:坏了!这个司机是他曾钓过的一条"鱼"!

车子已经进入了山区,还在快速飞奔着。

老米吓坏了,老米说:"大哥、大哥,上次是兄弟不对,我……我把钱退给你行不?"

司机说:"我真想不明白,你们的良心是不是让狗吃了,我好心好意地免费送你,你却反咬一口,硬说我开黑出租,让我挨了3000元的罚款,还弄了一肚子的气。"

老米说:"大哥、大哥,你千万别……别干傻事儿,你……你要是杀了我,你……你会偿命的……"

司机说:"谁说要杀你了?给你这种人渣偿命?那我不亏大了!"

老米见性命无虞,先放下心来了。他在报纸上看过一则新闻,他的一个同行,因为两次钓到同一条"鱼"没认出来,结果被"鱼"弄到山里用刀子捅死了。

天快黑了。老米说:"大哥,快停车吧,前面已经没路了。"

司机放慢车速,在一个较宽的地方掉过了车头,然后停了车。

司机下车,在路边撒尿。

老米也下了车,在路边撒尿。

司机上了车,发动引擎,开车走了。

老米心里一喜：看来他真的放过我了，谢天谢地，在这荒无人烟的山里，他真要弄死我往山沟里一丢，一年半载的休想有人发现，他根本不用偿命，这个傻瓜……

老米高兴了一阵之后，又觉得事情不太对劲儿，他是下午两点多上的车，现在五点多的样子，已经跑了三个多小时，减去市区和郊区一个小时的车程，还有两个多小时，司机一路上车速没下过80迈……天哪，这儿离出山口，至少还有160公里呀！这……这……这走到天亮也走不出山呀……

老米想到这儿，一屁股跌在了地上。

隐隐约约，他好像听到了狼的叫声……

凤岐画苑

小城不大，却有"书画之乡"的美称。因书画盛行，多年来涌现出了很多书法家、画家。

在小城的画界，坐第一把交椅的，是莫凤岐，他是业内公认的第一高手，擅长写意牡丹、梅花和工笔山水、花鸟。

莫凤岐出了名，就有人偷偷模仿他的画作，拿到书画店里蒙人。敢于模仿他的人，都是有较深厚绘画基础的，所以，一般人根本辨不出真伪。常有人在画店买了画后，通过种种关系来请莫凤岐鉴定。每看到一幅赝品，莫凤岐便气得胡须乱颤，半天缓不过劲来。

后来，莫凤岐就在本市的晨刊、晚报上刊登了一则声明，大意是自己已经把委托书画店出售的画作全部收回，今后凡有需要本人书画作品的，请直接到家中选购，并留了电话和地址。

莫凤岐的家，是一个临街的小四合院，他把临街的几间房子冲街掏了几扇门，简单装修了一下，就成了门市房，然后门口立一竖匾：凤岐画苑。屋内四壁上都贴满了画作，任人自由出入、观赏。

莫凤岐的画苑开始热闹起来了，每天来观赏、购买画作的人络绎不绝。一直喜欢安静的莫老爷子也一反常态，对来客都很热情。因为在这里买到的画，绝对都是莫凤岐的真迹，再加上莫老爷子对价格也不太在乎，成交率竟极高。

徐志远是一个房地产商人，一直酷爱书画。他最近刚刚搬进了自己承包修建的豪宅，打算买几幅莫凤岐的画挂在客厅里。徐志远很讲究，也很谨慎，他一有时间就过来观赏，但从不问价。一直磨了半个多月，他才选准了画，买下了一组四扇屏的工笔花鸟，一幅四尺整张的写意牡丹《花香富贵》，还有一幅半工半写的山水画《高山飞瀑》。这几幅画，都是极费工夫的，虽然贵了点儿，但徐志远觉得值。

徐志远把画拿到本市最大的装裱店"瀚墨斋"。"瀚墨斋"的老板是徐志远发小，在这里装裱比较放心。老板把徐志远的画一幅幅展放在案板上观赏，当看到那幅四尺整张的写意牡丹时，老板忽然抬头看了徐志远一眼。徐志远笑了："有什么话就说，别用这种眼神看我。"老板说："你也有上当的时候呀？在哪儿弄了幅赝品?"徐志远相当自信地拍拍"发小"的肩膀说:"我这是亲自从莫凤岐手里买来的,还能有假?"老板说:"那就奇了,我这里有一幅刚刚裱好的《花香富贵》,也是从莫凤岐手里买来的,和你这幅一模一样。"

徐志远随发小来到门市后面的装裱工作室,门口的墙上赫然倚立着一幅《花香富贵》,和自己的那幅真的一模一样。

第二天,徐志远早早来到了凤岐画苑。屋里只有莫凤岐一个人,他对徐志远还是有印象的,见了他就笑:"徐老板,这么早呀!"徐志远也报之一笑:"莫老早!"他说着话,眼睛极快地扫视了一下室内的画作,在靠近门口的显眼之处,贴着一幅半工半写的《高山飞瀑》,和他昨天买的那幅一模一样。徐志远指着这幅画说:"莫老的手好快呀,昨天我刚刚买走,今天就又画了一幅,真是高手呀!"莫凤岐的脸色明显暗了一下,但没说话。徐志远又问:"莫老天天在这里亲自卖画,什么时间作画呢?"莫凤岐叹了口气说:"徐老板今天是有备而来呀!"

莫凤岐把徐志远领到院内的一间西屋里。屋内一男一女正在专心作画,都四十多岁的样子。女人画的,正是昨天徐志远刚刚买走的那组四扇屏的工笔花鸟。徐志远今天本是来找碴、责难的,见莫凤岐竟如此坦诚,倒不知说什么好了。莫凤岐说:"这两个都是我的学生,已经画了近三十年,艺术造诣都不在我之下了,比我差的,就是一个虚名了。"徐志远问,那么:"他们作的画署上您的名字,算不算赝品呢?"莫凤岐叹了口气说:"从严格意义上讲,这仍是赝品,但弟子代师作画,古已有之,况且,他们的画艺已经与我比肩了,风格也和我一样,再盖上我的名章,这和真品有什么不同呢?"徐志远一时不知说什么好。莫凤岐说:"买画就是买一个好,他们画得已经和我一样好,和我亲自画有什么分别呢?与其让别人来粗制滥造赝品,还不如由我的学生来制造不逊于真迹的赝品呢!"见徐志远仍不说话,莫凤岐又说:"徐老板若是后悔买了那画,尽可退回。"徐志远本是带着画来退货的,画就在门口的车里,但听莫凤岐这么一说,竟踌躇起来。莫凤岐说:"徐老板不用为难,你今天不退,今后想什么时候退都是可以的,我会分文不少地全额退款。"

退不退呢?饶是徐志远经多见广,一时也拿不定主意了。

面　子

近年,画家莫凤岐的画作价格一路飙升,一张斗方竟然卖到了十万元,而且,少一分不卖。

曹伦是一位书画收藏家,非常喜欢莫凤岐的画。但曹伦是一个很精细的人,他既想收藏,又不想花大价钱,所以,他一直谋划着托一个能和莫凤岐说上话的人,少拿点儿钱收购一张。根据曹伦的经验,一般的书画家,都买记者编辑的面子,因为书画家离不开宣传炒作,所以,他们和媒体得维持良好的关系。但是,曹伦托了好几个资深记者编辑,都没有如愿。人家头摇得像拨浪鼓：和莫凤岐讲价，想也别想。

曹伦不死心，下大本钱在本市最豪华的大酒店请本市的文化局局长和美协主席狠撮了一顿，请他们出面和莫凤岐讲情。他想，市美协凡主席还兼着省美协的副主席，再加上陈局长这个本市的文化部门官员，两人同时出面，莫凤岐不会不给面子吧？

第二天，二位领导如约陪曹伦一起去莫凤岐家拜访。

莫凤岐住在一个叫杨树屯的小村，村子离城区不远不近，有五六里，一条笔直的柏油路直通。村子后面有一片盐碱地，寸草不生，村里花大力气治理过几次，但都没成功，一直荒着。后来，经过本村村长上上下下的一番努力，终于，上面批下了手续，盖起了一排别墅。莫凤岐两年前在这里买了一套别墅，全家都搬到这里后，他深居简出，潜心作画，基本不和外界打交道。

文化局的陈局长是本地人，和杨树屯的村长是初中同学。三人来到村里后，找到村长，由他领着，来到了莫凤岐的家中。

莫凤岐态度非常客气，敬过烟、端上茶之后，就让家里人先安排饭。曹伦心里有了底：看来莫凤岐是不会驳凡主席和陈局长的面子的。

没想到，等凡主席说明来意后，莫凤岐的脸接着就冷了下来。他眼睛直直地看着曹伦说："我的画，无论谁来，绝无二价；非常好的朋友来了，可以分文不取地赠送，但绝不可以落价。我和您，还不太熟啊……"

一番话，说得曹伦面红耳赤，陈局长和凡主席也非常尴尬。

事已至此，饭也不好吃了，几个人只得快快告辞。

出了门，三个人都觉无面。

村长说："晌午了，到我家吃顿农家饭吧！"

天气正热，几个人也不愿就此回城，便应了村长。

村长回到家，先安排老婆做着青菜，自己骑上摩托车，说是要去买点儿野味儿。

几个人吹着凉爽的空调，喝着茶，都无话。曹伦心里已经凉到了底：莫凤岐连这二位的面子也不给，看来，自己想收藏他的画，必须花大价钱了。

几盘青菜端上来，酒倒上了，村长的摩托车也进了门。

村长买回了烧鸡、熏野兔，一进门就吵吵着让老婆快拿去撕开，盛盘子里。

然后，村长从腋下拿出一个牛皮信封，递给了陈局长。

陈局长问："什么呀？"

村长说："莫凤岐的画。"

三个人同时"啊"了一声。

陈局长打开一看，可不，真的是一幅莫凤岐的写意人物画。

曹伦问："花多少钱？"

村长伸出一个巴掌说："五万。"

陈局长狠狠地拍了村长一下说："你比我这局长面子还大呀！"

村长一咧嘴："嘿嘿，我一出门就打电话，让村里停了他家的电和水。"

胡一刀的爱情故事

胡一刀初中毕业没考上高中,也没考上中专,就跟他屠夫舅舅当学徒,几年后成了一个小屠夫。

胡一刀真名叫胡宗南,和一个历史人物同名同姓。"胡一刀"这个外号,是他当上屠夫后获得的。

县城的农贸市场里,有个全城出名的地痞,叫范老九。范老九生得人高马大,却什么事儿都不干,每天穿行于各个铺面之间,收取保护费。对于肉案子后的这些屠夫们,他不收钱,只收猪腰子,每头猪的两只猪腰子,都是他的。他收了后,再高价卖给饭店。因他身强体壮,打架还不要命,所以没人敢跟他硬碰。他也被人举报过多次,但终因犯的事儿太小,关个五六天就放出来了。惩治最厉害的一次,也不过是公安部门搞运动时把他弄到车上游了游街。他不但不在乎,反而把这些劣迹当作唬人的资本,动不动就喊:"老子都七进七出了,也不在乎多进去几次,有种就去告我!"

胡宗南刚来农贸市场卖肉时,见范老九挨个肉案子收猪腰子,从东头收到西头,收完后转身就走了,连句话都没有。而屠夫们呢,该干吗干吗,就像没看见他一样。胡宗南不明白怎么回事儿,还以为他是老客户,早晚给钱呢!等范老九走了,别人才告诉他,这人拿腰子是不给钱的,不仅如此,猪腰子还贵贱不能卖给别人,早晚给这人留着,否则会有麻烦的。

第二天，范老九收猪腰子收到胡宗南这里，刚伸出手，胡宗南就用割肉的刀子把两个腰子压住了。

范老九诧异地抬头看了看他，问："想干吗？"

胡宗南说："不干吗，给钱，连昨天的一块儿给。"

范老九笑了，左右看了看其他卖肉的屠夫们，屠夫们也都笑了。范老九说："小兄弟，刚来的吧，还不懂规矩。"

胡宗南也笑了，说："俺只懂得公平买卖，不想懂什么规矩。"

范老九将手提袋放在肉案子上，捋了捋袖子。鲁西北的汉子们，想打架时或向对方表示要动武时，都是先捋袖子，这是通用的信号，也是对弱者的示威。

胡宗南放下刀子，也往上捋了捋袖子说："想打架呀？你也不一定能打过俺。"

范老九上下打量了一下胡宗南一米八五的个头儿，还有裸露出的胳膊上突起的腱子肉，又笑了："兄弟，咱俩这体格，要动起手来谁也沾不了光，咱就叫个板吧。你不是有刀吗？有种的，一刀把俺捅了！没种的，乖乖地按规矩办事儿。"

胡宗南拿起了那把锋利的尖刀。

范老九明显地怔了一下子。

这时，附近卖肉的、卖菜的，赶早来采买的男男女女都围了上来。

胡宗南说："捅你？捅了你俺还坐牢哩，不划算。"说着，拿刀就在自己的左胳膊上割了一刀，血一下涌了上来。

范老九拿起胡宗南扔给他的刀子，也在胳膊上割了一下，血也涌了出来，不过，伤口明显要浅，血流得也不多。

胡宗南不屑地看了看范老九的伤口，重新拿过刀子，把左手的小拇指平放在肉案子上，刀光一闪，在人们的惊呼声中，一截手指在肉案子上跳了起来，然后，落下，再跳起来，再落下，还兀自不停地蠕动。

范老九恐惧地看着胡宗南递过来的刀子，忽然一转身，挤出人群，跑了。

有种呀！很多人都挑起了大拇指。有个看热闹的焦急地喊："别光顾着表扬他，快送医院哪，还能接上呢！"

由于离医院近，那截断指真的接上了，但却远远不如以前灵活了。

从此，范老九再没来收过猪腰子。

事发的当天，屠夫们纷纷议论：

"这个小胡，眼都没眨呀！"

"真有种，一刀就把自个儿的手指头剁下来了！"

"简直是个胡一刀呀！"

恰好，电视上正热播孟飞、伍宇娟版的电视连续剧《雪山飞狐》，大侠胡一刀的名字正在人们的口头上热着，有人一提这个茬儿，人们就都管胡宗南叫胡一刀了，偏偏他又是个天天拿刀的屠夫，不久，"胡一刀"就在周围叫开了。

一个初秋的晚上，胡一刀去和一家饭店的老板结算肉钱。由于老板自己兼着厨师，等炒完菜，已经是晚上十点多了。两人算完了账，老板见胡一刀还没吃饭，心里过意不去，就炒了两个菜，留胡一刀喝了个小酒儿。饭后，已经是凌晨了。胡一刀骑上他那辆满是油污的自行车回家。

我们村子和县城之间,隔着一条大河,叫徒骇河,是大禹治水时疏通的九条大河之一。所以,胡一刀回家,必须经过徒骇河大桥。这一晚,他刚骑上大桥,就听见桥中间那块儿有吵嚷声,间或还有女人求救的声音。他赶紧猛蹬了几下,来到了桥中央。借着月光,他见五六个男人围着一个姑娘,正撕扯姑娘的衣服,姑娘拼命呼救。他大喊一声就冲了上去,三两下就将他们拽开了。那姑娘一见,哭叫着扑上来,抱住了他的一只胳膊,把头紧紧贴在他的胸前。那几个男人见只有他一个人,一边叫骂着,一边呈三面合围之势冲他逼了上来,有两个,还掏出了雪亮的匕首。那姑娘吓得全身发抖,紧紧抓住他的胳膊不松手。他只好搀扶着那姑娘,一步步后退着,直退到桥栏边。其中一个拿刀的男人说:"小子,快滚开就什么事儿也没有,再管闲事就给你放放血!"胡一刀见突围无望,忽然拦腰将姑娘抱了起来,一用力抛向了桥下。在那姑娘的尖叫声中,几个男人也同时发出惊呼,还没等他们明白过来,胡一刀翻身越过桥栏,急如流星般向桥下坠去!

桥上的几个男人面面相觑了片刻,赶紧逃离了。

胡一刀和那姑娘先后落水,他抄起姑娘的一只胳膊,让她的头在外面露着,然后用一只手奋力向岸边划去。

一会儿就上了岸,那姑娘因呛了一口水,咳嗽了半天。咳嗽完了,姑娘说:"你真大胆,淹死俺咋办呀?"

胡一刀说:"俺是在这条河里泡大的,有俺在,保证淹不死你。"

姑娘是县化肥厂的工人,刚下了夜班,就碰上了这么一帮流氓,要不是胡一刀果断地带她跳了河,后果真是不堪设想。当下,胡一刀将姑娘送到了家门口,姑娘问:"你是哪村的,叫嘛名字?"胡一刀说:"俺是五合庄的,叫胡一刀。"

几天后,胡一刀接到了一封信,信很简单:胡大侠,我想和你谈恋爱,你若同意,星期天上午十点到上次救我的地方见面。朗剑秋。

不久,农民屠夫胡一刀找了个漂亮工人老婆的故事,在当地传为佳话。

要知道,80年代初的工人和农民,也就是非农业户口和农业户口之间,还隔着一条很大的鸿沟呢!

救援记

姜涛最近不顺当。先是职称没评上,后来单位派人下基层挂职,本来想派他的,也被人给顶了。姜涛就请了病假,天天在外面转悠,找朋友喝酒。

这天下午,姜涛在城边的一家饭馆喝完了酒,一个人步行回家。

姜涛想找条僻静的路走,就漫步到了郊外。从繁华的都市走进荒草茂盛的野外,姜涛顿时感觉神清气爽。草丛中,竟然有一条两米多宽的水泥路,很干净。姜涛缓缓地走着,一边梳理着杂乱的思绪，一边欣赏着远处的树林、近处的花草，有时也抬头看看湛蓝如洗的天空。忽然，他脚下一空，整个人急剧下坠，眼前一黑，接着感觉自己下半身发凉，一股难闻的臭味儿钻进他的鼻孔。他不知发生了什么事情，努力让自己镇定下来后，感觉头上有亮光，抬头一看，头顶上，是一个圆圆的亮孔，透过这个孔，他看到了一片圆圆的天空。他恍然大悟：这是掉进下水道里了。怪不得呢，在这荒郊野外，哪来这么平整的水泥路呀，敢情那是下水道的盖板，而他掉下来的这个圆孔，应该是清洁工搞清理用的。姜涛的眼睛已经适应了周围的光线，眼前的事物隐约可见。这条下水道宽约两米，两壁都是用石头砌起来的，水深及胸，黑乎乎的脏水缓缓流动着，散发着难闻的气味，让他有一种窒息的感觉。姜涛看了看，光滑的石壁根本搭不上手脚，自己伸直双臂离上面尚有一米多的高度，没有外援，是根本不可能出去的。他掏出手机，想打110。打开手机，他的心冰凉冰凉的：手机已经进了水，自动关了。一种无边的恐惧，这时将他紧紧笼罩了：这周围荒无人烟，如果连续几天没人经过，自己肯定要死在这肮脏的下水道里了。他忽然张开大嘴，疯狂地大叫道："来人啊——来人啊……"他明白，这样喊，声音传到外面，已经极其微弱，别说外面没人，即使有人，如果不是离得太近，也不会听见。但他不能坐以待毙，怎么着也得做最后的努力。他一声接一声地喊着，喊声里已经带了哭泣的声调，绝望的情绪让他忍不住泪流满面。这时，他想起了年迈的父母，辛辛苦苦将自己拉扯成人，自己还没有尽一份孝心，就这样不明不白走了，也许，几个月后，到清淤的时候，自己的尸体才能被发现……他想起了妻子女儿，妻子一直是依赖他的，女儿更是一天也没有离开过他，没有了他，她们的天空都会塌下来的，谁会给她们的天空撑开一面温暖的保护伞？职称算什么？职务又算什么？重要的是活着，只要活着，一切都是美好的……

嗓子喊哑了，姜涛绝望了。

这时，上面忽然一暗，一个人脸出现在圆孔上。

姜涛擦了擦自己的眼泪，仔细看，没错！一个人正趴在上面往下看。谢天谢地！

没想到，一转眼间，那张人脸又不见了。

姜涛急了，大喊："哎——回来！回来——"

那人回来了，问："你有事吗？"

姜涛说："你没看到吗？我不小心掉进来了。"

那人说："噢，那你下次小心点儿吧！"

说完，那人又要走。

姜涛大喝一声："站住！你不能见死不救！"

那人站住了，往下看了看说："你死活与我有什么相干？我这里还有一肚子的麻烦呢！"

姜涛见这人有些不可理喻，怕他走开，就忙问："你有什么麻烦，我可以帮你呀！"

那人说："我女儿考上了大学，好几万块钱的学费，凑来凑去还差一万，我心烦，才走到这里的。"

姜涛说："你女儿这一万块钱学费我出了，算是报答你的救命之恩。"

那人解下腰上的皮带，垂了下来。姜涛的手刚刚够到，那人忽然又将皮带提了上去。

姜涛问："怎么了？"

那人说："看来你这人很有钱，我救了你的命，一万块钱太少了，给两万吧，我也想过过有钱人的生活。"

姜涛说："你不过是举手之劳，一万块钱已经不少了，别太贪了。"

那人说："那我告诉你一个省钱的办法，你顺着下水道走，走五里水路，一直走到污水处理厂那儿，让搅拌机给搅碎了，然后就出去了。"

姜涛说："好吧，两万就两万。"

那人把皮带垂下来，拉了几次，终于把姜涛拉了上来。

姜涛大喘了几口气，看清眼前是一个四十多岁的瘦男人，像是附近的农民。

那人问："什么时候给我钱？"

姜涛见他还坐在那个圆孔，就一把将他推了下去。

那人在下面破口大骂："老子刚救了你，你就害老子……"

姜涛呼吸着新鲜空气，一句话也不说。

过了好长时间，下面没声音了，他才问："你要死要活？"

"当然是要活了。"那人骂也骂了，已经意识到了自己的处境，声音明显小了。

姜涛说："那好，三万块钱。"

那人又骂："王八蛋！你想钱想疯了。"

姜涛说："那你就按自己说的，走水路到污水处理厂吧！"

那人说:"好好,三万就三万。"

姜涛把那人拽上来,笑着看他。

姜涛说:"如果你刚才痛快地把我拽上来,一万块钱就到手了,你女儿的学费也齐了,多好。可是你,非得要两万,现在呢,你一分钱也没挣到,还得倒贴我一万,多不划算。"

那人说:"活着就好,会有办法的。"

姜涛问:"想明白了?"

那人点头。

姜涛说:"你想明白了,我兑现我最初的承诺,你女儿这一万块钱学费我出了,算是报答你的救命之恩。"

那人用力抓住他的手问:"当真?"

姜涛说:"当真!以后的那些交易,全当玩笑了。"

那人问:"你心这么好,为什么还要把我推下去?"

姜涛说:"你只有下去一次,才能体会到在上面体会不到的东西。"

"喝一斤"婚史

"喝一斤"是我们办公室司机贺师傅的外号。他开车技术绝对是一流的,在我们这个小城的司机圈子里很有名。他之所以有名,是因为曾经有过一次对司机来说很了不起的经历。那一年他开"解放"挂车去山西拉煤,回来的时候,车正顺着下坡路滑行,刹车突然失灵了。人都说"蜀道之难难于上青天",山西的山路也好不到哪里去,几乎全是陡坡,一个坡少则一二里路,多则四五十里,如果下坡,得一个劲儿地踩刹车。刹车锅子热得受不了,当地的司机便都在后车斗上安个水箱,弄个水管子顺到刹车锅子上,到下坡时就让水不断地往刹车锅子上淌,以便于降温。不经常跑山路的外地车没有这个土设备,刹车失灵是常事,因为刹车失灵车毁人亡也不是什么新鲜事了。"喝一斤"刹车失灵的时候,车正在一个二十多里长的陡坡上下坡,车一失去控制,就像脱缰的野马般往山下狂奔起来,车速越来越快。这个下坡路左边是高不可攀的峭壁,右边是深不见底的峡谷,无论撞到峭壁上还是跌下峡谷,结局都是一样的。如果这时正赶上对面有上坡的车,那就更糟糕了,两辆车都得玩完。就在这么一种情况下,"喝一斤"愣没慌,他稳稳地驾着方向盘,将车尽量贴近左边的峭壁,瞅准机会就将方向盘往右猛地一打,车头往右一甩,车后的挂斗自然就向左甩,蹭在峭壁上一挂,车速就慢了一点,如此反复几次,硬是将车停了下来,唯一的损失就是车后斗挂烂了半边,但比起车毁人亡来,总算是捡了个大便宜。这件事之后,公司就把他从车队调到机关,给一把手开小车。

按说,给领导开小车是绝对不能喝酒的,但"喝一斤"有十几年的"喝酒史",已经有了瘾,根本管不住自己。他酒量很大,每次喝一斤不醉,又因了他姓贺,所以人们起初都叫他"贺一斤",后来又演变成了"喝一斤"。"喝一斤"名副其实,只能喝一斤,少了不过瘾,多了就醉。但即使他醉成了一摊泥,只要把他架到驾驶室里,他就会和正常人一样将车开得又快又稳,从未出过事故。即使这样,领导对他也不满意,劝了他几次见收效不大,就把他安排到办公室开"机动"车,又找了一名不喝酒的小车司机。

"喝一斤"在我们办公室人缘极好,是公认的好人。他为人厚道,除了爱喝酒之外没什么缺点。他热心肠,谁有事用车,无论公事私事,他都不辞辛苦。他喝了酒后爱和人说掏心窝子的话,爱动真感情,有时还来几滴真格的眼泪。因为他嗜酒如命,和他关系不错的人都担心他出车祸。但谁也没想到该出的事没出,不该出的事却出了。"喝一斤"家在农村,离城三十多里路,所以就不常回家,公司照顾他,给了他一间宿舍。"喝一斤"经常陪领导出入酒店、舞厅,无意中结识了一个叫"莲子"的酒店小姐,俩人一见面就对上了眼,但谁也没捅破那层窗户纸,"喝一斤"只是鬼使神差般把自己的传呼号给了她。后来莲子回家,打传呼要他送,他就送了她一回。接下去的细节我就搞不清楚了,反正"东窗事发"的时候,那位莲子小姐已经大了肚子。她逼"喝一斤"离婚,"喝一斤"因已经有了俩孩子,不愿离,就开始躲着她,她就挺着个大肚子来宿舍找他闹。人们听到哭闹声赶去看究竟时,才惊讶地发现"喝一斤"的宿舍不知何时竟像个"家"一样了,过日子的东西一样不缺。在莲子小姐的哭诉声中,我们终于知道他们俩已经像真正的两口子一样正儿八经地在一块儿过了半年了。后来,尽管公司几位能言善辩的女人一起出马游说,莲子小姐却吃了秤砣般铁了心,非"喝一斤"不嫁,如果不答应就和肚子里的孩子一块儿死。接下去事情就越来越热闹了，莲子的父母不知怎么知道了，找到公司来闹，要领导给个"说法"，"喝一斤"的原配也哭哭啼啼地跪到我们几位经理的面前要求讨回公道，弄得领导们也不知道哪头炕热。

最终，还是"喝一斤"的原配心疼丈夫，怕他太为难，就让了步，同意离婚，但有一个条件：离婚不离家，"喝一斤"农村老家的房子财产都归她和孩子。"喝一斤"怕再弄下去搞出人命，就同意了。接下来的事情就好办多了，莲子小姐很听话地流掉了肚子里的孩子，和"喝一斤"结婚了。

公司帮"喝一斤"处理完他的两个女人的事后，就准备处理他了。经理办公会经过研究，炒了他的鱿鱼。他走得也很痛快，他对我说："出了这么档子事，怎么说也没脸再在这儿干下去了。"

我再见到"喝一斤"的时候，已是三年之后了。当时，他正在一座崭新的小楼前拿扫帚打扫卫生。我的心一酸，惊问："怎么干上这一行了？"他笑笑说："这是给自己干的。"我更加吃惊了，又问："这是你盖的楼？"他笑着点了点头。原来，他离开公司后，东挪西凑地筹集了部分资金，买了辆新型的加长半挂车，自己开着跑山西运煤，很快就发了，于是，他就买了块地皮，自己盖了一座三层的小楼。说着话，他不由分说就拉我上了楼。来到客厅坐下后，他就喊"当家的"弄几个菜来。"当家的"一出来，吓了我一跳，她竟是"喝一斤"的原配。我掩饰不住诧异的表情，索性直接问道："那一个呢？""喝一斤"不好意思地笑笑说："一共在一块过了仨月,早就离了。"等原配端上菜后,他才断断续续地讲了他和莲子小姐的事。原来,那莲子是个水性杨花的货色,见他丢了开车的饭碗,就对他失去了一半的兴趣,不久就和她当小姐时认识的一个小白脸子勾搭上了,并且很有点儿明目张胆。"喝一斤"堵住他们后,也没难为她,只是让她在离婚协议上签了字,就了断了。我们边说边喝,不到两个小时的时间就喝了二斤白酒。我因记挂着公司里的事,就起身向他告辞。他跌跌撞撞地将我送到楼下,拍了拍我的肩膀,推心置腹地对我说:"兄弟,大哥送你一句老话,这话可是你哥自己体验了一回的。"我问:"什么话?"他趴在我的耳朵边说:"休贤妻毁青苗,后悔到老哪!"我也有些醉了,很中肯地点了点头说:"中!大哥,你这句话中!"

我刚骑上自行车,就听见"喝一斤"在后面"哇"的一声吐了。我下了车子,回头看时,原配已经搀着他进了楼梯间。

我想:现在"喝一斤"已经喝不了一斤了。

无言的默契

马恺是偶尔路过这条街的。马恺以前下班总走最近的那条路,可眼下那条路因埋设煤气管道而无法通行了,马恺只好绕道而行,就绕到了这条街上。

中午的日头毒辣辣地炙烤着街上的行人，人都无精打采地低着头，匆匆忙忙地往家赶。这是一条南北走向的新开发的街道，街两旁的树还只有小孩的胳膊粗，所以整条街上一点儿荫凉也没有。马恺以前经常走的那条街两旁都是一搂粗的法国梧桐，在树下骑着单车，凉丝丝的，说不出的惬意。可眼下马恺觉得自己快被日头烤干了。他眯缝着眼，无奈地往街两旁扫了几眼，纯属无意识地，就扫到了一个镜头。

一个年近花甲的老妪，蹲在没有任何蔽荫的路边，一只干瘦的老手徒劳地举着一张报纸，无力地向路人摇晃着兜售。白晃晃的日光照在她满头的白发上，使她的白发白得有些刺眼。路人都匆匆地往家中急奔，谁也没有看她一眼的时间，更没有人肯停下来买她的报纸。她孤零零地蹲在路边的报摊前显得那么无助和可怜。马恺的心在一瞬间剧烈地抖了一下，一个同样苍老的面容在脑海里一闪，那是他远在乡下的母亲。同样是下意识地，马恺在老妪面前停了下来，买了她一张报纸。然后，他将报纸夹在单车的后座架上，匆匆回家了。

马恺买的是一张《羊城晚报》，他们单位订了好几份，因此马恺一进家属院的大门，就顺手将它送给了看大门的老于。

以后的日子里，马恺仍然从那条没有任何荫凉的街上走，仍然每次都下意识地在那位老妪面前停下单车，然后买她一张《羊城晚报》，再然后将报纸送给看大门的老于。老于也是个可怜人，三个孩子上学全靠他一个人的工资硬撑着，据说老伴没有工作。

一个夏天过去了。马恺以前走的那条有法国梧桐的街早已经埋好了煤气管道，但马恺仍然走这条没有树荫的街，仍然买那老妪的一张晚报送给看大门的老于。

一年过去了，两年过去了……

终于有一天，马恺下班再路过那条以前没有任何荫凉而现在已经绿树成荫的街道时，路边没有了卖报的老妪。在老妪以前卖报的地方，站着看大门的老于，手里拿着一张《羊城晚报》。马恺在老于面前停下单车，老于就很自然地将报纸递给了他，像以前的老妪。

马恺吃惊地睁大了眼睛。

老于告诉马恺，老伴已经不能再来卖报了，她得了胃癌，已经到了晚期，现在住在医院里。马恺仍然呆呆地望着老于，不知说什么好。抻了一会儿，老于又说，其实，她早就不必在这儿卖报了，身体不好是一方面，主要是孩子们都参加了工作，不需要她再挣这几个钱了。可她偏不，她说有个人每天都买她一张报纸，为等他一个人，她也要来。孩子们劝不住，就不让她挨号去批报纸了，每天给她零买一张，让她再来卖给那位好心人，她这样又坚持了三个月……老于终于说不下去了，两行老泪蜿蜒而下。

第二天上午，马恺请了假，来到老妪的病房时，老妪已经闭上了眼睛，她手里攥着的，是一张当天的《羊城晚报》。

那是她卖给马恺的最后一张报纸了。

具丘山笔记

越来越像领导

刘大伟的好运纯粹是由一次偶然带来的。

那一次,厂里召开职工代表大会,厂党委书记郑来秋向职工代表们征求意见,代表们一个个都拣过年的话说,郑来秋的脸上便渐渐地失去了笑意。刘大伟就是在这个时候"腾"地站起来的。刘大伟说:"郑书记,我觉得材料库再让赵明这个家伙管下去,咱厂子就快完个球了!"

一语惊四座,会议室里顿时鸦雀无声。

赵明是材料库的主任,是书记郑来秋的小舅子,他平时总将厂子当作自己家里开的,经常将厂材料库里的物资倒腾出去卖钱,大家都知道,但谁也不敢提这茬。没想到,平生第一次当选为职工代表的刘大伟居然一下给捅了出来,而且,还当着全厂中层以上领导和职工代表的面。

郑来秋的脸色"唰"地变得乌黑。

很多人都为刘大伟捏着一把汗。

良久,郑来秋才打破平静说:"这事会后再议,下面继续开会。"

众人都暗暗松了一口气,以为这件事就这么过去了。谁也没有想到,仅仅三天之后,赵明就被调到车间当维修工去了。

这一下大快人心。但也有人私下里对刘大伟说:"书记这

只是做做样子的,你小心点吧,快倒霉了。"

事情并没有按照人们的思路往下发展,而且越来越出乎人们的预料。刘大伟被从车间调到材料库当了主任,后来又当了办公室主任,管后勤、保卫的副厂长……

就这样,刘大伟从一个普通工人青云直上,成了厂里的主要领导。起初,他并不在乎这些,他本来没有过当官的想法。但渐渐地,他感觉出来了,当领导和当工人就是不一样。先是以前在车间经常拿他"大头"的车间主任见了他就点头哈腰,逢年过节还总给他"表示表示"。后是他在车间干活的老婆很轻松地进了车间办公室,当了工作轻松又不少拿工资的统计员。至于厂里的工人、街坊邻居见了他"刘厂长刘厂长"地献殷勤,更是不在话下了。刘大伟在倍感滋润的同时,对郑来秋感激涕零。

按下来发生了一件很令刘大伟头痛的事。

书记那个不争气的小舅子赵明,因赌博输得一塌糊涂,竟然又将手伸向了厂里的材料库。这一次他干得比较有水平。他在一张作废的领料单上做了做手脚,从材料库里提出了价值近万元的材料,准备用来厂里送货的一辆外地车"捎"出去,结果被门卫当场擒获。

因刘大伟主管后勤、保卫工作,事情自然由他处理。

为了处理好这件事,刘大伟三天三夜没睡好觉,头发都熬白了大半。他绞尽了脑汁,终于拿出了处理方案:对赵明罚款五十元,并要求他向厂保卫科提交书面检查。

处理方案公布的第三天,厂党委撤销了对赵明的处理方案,并重新对赵明做出处理决定:开除。

一个月后,刘大伟被撤销了副厂长职务,调去工会当了一名干事。

刘大伟觉得很委屈,他找到郑来秋,含着泪问:"我做错了什么?"

郑来秋慢慢踱着步子,围着刘大伟转了好几圈,才叹了口气说:"其实,你没做错什么,只不过,你越来越像一些领导了,我喜欢的,是以前的刘大伟。"

邂逅良家女子

何安是个不太安分的男人,他好色,但胆子又小,不但怕妻子,而且怕艾滋病、梅毒和警察。

妻子因公出差半个多月了还未回来,何安度日如年。尤其是晚上,他更是难以入眠。

这天晚上,他实在是睡不着了,就穿上衣服到街上闲逛。

何安住的地方离火车站很近,晚上经常有"鸡"出没。但前面已经说过,何安只有色心没有色胆。但何安却经常野心勃勃和想入非非。他经常幻想有一天能邂逅一位良家女子,最好对他一见钟情,然后再以身相许。清醒的时候他也知道自己是痴心妄想,但每到情绪上来,他仍然浮想联翩……

这天晚上,何安就特别想有一次艳遇。于是,他两只狼一般的眼睛不断地到处扫描。

忽然,他看到前面一盏昏黄的路灯下,有一个年轻的女孩正东张西望。那女孩一看就是从外地来的,脚边放着一个大旅行袋,鼓鼓囊囊的。那女孩显然也看到了何安,就往前迎了几步,怯生生地叫了声:"大哥。"

何安借着灯光一看,嘿,这女孩子虽说穿得很保守甚至有点儿土气,但长得还是蛮清秀的,尤其是一双怯生生的眼睛,一看就是那种文静的良家女子。何安心不由一动,就微笑着问:"妹子,需要我帮什么忙吗?"

那女孩沉吟了一下,不好意思地低下头说:"大哥,俺是乡下来这里打工的,带的钱不多,还弄丢了,想麻烦您给找个地方暂住一晚上行吗?"

"行行行!"话一出口,连何安自己都觉得有点儿太迫不及待了。

何安打了个面的,将女孩带到了自己两室一厅的家里。借着家里明亮的灯光一看,何安不禁心花怒放,这女孩真称得上是国色天香,要是再打扮一下,就是一个典型的靓妹,看来自己今晚是有艳福了。

何安正想着如何进入角色,女孩忽然吞吞吐吐地说:"大哥,俺还未吃饭,能……能给俺点吃的吗?"

这一下正中何安下怀:想办法让她喝酒,把她灌醉,还不……他越想越美,动作麻利地从冰箱里取了几样冷食,一会儿便弄出四样菜。

何安打开两瓶啤酒,递给女孩一瓶,女孩说:"大哥,俺从来不会喝酒。"

何安说:"喝一点吧,一点不碍事的。"

女孩说:"啤酒俺喝了过敏,您实在让俺陪您喝,俺就多少喝一点白酒吧,以前过节时在家喝过,还能喝点儿。"

何安一听,心里更高兴了,他想:一个女孩子,能有多大酒量,还喝白酒,那不更容易醉吗?

何安就起身到阳台上取了一瓶"禹王亭"陈酿。

于是,何安喝啤酒,女孩子喝白酒,两人就对喝上了。

一瓶啤酒下肚,何安忽然觉得有点儿头晕,头一歪就什么也不知道了。

何安醒来时已经是第二天的上午了。他睁开沉重的眼睛,见那女孩已经不见了。他摇摇晃晃地站起来,把整个房间找了一遍,也没见到女孩子的影子。他拍了拍后脑勺,怀疑昨晚的一切均是南柯一梦。但女孩子那个鼓鼓囊囊的大旅行包还在沙发旁边放着。他打开包一看,里面竟是一包废纸和废布条子之类的垃圾。

何安还未想明白究竟发生了什么事,电话铃响了。他接起来一听,正是昨天晚上那个女孩,那个女孩还是那么客气,她柔声细气地说:"大哥,您放心,俺没拿您别的东西,只拿了您的现金和存折,现在,请您告诉俺一下您的存折密码。"

何安气得心脏一阵狂跳,手也抖了,他大吼了一声:"你……你休想!"

女孩子却不着急,她仍然温柔地说:"大哥,别生气,昨天晚上您睡着后,俺记下了您电话上贴的号码,所以,俺随时

可以和您家嫂子谈心。对了，您千万别报警，因为俺现在已经在几百里之外了，用的是磁卡电话，再说了，俺也不会笨到自己去取款的地步，俺会打'面的'去，让司机替俺进去，一有风吹草动，俺就逃之夭夭了……亲哥哥，您就把密码给俺说了吧，省得俺还得麻烦您家嫂子……"

何安气得一阵气血翻滚，眼前一黑，又晕了过去。

拯 救

朋友第一次来借钱，是一年多以前的事儿，说是生意不顺利，先借点儿钱维持家用，什么时候生意好就还。他问我借一万，我就给了他一万。

朋友第二次来借钱，是半年前的事儿。事先，他先给我打了个电话，说是来还借我的那一万块钱。

朋友在我老家的那个县城，到市里一百多里地。

我说："你就别跑了，给你个账号，你给我转过来吧！"

朋友说："不行，我得亲手交给你才放心。"

中午，朋友来了，我请他到一个小饭馆，相对小酌。

席间，朋友拿出了一叠钱，甩在桌子上说："你数数，正好一万。"

我说："不用数了，你太客气了，如果再用钱，尽管说话。"

朋友没有说话，端起一杯酒，一饮而尽。

那是高脚杯，二两半白酒，他一气就干了。

我也上了情绪，一仰脖子，也干了。

朋友问我："咱算不算好哥们？"

我说："当然算了，都好了快二十年了。"

朋友说："那好，我也不给你客气了，我正有个难处想让你帮忙。"

我说："有事你就说，别见外。"

朋友说："我儿子——哦，我家你大侄子要结婚了，各方面要花钱，能不能先从你这里拿三万，你侄子结完婚收了人情钱，我立马还你。"

我问："那大侄子什么时候结婚？"

朋友说："就下个礼拜天，中午，你最好去捧个场。"

我说："我尽量去。"

朋友临走，拿回了还我的一万元钱，然后，又在我这里拿走了两万元。

朋友儿子的婚宴，我没有去成，让老家的朋友代我随了二百元钱的礼。

朋友的儿子结完婚后，我就等着朋友来还钱，甚至计划好了，他再来，我请他到附近刚刚开张的一家清真菜馆吃羊肉包子。

但朋友一直没有消息。我以为朋友忙，再等几天吧，等了一个多月，朋友还是没有消息。

我就极不好意思地给他打了一个电话，空号。

打了多次，都是空号。

再打他家的座机，是他妻子接的，听出是我后，马上说："我已经和他离婚了，现在房子归我了，他去了哪里我也不知道，你以后不要打这个电话了。"

我隐隐觉出了不妙的气息。就给我们共同熟悉的一个朋友打电话，朋友很惊讶："哦！你怎么敢借钱给他呀，他把朋友圈能借的人都借遍了，因为讨债的太多，老婆和他离了婚，他也跑路了。"

我又给另外几个认识他的人打电话，说法基本一致，现在他已经遭到多人的起诉，还有人雇用社会上的混混到处找他……

我知道上当了，很气愤，想起诉他，也想找几个混混教训他。但转念一想：不妥，毕竟我们曾经是朋友，他现在有难处，我不能落井下石，那三万块钱，他以后有了再还，以后没有，就当丢了吧！

后来，听说有人雇用了社会上的混混，到他家里找他的前妻和儿子儿媳妇要，不给，就在他家里住着，到吃饭时就上桌和他们一家人吃饭，到睡觉时，就睡在他们家的走廊里。

我觉得不忍，就又给他前妻打电话。他前妻听出是我后，不高兴地说："不是告诉你了吗，我们已经离婚了，没有关系了……"

我打断她说："你别误会，我是想请你捎个信给他，你们肯定会有联系，他联系你的时候，你告诉他，让他来找我，我想办法给他弄个事做做，挣些钱，慢慢地还账，这样一天到晚地躲债,到什么时候是个头?"

他前妻的嗓门这才小了下来,连连说谢谢。

不久后的一天,朋友敲响了我工作室的门。

朋友满脸风尘,一进门就连连道歉,说他并不想骗我,但实在是没人可骗了。

待他讲述完后,我对他说:"我早打算好了,只要你来,我就给你找个住的地方,你就在这里跑跑腿,给杂志社拉拉广告什么的,我给你待遇高点儿,最起码先让生活有保障,然后再慢慢地还账。"

朋友又是一番千恩万谢。

从此,朋友就在我们杂志社上班了,当然,我没有告诉老家的人,怕有债主找上门来。

我因为要搞创作,不愿意往外跑,就把自己不愿意去的一些偏远单位介绍给他去跑。朋友以前就干过给杂志社拉广告的活,是个内行,一个月下来,连工资带提成,他领了六千多元,相当于当时我们这里一个副厅级公务员的工资。

发了工资后,朋友要请我吃一顿饭。几杯酒下肚,朋友很兴奋,一遍遍描述他的业务计划,表示要大干一场。我也替他高兴,觉得他翻身有望了。

酒至酣处,朋友说:"我经常出去联系业务,也没有个证件,能不能给几张带公章的稿纸,我要去哪里时,根据需要,写封介绍信什么的也方便。"

我一听这是有利于工作的事,当即答应了。

第二个月,朋友隔几天就向我汇报他的业务进展情况,

看样子挺顺利的。

快到月底时，朋友忽然跑到我的办公室，急火火地对我说："你得先借我一万块钱救救急，我发了工资后就还你。"

我问："怎么了？"

朋友说："一帮社会混混跑到我家里，又砸又摔的，不给一万块钱不走。"

我问："你不是离婚了吗？"

朋友面有愧色地说："假的，为了应付债主，要不，房子也保不住了。"

我想，他这个月业务办得这么好，再加上月上个的积累，应该能还上，就赶紧给他拿了一万块钱。

朋友拿走这一万块钱后，再一次杳如黄鹤，手机亦成空号。

我打他家的电话，已经报停。

几天后，会计小张告诉我，朋友这个月开出了两万多元的发票，钱却一分没缴，说是月底一块缴……

两个多月后，有两家银行给我打电话，找我那位亲爱的朋友。

朋友用我提供给他的带公章的信纸开了收入证明，办了两张额度为两万元的信用卡，目前，两张卡都已经足额透支，且已逾期……

我拿什么拯救你呀，我的朋友！

具丘山笔记

真假皮夹克

侯文海发迹前，最大的愿望是穿上一件货真价实的皮夹克。侯文海身形颀长，一个偶然的机会，他曾穿过一个同学的真皮夹克，那真是既潇洒又神气。

但一件真皮夹克要五六百元乃至上千元，尚属工薪阶层的侯文海，每月只有三百元的工资，老婆又下了岗，日子总紧紧巴巴的，要攒钱买皮夹克，那只能将自己一家人的脖子吊起来。所以，一段时间以来，侯文海只能望"皮"兴叹。

但侯文海最终还是圆了自己的"皮夹克梦"。他得到皮夹克的过程有点儿不太光彩。那一天深夜，他从朋友家里喝酒归来，走到一条偏僻的小巷时，见前面有个骑自行车的人影，借着昏暗的灯光，依稀看出是个女人。这时，那女人发觉了后面的侯文海，就加快了骑车的速度。侯文海知道女人害怕，怕他是坏人。一种恶作剧心理，驱使侯文海也加快了速度。女人发觉后，骑得更加快了。侯文海感到很好玩，正想再骑得快一些，忽然发现从女人的自行车上掉下一个黑乎乎的东西。他刹住车，弯腰将那东西捡起来一看，是一个女人用的坤包。他赶紧大声对前面的女人喊："喂，站住！快站住！"女人骑得反而更快了，并很快拐出了小巷，不见了踪影。

侯文海的运气就是这样来的：女人的坤包里有六百元钱，正好够他买一件真皮夹克的。

侯文海穿着真皮夹克出现在办公室里时感觉还挺爽的。但接下来的遭遇是他始料未及的。

同事们一见他都"哇"地怪叫着围了上来。司机小刘拽了拽领子说:"呀,可惜是人造革的。"

科员小赵很内行地抓住一块皮子攥了攥说:"呀,仿得真像,一般人还以为是真的。"

侯文海推了他一把说:"去你的吧!这是货真价实童叟无欺的山羊皮夹克,在贸易大厦买的,花了六百元呢!"

这时,外号"老缺"的科长老周在旁边说:"都甭看了,还用看吗?小侯每月才挣三百元钱,他拿什么买真皮的?"

这个老周,平时最看不起侯文海,经常当众奚落他、挖苦他。平时侯文海全忍了,谁叫人家是科长呢!但今天侯文海实在忍不住了,他一转身将皮夹克脱了下来,找了个线缝,一用力"刺啦"一声撕开了,然后他将皮子的里面翻出来,指着密密麻麻的毛孔问:"你们看看,这是假的吗?这是假的吗?"

众人围过来一看,都傻了眼。只有"老缺"在一旁冷笑道:"嘿嘿,现在连女人的胸脯都可以造假,在人造革上扎几个眼算什么?"

一句话让侯文海差点儿背过气去。他终于明白:凭自己目前的身份、地位,根本就不配穿真皮夹克,穿上了也没人会相信是真的。

后来,侯文海下了海,先小打小闹,攒了一笔钱后又倒腾大的,五六年之后,终于发了财,成了大老板。

侯文海今非昔比,也赶起了时髦,找了个"小蜜"。那

"小蜜"才二十岁出头，很会讨他的欢心。前几天，"小蜜"到东北老家探亲，回来时给他捎了件皮夹克，做工很考究。侯文海拿到手里一攥就知道是"高革"（一种比较高档的人造革）的。但碍于"小蜜"的面子，他还是当即穿在了身上。

就在这天下午，侯文海回家时，在原单位的生活区大院里正遇上"老缺"周科长。由于工厂已经倒闭，周科长也失了业，整天在大院内闲逛。周科长一见侯文海，立即迎上来，谦卑地说："侯总，什么时候又买了件皮衣？一看就是高档货。"

侯文海淡淡地笑了笑说："哪是什么高档货，人造革的。"

周科长讪笑道："开什么玩笑，你哪会穿人造革的。"说着话，他用手很小心地在皮夹克的下半截摸了摸，咂着嘴说："好、真好，得几千元吧？"

侯文海笑道："人造革货，哪值几千元，一百元钱撑死了。"

周科长仍不信。侯文海就脱下来，在一条线缝上一扯，扯开一条缝，翻出皮子的另一面说："你看，反面还有纹纹呢，连个毛孔都没有，怎么就是真皮的了？"

周科长说："现在科学技术高了，把毛孔处理平也是可能的。"

侯文海大笑，他拍了拍周科长的肩膀说："不是科学技术高了，是你老兄看我的眼光高了。"说着话，他将皮夹克披到周科长的肩上，大踏步地向家门走去。

羊汤馆

老六的羊汤馆是从摆地摊干起来的。

几年来,老六和老婆双双下岗,在走投无路的情况下,试着在小区门口的一块空地上摆起了羊杂汤摊子,陈设极简陋,几张小矮桌,几个马扎。

但老六的羊杂汤很快火了起来,小矮桌从几张增加到十几张,后来,又增加到了几十张。每天一大早,他的羊汤锅周围坐着一大片人,吵吵嚷嚷,煞是热闹。

大家都爱喝老六的羊杂汤,是有道理的。一是老六的汤好,全是羊腿骨从中间断开,露出白生生的骨髓后下锅熬的;二是老六舍得下本,购买的是整套的羊下货,羊头羊肚羊心等好东西一样不缺。不像有的小摊贩,为了省钱,只买些羊肺羊肝等便宜货。

几年后,老六买了两间临街的二层楼房,一楼做羊汤馆,二楼居住,总算安顿了下来。

羊汤馆开业后,因为卫生条件和就餐环境有了很大提高,老六的生意更加红火了,餐馆里天天人满为患,每天都从早上七点忙到九点多。

羊杂汤是早餐,所以,一到中午和晚上,老六的羊汤馆就变得冷清了,只有少数不愿回家吃饭又没有饭局的人才到这里来对付一顿。

老六很苦恼，就常把这事儿给来喝羊杂汤的客户念叨。后来，一个做生意的客户给他出了个主意：早上卖羊杂汤，中午和晚上卖凉拌菜和炒菜，要突出特色，以羊为主。这个主意让老六茅塞顿开，做羊身上的菜，咱拿手呀！

老六开始在早餐时给客户们做宣传工作，让他们中午或晚上来尝尝他做的扒羊脸、羊肠炖豆腐等特色菜。果然，陆续有人来了，老六用心做菜，很快就赢得了很好的口碑，中午和晚上餐馆里也忙了起来。

忙了几天后，老六一算账，嘿，这做菜比卖羊杂汤的利润可高多了。

不久，老六发现了一个问题。因为做菜需要的原料多，羊下货里的好东西如羊肠、羊肚、羊脸等又是人们爱点的菜，所以，每天进的全套下货里，这些东西都早早卖光，而其他如羊肺羊肝等东西，每天都剩下不少，日日积累，冰箱里都塞满了。怎么办呢？再这么下去，冰箱里都盛不下了，如果不整套购买下货，只买羊脸等上等货，会增加不少成本。老六思来想去，决定调整羊杂汤里羊杂的比例，多放羊肝羊肺，少放羊脸等好东西。因为喝羊杂汤的人多，采取了这个办法后，冰箱里积累的羊肺羊肝很快就下了大半。老六尝到了甜头，从此，羊杂汤里放的好东西越来越少了，而省下来的这些好东西，全部用到了做菜上，每天的收入都很可观。

因为每天都有可观的进项，老六忙得特别开心。每天早中晚三餐时间，他都在灶间手脚不停地忙碌着，尽管很累，但他却干得很起劲。

慢慢地,老六觉得自己开始不那么忙碌了,竟然有了喘口气、抽支烟的时间,这在以前,是不可想象的。

几天之后的一个早晨,老六惊异地发现,自己在灶间已经基本无事可做了。他来到前面的餐厅,发现吃饭的只有几个人。这时节,天气已经转凉,根据多年的经营经验,这应该是生意最好的时候,为什么会没有人来呢?

没想到,这仅仅是一个开端,以后的几天,不但早上喝羊杂汤的人少多了,连中午和晚上来吃菜的也不见了。老六很着急,但又毫无办法。

这一天早晨,已经八点多了,老六的羊汤馆空无一人。老六正想舀碗汤自己吃饭,一个老主顾带着孩子走了进来。老六赶紧招呼着,忙不迭地端汤、拿火烧。

那老主顾也不和老六搭话,只催着孩子快点儿吃。

老六在一旁的空座上坐着,忍不住问:"您咋这么长时间没来?"

老主顾看了他一眼,笑了笑说:"不瞒您说,就这,还是在韩氏羊汤馆坐不下了才来的。"

老六恍然大悟,原来,人家都换了地方吃饭了。

老六问:"怎么不来这了?我的羊杂汤不好?"

老主顾放下汤匙说:"你既然问了,我就实话实说吧,你这羊杂,全是些肺子和肝,好东西基本见不到,这样的羊杂汤谁喜欢喝?"

老六说:"我做的菜用的可全是好东西,怎么也都不来吃菜了呢?"

老主顾慢悠悠地说:"你的招牌是羊杂汤,中午和晚上来你这里点菜喝酒的,大多是早晨喝汤的熟客,说白了,都是羊杂汤引来的人,现在你的羊杂汤没人喝了,以前靠羊杂汤聚起的人气也就没有了呀!"

扎西的菜园子

扎西的菜园子,是来自山东的援藏干部老马帮扶着弄起来的。

老马是省农科院的技术员,来到日喀则地区后,在农业局当技术顾问,种菜是行家里手。

扎西本来对种菜不感兴趣,他已经习惯了祖祖辈辈传下来的放牧生涯。可他看到老马什么都亲自下手,从翻地、施牛粪、扎棚、育苗,都盯在菜地里干,就不好意思推辞了。扎西一不好意思,干起活来就特别卖力气。

一个多月下来,扎西的菜园子就郁郁葱葱了。老马一样样指给扎西:看,这是西红柿,这是辣椒,这是茄子……

扎西小的时候,他父亲曾收留过一个汉族的流浪汉,那个男人在他家里住了三年,小扎西天天和他黏在一起。所以,扎西从小就能听懂汉话。这也是当初选他为帮扶对象的原因。

一转眼,就要过中秋节了,老马休假回山东。临走,他对扎西详细交代了管理菜园子的方法。

回到家后的第二天中午,饭后,老马斜歪在沙发上正看电视,手机响了。他接起来,就听到扎西急促的声音:"马顾问!马顾问!你快快来吧,出大事了!"

老马的脑袋"嗡"一下就大了。在少数民族地区工作,他脑子里始终紧绷着一根弦,唯恐哪里出了闪失引发民族问题。

老马定了定神说:"扎西,别着急,慢慢说,哪里出事了?"

"是……是菜园子,菜……菜出事了!"扎西由于激动,有些语无伦次。

老马一听,放下心来,心想:菜能出什么事儿?

扎西紧张的声音又传过来:"毒药,全是毒药,您快来吧,吓死人了!"

老马刚刚放下的心又提了起来:毒药,难道有人投毒?

扎西说:"我也不知道是什么毒药,全是红的,一大片一大片的,您还是快点来吧!我们一家都不敢在菜园边住了。"

老马一听,这个问题严重了,现在,他们这个援藏点的技术人员都回来过节了,只有自己跑一趟了。

老马坐飞机赶到日喀则,又坐车来到扎西所在的牧区时,已经是第二天的下午了。

扎西穿得像一头棕熊,正在路边等着,见了老马,拉着他就往菜园子跑。

来到菜园子门口,扎西不敢往里走了,他指着里边,战战兢兢地对老马说:"那里,就是那里,全红了,像血一样红。"

老马只看了一眼,就有种想哭的感觉。

那一片红,是刚刚成熟的西红柿。

想到自己大过节的赶了几千公里路奔到这里,只是因为西红柿成熟了,他就有些生气。但他转念一想,这不能怪扎西,西藏这个地方,因为自然条件恶劣,以前除了萝卜土豆,根本就没有别的蔬菜,扎西从来没有见过成熟的西红柿,这是很正常的。恐怕,大多数生活在偏远牧区的藏族同胞,都没有见过像西红柿、黄瓜、茄子等内地司空见惯的蔬菜……想到这里,他感觉到鼻子酸酸的,心里沉甸甸的,觉得肩上的担子更重了。

他拉过扎西的手说:"扎西,跟我来,这不是毒药,这是世上最美味的蔬菜。"

老马摘下一个大大的西红柿,用衣角擦了擦,狠狠地咬了一大口,然后又摘下一个递给扎西说:"你尝尝。"

扎西看了老马一眼,他相信老马不会骗他的,就学老马的样子,狠狠地咬了一大口!

顿时,扎西瞪圆了眼睛说:"好甜!这是糖菜呀!"

扎西的菜园子丰收了。

扎西一家吃不了,就到处送人。

老马知道后,给他打电话说:"扎西,帮你种菜,不是让你拿去送人的,你要去卖,以后,这就是你的一项家庭收入。"

扎西惊讶地说:"卖?怎么卖?卖东西多丢人!"

老马知道,传统的藏民,现在还保留着以物易物的习俗,他们还不习惯用人民币来交易。

老马就耐心地对扎西说:"扎西,这些东西都是你花力气种出来的,还有大棚、种子等成本,别人拿去吃,给你报酬是应该的,就像你拿牦牛皮去换青稞一样。"

在老马的说服引导下,扎西终于答应去卖菜了。

老马帮着扎西把已经成熟的西红柿、茄子、黄瓜摘下来,放在几只篓子里,然后绑在了两头牦牛背上。

扎西要出发了,老马问:"你不带秤吗?"

扎西一愣:"秤?秤是什么东西?"

老马笑道:"秤是称分量头的,没有秤,你怎么按斤收钱?"

扎西摇摇头说:"这个你不用管,我们藏民,良心就是秤。"

扎西骑着马,赶着两头牦牛走了。离这里二十多里的地方,有一个小小的集市。

老马望着他宽厚的背影,心想:这些菜,按斤论价,怎么也得卖个百儿八十的,不知道这个憨家伙能不能卖到钱。

老马钻进了菜园子门口的帐篷里,他要等扎西回来。

一觉醒来,老马看了看表,已经下午六点半了。现在是九月下旬,在内地,这个时间天已经擦黑了,而在这里,太阳还有几十层楼那么高,远处的雪山在阳光下熠熠生辉。

老马走下山,远远地,就看到扎西赶着两头牦牛回来了。

看到老马,扎西忽然兴奋了,他不管那两头牦牛了,打马快跑着赶到老马面前,身姿矫健地跃下马背,有些激动地说:"马顾问,钱,卖到钱了。"

说着话,他从怀里掏出了一把纸币,炫耀般双手捧到老马眼前。

老马一看,这些钱有五十元的、二十元的、十元的、五元的……得三百多元。

老马迟疑地问:"这都是今天卖的钱?"

扎西拍拍胸脯说:"是的,都是今天卖的!"

老马禁不住好奇,小心翼翼地问:"扎西,你没有秤,怎么收钱呀?"

扎西说:"菜就放在地上,谁喜欢哪样菜就拿走,拿多少都行,钱也是随便给,给多少随心……"

老马心里一动,茫然地看着扎西问:"这就是你说的,藏民的良心秤?"

扎西重重地点了点头说:"对!良心!"

老马看着这个一脸汗水和灰尘的藏族兄弟,耳际忽然飘过一首他无意中听过的藏族民歌:"……布达拉宫顶上的白云,是扎西哥哥纯洁的心……"

老马眼睛湿润了。

讨债记

太阳才一竿子高,柴庄的老柴就骑上他那辆扔到哪里都放心的破车子上路了。临出门,女人拽着车子叮嘱他,回来时别忘了捎瓶"久效磷",这棉花再不打药就被虫子吃光了。他嘴里应着,不耐烦地推开女人的手,就上了车子。

老柴去的村子叫后马屯。后马屯的老马欠老柴五百块钱,已欠了三四年。老柴下决心今天一定把这笔钱要回来。老柴一边骑着车子一边编织着见了老马后要说的话。老柴是个一说谎就脸红的人,所以老柴决定实话实说,就说娃考上了初中要交学费,就说自个和女人已借遍了村子没借到钱,请老马无论如何发发慈悲把钱还了。想到这里老柴就觉得今天这事很有把握。其实老柴昨天已去了一趟,和老马约好了今天去拿钱,老马也是爽爽快快地答应了的。

七八里路,老柴还没怎么着急赶就到了。老马的家就在村头上,院子是用秫秸围成的,没大门,老柴就熟门熟路地骑了进去。进了院老柴心里就忽悠了一家伙,屋门竟是上了锁的。老柴心里就有些生气:"这个老马,咋又打听不住了呢?"

天色还早,老柴就支好自行车,坐在北屋的门台上吸烟。老柴想反正是跑了和尚跑不了庙,我就早晚等着你。老柴一边抽着烟,一边暗暗计算他来这里要钱的次数。第一次来老马说卖了猪后一定还。第二次老马说他的猪半夜让狗日的给绑架了,下来庄稼卖了粮食一定给老柴。第三次老柴一进门老马就哭了,老马说老柴你今天一定要钱的话就把我的头割下来当猪头卖了吧,我的粮食交了公粮就剩下这点了。说着话老马顺手从屋子角上拎过半口袋麦子……算着算着老柴就记不清来过多少次了。日头暖洋洋地晒在身上,老柴有些犯困。

老柴刚想迷糊过去,老马急三火四地从外面跑了进来,进门就咋呼："哟！大哥来了！瞧你，怎么不进屋？"老柴刚想说你锁着门我怎么进去，就见老马抓住锁，咔吧一拽打开了门。老马笑嘻嘻地说咱这锁是糊弄洋鬼子的玩意儿，说着话极热情地把老柴往屋里让。

进了屋，老柴在冲门一把旧椅子上刚坐下，老马就开始问好，问老柴的爹老柴的娘老柴的老婆老柴的孩子都好吗。老柴一迭声地说着好，心说老马这人还是不错的，就有些不好意思起来。可老柴很警惕，及时地收起了那份不好意思，想谈钱的事。他刚张了张嘴，老马便使大劲"咳"了一声，老马说："你看这事，怎么忘了给大哥拿烟。"他手忙脚乱地拉抽屉开橱子，忙了半天却一根烟也没找到。老柴只好拿出自己的烟，递了一根给老马，老马极恭敬地用双手接过，放在鼻子下面闻了又闻，才小心翼翼地点着，咨啬地吸了一小口。一根烟抽到半截，老柴刚想说话，老马已先开了口："大哥今天来一定是为那笔钱的事吧！"老柴心想这还用说吗，昨天说好了的。老马的脸上顿时愁云密布："刚才我出去就为这事，你猜我去给谁借钱了？"老柴说："我猜不到。"老马说："我给陈虎借钱了。"老柴一惊，说："你不是和陈虎翻脸了吗？"老马说："是呀，我实在没了别的法子才进他家的门，可你猜他怎么说？"老柴摇了摇头。老马一拍大腿说："他说只要我给他跪下磕仨头，五百元立马拿出来。"老柴又一惊，问："你磕了吗？"老马说："你猜呢？"老柴说这头万万不能磕。老马说："谁说不是呢？可我一寻思大哥您今天来拿钱，不磕头拿什么给您？我就磕了。"老柴忽地站起来，惊问:"你竟真磕了?"老马说真磕了。老柴一急竟不知说什么好,围屋子转了个圈说"你呀你呀",就再也说不出话来。老马说:"大哥你也别瞧不起我,这还不是为了还您的钱。"老柴忽然就觉得挺内疚:"老马,真难为你了。"老马说:"只要能还大哥的钱,磕几个头也没什么,可他又反悔了,说磕得不响,钱不借了。"老柴气急道:"他这不是不讲理吗?"老马说:"他就是不讲理了,我和他讲理,他三拳两脚就把我打了出来,你看看你看看。"说着老马就指着脸让老柴看。老柴一看老马的脸上真有一块青紫的伤痕,心越发软了,老柴说:"老马兄弟,这全怪大哥,大哥对不起你了。"老马听了,竟趴在桌子上呜呜哭了起来。

老柴见天已近响,老马又哭个不停,就起身告辞。老马却"噌"的一声蹿起来,用袖子擦了擦脸上的泪痕说:"大哥走就是瞧不起人,我老马穷是穷一点,饭还是要管的。"老柴见他这样说,就觉得走也不是留也不是了。老马却已忙活着翻腾那只脏兮兮的菜橱子,翻了半天没翻出什么,就一把拽住老柴道:"走,咱去饭馆吃,我请你的客。"老柴说:"你没钱怎请客?"老马说:"这年头请客还用钱,谁不是赊着?"说着话拽着老柴就走。

饭馆在村子中央的街上,不大,只三张饭桌。两人在靠墙角的一张桌前坐下来,老马就张罗着点菜。老柴不断地说简单点简单点,老马还是点了四个菜。酒是当地生产的"禹王亭佳酿",味道很纯正。两人一杯接一杯地对饮起来。老马不断地给老柴斟酒倒茶,老柴越觉得老马这人除了穷点,其他都好,就说了一些安慰体贴的话。两人越谈越投机,一瓶酒很快见了底。于是又要了一瓶,喝到一半,老马撑不住眼皮,一边让着老柴"喝喝喝",一边打起盹儿来。老柴也有了醉意,觉得再喝就回不去了,便放下酒杯说:"老马,我喝足了,咱走吧!"老马便摇摇晃晃地站了起来。

两人刚出了饭馆的门,老板就追了出来。老板抓住老马说:"你还没算账呢!"老马斜了老板一眼,醉态十足地说:"记上账吧,赊着。"老板一瞪眼说:"你以前赊的还没还呢,这次不赊了。"老马一用力甩开老板的手说:"没钱,不赊又怎样?"老板说:"你们没钱还喝什么酒?"听见吵闹,就有人围上来看热闹。老柴见越围人越多,觉得这样下去怪丢人的,就一手掏出口袋里女人让买"久效磷"的五十元钱,塞给饭馆的老板,另一只手拽了老马就走。

老柴将老马送回家,安顿他睡下,骑上自己的破车子上了路。风一迎,老柴就觉得胸腔间有一股火直往上撞,渐渐地双眼迷糊起来。终于他打了个盹儿,连人带车闯进沟里。冰凉的水一激,老柴清醒了些,他爬起来,看着满身的泥水,心想:老马这五百块钱是万万要不得了。

债　钱

"债钱"是鲁西北方言,即"订金"的意思,无关欠债,多用于牛、羊、猪等家畜的买卖。

——题记

一大早,桩子就听见院子外的猪在叫,不是个好声儿。桩子爬起来,三两下套上衣服,出了院子。桩子一出院子就看见胡庄的屠户胡来正蹲在他的猪圈边上,拿土坷垃一下一下地砸那猪,猪便左躲右闪,委屈得直叫。所有的猪见了屠户胡来都害怕,他身上带着一股血腥的杀气,猪见过他之后,会三天不吃食,把肚子空得瘪瘪的,过磅时便让他捡了个便宜,少付很多钱。

桩子一看胡来在整自己的猪,不高兴了,就问:"胡来,你惹它干啥?"

胡来站起来,围着猪圈转了一个圈儿说:"你这猪,该出圈了。"

桩子一听胡来想买自个儿的猪,就高兴了,问:"你给多少钱呀?"

胡来倒背着手,围着猪圈转了一圈又一圈。桩子便说:"你倒背着个手干啥,你又不是个村长。"

胡来说:"桩子,看你是个实诚人,就给你按两块五一斤吧！"

桩子一听高兴了，桩子知道，昨天后院的二婶刚卖了猪，才卖了两块三一斤哩，他每斤多卖了二毛钱，这二百多斤下来，就是四十多块哩！桩子就问："胡来，到家里喝一碗（茶）去？"

胡来便说："不了不了，我还得去别处转转，你的猪，我隔上两集来逮。"

桩子说："那你留个债钱吧！"

胡来说："你不说倒忘了，给你。"胡来拿出十块钱，递到了桩子的手里。桩子接了钱，脸上就全是憨憨的笑了。

胡来走了。在旁边清理猪圈的二婶走过来说："桩子你个憨种，你上当了知道不？"桩子想：二婶是不是看我的猪卖了个好价钱眼红哩？桩子就没言声。二婶说："桩子，这两天猪价像气吹着似的，一天一个价，今天他给你的价算最高了，可要是再过两集，猪价少说也得涨到三块钱一斤，到那时他再来逮，你少卖多少钱呢？"桩子一愣，但桩子又想：两块五就不少了，要卖五六百块钱呢！

二婶又说："水涨船高，到那时，猪肉都不知涨到啥价了，他用这么低的价买走你的猪，再卖高价肉，你算算，他得赚多少钱哪？这个挨千刀的胡来！"

桩子想回家。二婶拦住他说："桩子，二婶可不能眼看着你吃亏，这猪不能卖给他！"

桩子笑了笑说："二婶，他都交了债钱了，总不能再反悔吧！"二婶说："咳！不就是十块钱吗？你还给他不就得了。"

117

桩子拧了拧脖子说:"二婶,没这个道理呀!"

果然不出二婶所料,此后的几天,老有屠户来打问桩子的猪,价格给得一天比一天高,还真的给到了三块钱一斤。但桩子长短不卖,屠户便缠着他不放,缠得烦了,桩子便会说,人家是交了债钱的,说啥这猪也不能再卖别人了。再后来的几天,便没人再打他猪的主意了。两集的时间很快过去了,胡来没有来逮他的猪。二婶已经买了小猪崽放进了圈里。二婶问:"桩子,胡来还没来逮你的猪?"

桩子说:"怪了,他都交了债钱了,咋会不来哩?"

二婶说:"你还不知道吧,这猪一涨钱,猪贩子们成车成车地从外地拉来了好多猪,猪价都落到两块三了,他不会来逮了。"

桩子说:"可他是交了债钱的,他总不能不要债钱了吧?"

二婶说:"咳,不就是十块钱吗?谁还在乎这点儿钱,你快趁价格还没落到底,赶快找个主卖了吧!"

桩子脖子一拧说:"他交了债钱的,这猪就是他的了,我可不能坏了老辈子传下的规矩。"

二婶叹口气说:"你这孩子,赡等着吃亏吧!"

日子流水般过去了,胡来一直没来逮猪。桩子每天都把猪喂得饱饱的,然后就盼着胡来。夏天到了。一天,桩子刚从地里干活回来,就见胡来正在他的猪圈旁边一圈一圈地转哩!桩子就喊:"胡来,今儿来逮猪?"

胡来说:"逮。"

桩子说:"你交了债钱,我知道你迟早会来逮的。"桩子找了几个壮汉帮忙，就把猪逮了。弄到开磨坊的三叔家一过磅，好家伙，四百多斤哩！

胡来当场给桩子点钱，一千多块哩，点得吐沫飞溅。帮忙的几个人都馋得咽唾沫。

二婶急急地赶来了，二婶说："桩子，这猪不能卖呀！这一阵儿闹猪瘟，猪价都涨到两块六了。"

桩子说："当时说好了的，两块五，人家都交了债钱的。"

胡来说："是呀是呀，这猪早就是我的了，天黑前给我送到家。"他不由分说，把钱拍到了桩子的手掌里，然后倒背着手走了。

桩子冲胡来的背影喊："胡来，你还真像是个村长哩！"二婶说："桩子傻，傻桩子。"桩子拧了拧脖子说："我这猪本指望卖个五六百块的，今儿卖了一千多块，该知足了。"

大　号

老三在十岁那年爹娘因病去世。老三无兄弟姐妹，"老三"一称是村人的戏谑，爹为老大娘为老二。

其实，老三本来有大号的，他的大号是村里最有学问的"老学究"给取的，可村里人只对值得尊重的人称呼大号。老三当然没有资格享受被人称呼大号的"待遇"了。久而久之，老三的大号就被人忘记了。

老三的劣迹是从看青开始的。村长可怜他是个孤儿，就安排他专门看青，春天看麦苗，夏天看玉米。老三虽然年龄小，但他却懂得利用自己的职权为自己牟私利。每看见有鸡吃青苗，他就拿着砖头往死里砸，砸死了就提回家煮着吃。久之，他的"砸鸡"技术竟练到了炉火纯青、登峰造极的地步，到了砖无虚发的境界。那年月庄户人都穷，都视鸡屁股为小银行，自然对老三恨之入骨，但因为他有看青这一"公务"做掩护，也没人敢对他怎么样：如果你找他的麻烦，不就是等于承认自己的鸡吃了庄稼吗？所以人们只能加着小心看好自己的鸡。这样一来，老三就好长时间吃不上鸡肉了。老三整天盼着有鸡来吃青苗。这一天，他终于看见"老学究"的一只鸡到了地边，心里便一阵狂喜，盼着那只鸡赶快往地里跑。这时候他也顾不得"老学究"的取名之恩了。但那只鸡却好像很有觉悟，有热爱集体财产的观念，在地边磨蹭了半天，就是不肯越雷池半步。后来老三实在没耐心等了，就跑过去将鸡赶到地里，然后拿砖头给砸死了。不想，这事正好让"老学究"那壮牛般的二小子看见，二小子就将他狠狠地揍了一顿。

几天后，"老学究"的柴火垛莫名其妙地失了火，而且老三还不在失火现场。一家人虽然知道是老三捣的鬼，但苦于没抓住把柄，只能打碎门牙往肚里咽。自此之后，村里再也无人敢惹老三，只是在谈论他时在他的名字前面加了三个字，称"狗日的老三"，略表愤慨之情。

几年之后，村里分了地。老三因为多年来只潜心研究"砸鸡"技术，从未摸过锄头把，所以他的地里光长草不长庄稼。庄户人看重的是庄稼把式，称种不好地的人是懒汉二流子或"无浪混"，因而老三混到三十上仍是好汉一条。

多年的光棍生活使老三养成了两个毛病。一个毛病是唱荤歌，另一个毛病是蹭酒喝。

老三不务农事，整天围着个村子瞎转悠。看到谁家垒个茅房、猪圈什么的，他便自告奋勇地脱下身上那件四季不换的破夹袄，搭上手就干。干到晌午，他就心安理得地坐在人家家里等着上酒上菜。如果他转悠了一圈仍然找不到蹭酒的差事，他就采取另一条策略。他找到以前曾给干过活的人家，拍拍他给人家垒的墙问："这墙还结实不？"意在提醒他曾给人家垒过墙。有这点事做话头，他就坐在人家家里天南海北地胡吹一通，直到人家端上饭，他才咽口唾沫问："有酒吗？喝点。"

老三蹭酒喝和唱荤歌是流水作业，逢喝了酒，他就倚里歪斜地在大街上逛荡，碰见大闺女小媳妇就开始唱："姑娘有块田呀，荒了十八年呀，实行了责任制呀，谁种谁拿钱……"直唱得大闺女小媳妇脸红红的，逃也似的往家跑，老三便得意地"哈哈"大笑。

老三真正臭名昭著是从赵大寡妇身上开始的。赵大寡妇是村里最俊的媳妇，身条儿脸皮儿都没的说。她男人死一年多了，不知为什么她一直没"走路"。老三便整天计划着填补她的空缺。那一天，老三在街上碰见了她，就大着胆子说："嫂子，晚上给俺留个门，俺陪陪你。"赵大寡妇瞟了他一眼，扔下一句"俺给你留着窗户"就走了。老三没咂摸出话里的滋味，当即冲着她的背影说："窗户也中，俺一准去。"

晚上，老三如约而至。他轻轻敲了敲窗户，窗户便"唰"的一声打开了。老三心头一阵狂喜，正想往里爬，一盆水兜头倾泻了下来，把他淋成了落汤鸡。他还没弄明白怎么回事，就听一声娇呼"抓贼呀"，七八个彪形大汉好像从天而降，棍棒齐抡，把老三砸了个半死。

这件事使老三好长时间没敢出门。伤好后，他实在耐不住寂寞，又厚着脸皮游荡到街上。

老三刚游荡到街上就发现了一个蹭酒喝的差事。"老学究"的儿子正在扒房，准备扒了旧房盖新房。老三义无反顾地扒了那件旧夹袄，正想上阵，在旁边搂着孙子坐镇的"老学究"冷冷地说："人手够了！"老三抖了一下身子，极尴尬地收住了脚步，讪讪地退到一边。

旧房已经扒下房顶，人们正在放墙。几个汉子拿锨头在墙根处"嗵嗵"地刨了一阵，然后都转到另一边去推。汉子们叫着号子：一二三！那墙便剧烈地晃动起来，并且幅度越来越大。忽然，从墙顶上"扑啦啦"掉下一只羽毛未丰的小麻雀。"老学究"的孙子眼尖，欢叫一声就跑了过去。他刚跑到墙根处，那墙就在汉子们的号子声中倒了下来！"老学究"绝望地惨叫了一声，闭上了眼睛。

"轰"！墙倒了。"老学究"睁开眼睛，见小孙子完好无损地趴在自己怀里，疑是做梦。环顾四周，才发现少了老三。他打了个愣神，随即疯了般扑到墙土上，用两只枯瘦的老手拼命扒起来。

当人们把老三扒出来时，老三已经咽了气。"老学究"热泪盈眶,猛然长哭一声"志远哪——"就扑倒在老三的身上。

人们这才知道老三的大号叫"志远"。

晚　点

男人慌里慌张地领着女人跑上站台时,车还没有进站。

男人听到一个手拿对讲机的执勤说,这班车要晚点一个小时。

男人的脸就灰了,说:"车又晚点了,怎么老晚点?"

小站很小。仅有一排四五间平房,墙体上刷的油漆大部分脱落了,脱落了的地方露出水泥底子,像一幅抽象派的油画。

都三十年了,小站周围的变化很大,起了很多的楼房,高档的外墙装饰非常扎眼,更加衬托出小站的破败。

站台上仅有十几个人,都在来回踱着步子,耐心地等待火车的到来。

已是晚秋,风很凉。女人竖起上衣领子,对男人说:"不行,咱回吧,待在这里俺心里不踏实呀!"

男人说:"别怕,没人会找你的,你毕竟不是三十年前的你了。"

女人说:"是呀,都老了……"

三十年前,男人和女人都很年轻。在一次全县大会战的劳动中，男人和女人认识并相爱了。但女人的爹娘要用女人换回一个儿媳妇。男人家里是弟兄三个，仨光棍，既没有姐妹可去换女人，也没有足够的彩礼去满足女人的爹娘。两人的事自然就没有盼头。但男人不信邪，约了女人私奔，女人犹犹豫豫地答应了。

一个夜晚，两人相约跑出了家门，来到了这个小站。那时的小站也是这个模样，但在两个年轻人的眼里还是非常新鲜的。他们在小站见了面后，都很激动，因为他们就要在一起了，谁也没法阻挡了。事先他们已经商量好了，去黑龙江投奔男人的一个姑妈。

本来两人的计划是天衣无缝的。男人已经事先问好了发车的时间，并提前买好了两人的车票。他们来到这里几乎正好是火车进站的时间。只要十几分钟，他们就可以双宿双栖了。

但是列车却给他们开了一个极其残忍的玩笑——车晚点了，晚了整整一个小时。

就在他们相偎着互相取暖时，女人家里的十多口人都找了过来。他们把男人打了个半死后，将女人五花大绑地弄回了家。

男人被家里人拉回家后，休养了一个月才下地。这时，女人已经被爹娘匆匆地嫁出了。

男人又打了几年光棍，因为分了责任田，光景日渐好起来。男人虽已年近三十，但人长得魁梧，就有人上门提亲。但男人都拒绝了。后来，男人出人意料地去另一个村子当了"倒插门"，做了一家绝户的上门女婿。在农村，男人不到万不得已是不会走这一步的，因为"倒插门"就意味着"小子无能、改名换姓",这是件丢祖宗脸的事。但男人宁可与家里人断了关系,也要义无反顾地去做"倒插门"。

后来有人才明白过来,春萍(与男人相恋的女人)正是嫁到那个村子去的。

有人开始担心,担心两人再出什么事。但很多年过去了,两人都各自有了儿女,并没有什么事情发生。

日子一晃,男人与女人都老了。男人的媳妇先去了,得的是肺病。后来,女人的丈夫也被一场车祸夺去了性命。

再在街上碰面,男人和女人的眼中开始焕发出一种已经消失了几十年的光彩。两人差着辈分,男人得管女人叫"婶",为了避嫌,两人几十年未说过一句话。

但男人不想再失去这一生中最后的机会,他大着胆子与女人约会,讲出了想破镜重圆的想法。女人犹犹豫豫地同意了。

但两人的事情再度遭到了强烈的反对。反对者是双方的儿女。不是儿女不开化,是因为差着辈分,传出去太难听。

男人和女人耗了半年多,与儿女们也斗争了半年多,但最终未能如愿。男人与女人再次走上了三十年前私奔的旧途。

远远地,火车已经拉响了汽笛。站台上骚动起来。

男人抓住女人的手,有些兴奋地说:"车进站了。"

女人抬头看了男人一眼,叹口气说:"到底进站了,上次晚点,让咱俩晚了半辈子呀!"

车终于停在了站台上。但这时,女人的儿子、媳妇、闺女、女婿都来了,将女人强行架走了。临走,女人的儿子狠狠地挖了男人一眼,那一眼好恶毒。

火车吐出一些人,又吞进去一些人,鸣着汽笛开走了。男人看着远去的火车,待了半天,口水拖了一尺多长。良久,他喃喃地道:"这次晚点,晚了我一辈子呀!"

男人就天天来火车站等火车。但男人并不真上车,他只关心车是否晚点,并经常一边望着铁路的远方,一边焦急地看着手表。站上的人赶他,但赶跑了几十次,几十次都接着回来了。站上的人就不再管他了。

男人成了站台上一道持久的风景。

钟离昧之死

钟离昧的死和一个漂亮的女人有关。

项羽帐下的五员龙虎上将,除虞子期是虚构的人物外,其余史载的四人,至项羽兵败乌江自刎后,只剩下了季布和钟离昧。此前,英布投靠了刘邦,龙且战死。

季布和钟离昧都曾是威风八面的将军,这一下成了丧家之犬,在刘邦不依不饶的通缉下东躲西藏,奔命于江湖。但刘邦最终赦免了季布,并封他做了郎中。在楚汉时期,这个官职仅次于丞相、侍郎和尚书,可谓重用。

而刘邦始终没有放弃对钟离昧的追杀。史料称,刘邦痛恨钟离昧,是因他对项羽最为忠诚,且多次在楚汉战争中痛击汉军,还亲自追杀过刘邦。其实,在长达四年的楚汉战争中,季布对汉军的打击并不在钟离昧之下,他曾多次将刘邦逼入困境。若论他对项羽的忠诚,更比钟离昧有过之而无不及。季布的忠诚守诺,在楚国家喻户晓。否则,楚国也不会留下"得黄金千两,不如得季布一诺"的千古美谈。

刘邦恨极了钟离昧,主要是因为虞姬。

项羽自尽前,楚军已作鸟兽散,项羽身边最后只剩下了二十八个骑兵将士,最后都倒在了乌江之畔。而钟离昧之前就在垓下突围过程中被乱军冲散。他知道越往战场的外围走,人就越为稀少。于是打马扬鞭,一路厮杀着逃离了战场。后来,他在离垓下三十多里的地方发现了虞姬。虞姬在垓下突围前夜就乔装打扮成使女,离开了楚军大营,后趁楚军突围之乱跑了出来。

这时的虞姬已经筋疲力尽,她看到钟离昧的一刹那,紧张的心情放松了,当即就晕了过去。

钟离昧将她抱上马,然后飞快地向楚地急驶而去!

钟离昧找了个僻静之地将虞姬安顿好,就投奔了韩信。

刘邦对虞姬一直存有单相思之恋,在战场上没有找到虞姬的尸体,猜想她尚在人间,就先后派出了好几拨人暗暗寻访。钟离昧见事不妙,就找到了几个残部,在灵璧造了一座"虞姬墓",想造成虞姬已死的假象。不想那混混出身的刘邦根本不吃这一套,他命人打开了墓穴,证实那是座空冢后,更加坚定了虞姬仍在人间的信念。

后来,有人告诉刘邦,是钟离昧护送虞姬离开的战场,那座空冢,也是钟离昧命人建的。这一下刘邦把钟离昧都恨到骨头里了，就加大了对钟离昧的搜捕力度。

不久，刘邦探得钟离昧在楚国，就藏在韩信家里，大为光火。他写信将韩信狠狠地责骂了一番后，限期让他交出钟离昧。

对于汉王的责问，韩信采取了死不承认的态度。同时，他力劝钟离昧交出虞姬，争取博得刘邦的欢心，也像季布一样，谋个一官半职的，更重要的，是不用再像只耗子一样东躲西藏了。再说了，也犯不着为一个不属于自己的女人把性命和前途搭上。

但是钟离昧不干，他绝不允许像虞姬这样的尤物落入刘邦那个病恹恹的色鬼手里，那样不但亵渎了天人，也对不起九泉之下的西楚霸王。

韩信只得作罢。

但刘邦却不罢手。他用了陈平的计策，托词去游览云梦泽，召韩信来见。

韩信感觉到事情不妙，去了，会有危险，不去，抗旨的罪过他担不起。

于是，韩信再次劝说钟离昧献出虞姬，以保两人平安，两人为此发生了激烈的争吵。

见钟离昧死不开窍，韩信威胁他说，要派人在楚地搜捕虞姬。

钟离昧大怒之下，拔剑自刎。

钟离昧用自己的命，保全了虞姬，也给韩信扣上了一顶不仁不义的帽子。

韩信虽用钟离昧的脑袋暂时保全了自己的脑袋,却被贬为淮阴侯,最终,他也没能逃脱命运的安排,死在了一群女人手里。

而虞姬不知所终。

霸王别姬的真相

"霸王别姬"的故事已经误传两千多年了,赚取了很多痴情男女的眼泪,也使虞姬成为对爱情忠贞不贰的千年典范。更重要的,是令项羽的英雄形象更加饱满,增添了这个男人的魅力。能有一个漂亮的女人甘心为自己而死,从某种意义上说,是男人最大的成功,英雄项羽,是更加需要这么一个女人的。

其实,项羽是虞姬不共戴天的仇人。

项羽在随叔父项梁起事后不久,就偶遇惊艳绝伦又才艺超凡的虞姬,顿生爱慕。但虞姬的父亲是个读书人,看不起项羽这个莽撞的武夫,一再阻碍女儿和他来往。最终,他激怒了项羽,被项羽安排部将乔装改扮后灭了门,当然,唯一留下来的,就是虞姬。至于传说中的虞姬的哥哥虞子期,本是个不存在的人物,他是明代小说家甄伟在其作品《西汉通俗演义》中虚构出来的,和龙且、英布、季布、钟离昧并列为项羽的五大将。而后四位《史记》均有记载,只有虞子期,仅出现在项羽兵败自刎1700多年后的小说里。

虞家被灭门之后，虞姬就被项羽强行留在身边。虞姬因怀疑全家被杀惨案就是项羽干的，为查出事情的真相，就顺从了项羽。几年之后，虞姬从项羽的近侍口中偶然得知，自己以前的猜测是正确的，就一直想找机会刺杀项羽为全家报仇。但因项羽武功盖世又机警过人，屡次不能得手。项羽明白虞姬已经知道真相，就将那个部将当着她的面杀了，以期得到虞姬的原谅。而虞姬的恨始终难以消除。项羽爱慕其才艺及美色，既不忍杀之也不舍弃之，就仍然将她留在身边，只是多了几分警惕。

公元前202年，项羽兵败垓下，被刘邦数十万大军围困，内无粮草，外无救兵，四面楚歌使得军心涣散，八千子弟兵也作鸟兽散。项羽情知大势已去，江山美人，将要沦落他手，不由悲感交集，仰天长叹："力拔山兮气盖世，时不利兮骓不逝。骓不逝兮可奈何，虞兮虞兮奈若何！"这几句诗译成白话就是："力能拔山啊豪气压倒一世，天时不利啊骓马不驰。骓马不驰啊怎么办，虞姬啊虞姬我该怎样处理你啊？"一代英豪，在其雄图伟业灰飞烟灭，穷途末路之际，还要为一个女人的结局愁肠百结，足见项羽对虞姬爱恋之深。而在一旁冷眼旁观的虞姬明白，无论项羽如何爱她，都是不会让她活着离开的。她太了解项羽了，这是个惜名不惜命的家伙，把面子看得远比性命重要。他自然不会把自己的女人留给刘邦那个好色之徒，那样比杀了他还要耻辱万分。

但是，虞姬不甘成为项羽的陪葬。她忍辱偷生留在楚营，本来目的是刺杀项羽报血海深仇，结果仇未报成，却陪他殉葬，这也太冤枉了。

虞姬的使女中，有一个叫"月娘"的，原是秦朝贵族之后，秦被灭后，家破人亡，沦落街头。虞姬偶然在街上遇到她，觉得此女气宇不凡，就收留她在身边。一经相处，才知这月娘也是一代才女，琴棋书画无所不精，她对虞姬的收留感激不尽，悉心伺候，久之，与虞姬情同姐妹。

月娘早已知晓虞姬和项羽之间的爱恨情仇，对虞姬当下的处境一清二楚。在项羽垓下突围的前夜，她自愿化装为虞姬的样子麻痹项羽，让虞姬先行脱身。虞姬开始不忍，后月娘再三表示自己有脱身良策，这才乔装成使女的样子，趁夜色逃离了楚营。

深夜，项羽巡营回来，一眼就看出了端倪。他对虞姬的熟稔，不但是容貌和身姿，就连气息、走路的声音也已刻骨铭心，别人即使穿上她的衣服，戴上她的头饰，如何能骗得过他？项羽当时的盛怒可想而知。但项羽最终没有发作，思前想后，他还是要维护自己的面子，如果让世人知道，他最心爱的女人在危难时刻离弃了他，教他如何能瞑目？那他伟大的一生，在最后将蒙上阴影，为后世留下笑柄。

项羽索性就陪着月娘演下去。

项羽抱起酒坛，一通狂饮。月娘做出虞姬的样子为项王舞剑助兴。

酒醉时分，项羽想起和虞姬在一起的日子，不禁涕泪长流，又反复吟诵："……虞兮虞兮奈若何！"

那月娘边舞边和："汉兵已略地，四面楚歌声，大王意气尽，贱妾何聊生？"

后来，这几句诗也被当作虞姬所作，流传了下来。

当时，项王大惊：这女子竟有如此才学？待要上前近观时，月娘已经横剑自刎，恰好歪倒在项羽的怀中。

项羽惊道："我本无意杀你，何苦如此？"

月娘莞尔一笑："妾身这虞姬是假，但爱慕大王之心，日月可鉴。"

说完，月娘含笑而终。

项羽这才明白，这个秦朝才女一直暗恋着自己。

第二日，项羽自垓下突围，后被追至乌江岸边，还是因为他的面子问题，死都不肯上船逃生，自刎而亡。

刘邦和虞姬有数面之缘，对她的美色一直心向往之。项羽自杀后，他就差人在战场上搜寻虞姬，活要见人，死要见尸，可一直没有结果。但是不久，有人就在灵璧发现了"虞姬墓"，报与刘邦，刘邦冒天下之大不韪，秘密差人开棺验尸，结果，那竟是个空冢。

刘邦坐了天下后，就忙着收拾异姓王侯，以巩固自己的政权。同时，他也一直没有放弃对虞姬的寻找。他派出了一批又一批的人，但人海茫茫，始终没有寻到虞姬的芳踪。

虞姬就这样消失在历史的尘埃中。

韩信回乡

公元前202年,韩信被封为楚王,带兵回到淮阴。

人马全部安顿好后,韩信决定抽点儿时间办点私事。

他先想的是报仇,把当年那个羞辱他的屠夫碎尸万段。

那一天,韩信带着几个随从,来到那个屠夫家里。屠夫早就知道当年他胯下的"小儿"已经被汉王拜了大将军,先封了齐王,又封了楚王,如今是汉王的重臣了。自从韩信的大军进了淮阴,他就一直惶惶不可终日。

韩信一进他的院子,屠夫就从屋里跑出来,跪趴在尘土里。

看着当年让自己蒙受了奇耻大辱的仇人,韩信恨得牙根都痒痒,一时竟不知道怎么杀他才能解心头之恨。要知道,就因为受了这个人的胯下之辱,韩信的求职之路多费了多少周折呀!不但项羽瞧不起他,刘邦起初也因为此事瞧不上他,若不是萧何拼死力荐,弄不好韩信至今还是无业游民。更加可气的是,即使现在韩信已经贵为大将军、楚王了,一些敌人和对立派,还动不动就拿他当年钻裤裆的经历作为把柄,残酷地打击他、刺激他。

这个屠夫,给韩信的人生打上了一个终生无法消除的耻辱烙印。

怎么弄死他才解恨呢?

韩信正这样想的时候，就见屠夫的门口，有个女人露了一下头，接着缩了回去。虽然只是惊鸿一现，但那个女人的清丽还是被韩信收在了眼底。

韩信大喝一声："什么人敢偷窥本王？出来！"

那个女人哆哆嗦嗦地出来了，跪在了韩信脚下。

韩信在内心深处赞叹了一声：真是国色也。

韩信问："你是什么人？"

屠夫接过话来说："回大将军，这是内人。"

就在这一瞬间，韩信忽然改变了主意。

韩信忽然笑了，笑得非常灿烂。

韩信说："你们都起来吧，若非当年所赐胯下之辱，岂有今日之韩信？韩信此来，并非寻仇，而是报恩，这样吧，你也不用再杀猪了，就到我帐下效力吧！"

韩信让屠夫在他手下当了一个中尉。

此后的几天，韩信不理军务，每天都到那个屠夫家串门，门口有四个护卫守着，不让别人进来。

每日，韩信都和那女人说些打仗时发生的一些奇闻趣事，女人听得很高兴，每日里敬茶倒水，眉目含情。而韩信却严守君子之道，不曾越雷池半步。

有一天，屠夫回家，却被韩信的护卫拦住了，在门口足足等了一个时辰，才见妻子满面春风地送韩信出来。

韩信走后，屠夫质问妻子："大将军和你在屋里做了些什么？"

妻子如实回答："大将军只是喝茶说笑，未曾做过什么。"

屠夫不信，却又不敢拷问妻子，怕韩信知道了降罪。

第二天，屠夫就求见韩信，跪在地上说："内人承蒙大将军垂青，如将军不弃，小人愿将她献与大将军。"

韩信大怒，呵斥道："你当我韩信是霸人妻眷的恶人吗？"

屠夫便不敢再言。

那一段时间，韩信的大军一直在淮阴休整，没有战事，军务也不繁忙，他就频频地去屠夫家串门。

屠夫感觉到周围的人开始视他为异类了。不但是军内的将士，就连处了几十年的街坊邻居也向他投以鄙视的眼光。有一天，他手下的一名军士喝醉了酒，竟然将一顶绿帽子直接扣到了他的头上。

这屠夫也是一条响当当的汉子，哪曾受过这样的侮辱，就和那军士打了一架，不想那军士看似弱小，却是久经沙场的老兵，游刃有余地将他戏弄着打了一顿，他只好在众人的嘲笑声中灰溜溜往家走去。

屠夫到了自家门口，护卫却不让他进。争执之下，几个护卫又将他摁在地上暴打。偏偏在这时候，他的妻子又满面春风地将韩信送了出来。

屠夫多年来一直称霸市井，如今在妻子面前被打得狼狈不堪，悲愤交加，当晚就抑郁而亡。

就这样，韩信把他的仇人给窝囊死了，从此再也没有登过他的门。

韩信接着又去寻找当年多次周济他的"漂母"报恩。几经周折，他终于找到了当年经常拿食物给他吃的那个女人。

不想，那女人不搭理他，对他奉上的金银也不屑一顾，说是当年周济的人很多，早就忘了韩信是谁了。

当年食不果腹的市井混混韩信，自被汉王拜了大将军，早已名满天下，更被淮阴人引以为豪，淮阴上至官宦士绅，下至平民百姓，有哪个不知？

漂母竟不屑一顾。

这让韩信非常郁闷。

一只叫黄耳的狗

陆机感觉到黄耳的与众不同，源自他的一句戏言。在此之前，黄耳只是门客献给他的一只狗，唯一的特点是跑得飞快，非一般的土狗可比。它的耳朵是黄色的，故名。

那时候陆机还在东吴，整日以文会友，和一帮文人墨客饮酒作诗。一日，一位文友忽然接到家书，妻子将要临产，招其回家。文友离家三百里，告辞时，无意中露出抱怨旅途寂寞之意。恰好，黄耳就在身边，陆机笑道：叫黄耳去送你，如何？黄耳竟似听懂了般，频频点头。于是，那位友人便带着黄耳上路了。几日后，黄耳竟然自己跑了回来。后来，陆机与友人通信，才知黄耳一直把友人送到家门口，才转身返回。从此，陆机对黄耳刮目相看。

陆机何许人也？他是东吴丞相陆逊之孙，大司马陆抗之子，江东有名的大才子。不过，陆机20岁的时候，东吴即被晋灭亡。亡国后，陆机退居家乡，一门心思钻到了学问里，十多年没有涉足官场。

289年，陆机携弟弟陆云来到晋朝国都洛阳。行前，黄耳在他身边绕来绕去，依依不舍，他亦不忍，就带黄耳上了路。陆机在洛阳的仕途，起初并不太顺利，经历了诸多变故，还因为跟错了人差一点儿掉了脑袋，在此不一一细表。

陆机久居洛阳，有一段时间，很久没有收到家中的书信，疑心家中有不测之事发生，不由得整日心神不宁。一日，他见黄耳在他身边无所事事地吐着舌头，就笑着说：我很久没有收到家信了，你能不能带我的书信回家一趟，再带个信回来？黄耳竟高兴得频频摇着尾巴，轻声吠叫着表示答应。陆机也是闲极无聊，就写了一封家书，用竹筒装着，系在了黄耳的脖子上。临行前，他让这个特殊的信使饱餐了一顿。

黄耳带着书信，顺着驿路，一路翻山越岭，直奔东吴。每到要过河的时候，它就温顺地跟在船夫的后面，惹得船夫怜爱，让它上船。等离岸近了，黄耳就飞身跃到岸上，继续飞奔。饿了，它就在野外捕食兔子、野猫等野物，有时也向过往的行人乞讨。到了陆机家，看门的仆人都认识它，让它轻车熟路地进了家门。黄耳见了管家，口衔着竹筒，"汪汪"吠叫着，让管家看信。管家取出书信，交给陆机之母。陆母刚看完信，黄耳又仰脸朝她吠叫，好像索要回信。陆母就差人写好书信，再放入竹筒，系在了它的脖子上。黄耳得了回信，又一路飞奔回到了洛阳。陆机见了它非常惊喜：洛阳离陆机的老家千里之遥，如果差人送信，往返至少得五十天，而黄耳只用了半个月的时间。陆机看了回信后，知道家中无恙，心中更加高兴。此后，陆机待黄耳如同家人。黄耳也成了一个专门的信使，奔跑在洛阳和吴地之间。

三年后的一天，黄耳去吴地送信，不到半个月就回来了。它见了陆机，无力地叫了一声，口吐鲜血，栽倒在地，慢慢闭上了眼睛。陆机大悲，将它抱在怀里，偌大的身子竟轻如干草，顿时感觉不妙。他拆开书信一看，果然，母亲病危，唤其回家见最后一面。看罢书信，陆机于悲痛中猜想，这狗定是知道这封信紧急，一路上不吃不喝拼命飞奔，耗尽了生命。

陆机就用棺木将黄耳带回老家，安葬在离陆府二百步的地方，还起了一个圆圆的坟堆。坟前立一墓碑，上面刻着陆机亲书的三个大字："黄耳冢。"

涵墨傲骨

元朝刚刚建都大都时，天下初定，在各大都城、军事要塞均驻有重兵。小小的洛城因地处交通要塞，竟驻扎了五千兵马。洛城守备是个蒙古人，名叫额尔图。由于近期没有战事，额尔图经常带着亲兵到乡间打猎。洛城地处平原，本无猎可打，他们就将弓箭对准了老百姓家养的牛羊，所到之处，弄得尘烟滚滚，鸡飞狗跳，百姓稍有不满，轻则遭鞭打，重则丧命。这还不算，他还选了几个水草丰盛之地，强圈为牧场。初时，还有老百姓去县衙门击鼓鸣冤。但守备是五品官员，身为七品的知县哪里节制得了，只能推脱敷衍。久之，百姓心寒了，也就无人再告。

额尔图用搜刮的民财在他的"牧场"旁建起了一座豪华的庄园，并请洛城县衙的师爷程路给取了个名字：福寿园。这个程路是汉人，他非常想巴结额尔图，就顺便给他出了个主意，让他请当地的著名书法家谭士君题写门匾，以光门面。

谭士君是洛城最有成就的书法家，他广泛临学古人，早年从颜真卿入手，后改学虞世南，又学钟繇、王羲之，并汲取李邕、徐浩、杨凝式、米芾等各家之长，使他的书法综合了晋、唐、宋各家的书风，融会贯通，自成一体，笔画圆劲秀逸，平淡古朴。元初书坛三大家之一的赵孟頫，提倡书法"专以古人为法"，对谭士君非常欣赏，以"书苑奇才"四字题赠之。

谭士君的字好求，街坊邻居，平常百姓，或家有红白喜事，或要乔迁新居，或是门市开张，每求必应，且分文不取。

谭士君的字也难求。凡为富不仁的奸商或贪赃枉法的官吏或不孝敬父母的逆子，无论出多高的价码，也一概婉拒，绝无回旋的余地。

额尔图本来对汉人的这些东西不太喜欢，但他多年来南北争战忙活惯了，闲下来就难受。所以，他做这些事情也有打发时间的意思。他在程路的带领下，备了厚礼，来谭士君家求字。

须发皆白的谭士君在客厅接待了他们，但态度非常冷漠。当额尔图说明来意后，谭士君吓得头发胡子乱颤，他哆哆嗦嗦地站起来说："草民的一些粗陋文字，怎敢在守备大人的府上献丑？"

额尔图信以为真，就不满地拿着一双牛眼瞪程路。程路赶紧凑上来，趴在他耳朵边上说："大人不可相信他的话，他这是推辞呢，不想给你写。"

额尔图刷地抽出了腰刀，压在了谭士君的脖子上，锋利的刀刃散发出逼人的寒气。

谭士君面不改色。

程路慌了，这件事是他引起来的，如果真的让额尔图杀了谭士君，他落个"汉奸"的骂名不说，额尔图栽了面子，也不会放过他的。程路就抱住额尔图的胳膊说："守备大人，咱们还是从长计议……"他又趴在额尔图的耳边嘀咕了几句。

额尔图哈哈大笑着将腰刀入鞘，然后大喝一声："来人，把这一家大小人等，全部请到咱们军营！"

在一片哭叫声中，谭士君一家大小十六口，全被带走了。

最后走的是程路，他对谭士君深深地鞠了一躬说："谭先生，我请求守备大人给您留了面子，没有让您镣铐加身，也让您好好准备一下。明日是黄道吉日，辰时为吉时，在下会在门外恭候，您留下墨宝，守备大人马上放你一家老小，否则，以通匪论处，全部斩首。"

谭府的灯整整亮了一夜。

第二天，卯时三刻，谭士君左手提一小桶研好的墨，右手擎一支大号毛笔，站在了额尔图的庄园门前。程路早已经等在了那里，忙令守门的兵丁通报额尔图，自己揖着双手迎了上来。

谭士君看也不看程路，冷着脸问："匾呢？"

片刻之后，有人将长一丈、宽三尺的红木门匾抬了过来，放在了门前的空地上。

额尔图得意扬扬地站在门口，揶揄道："谭先生，先到屋里喝一碗茶吧？"

谭士君冷冷地说："你的茶我可喝不起，只求你快将我的家人放了。"

"放心放心，咱额尔图虽然没喝过你们汉人的墨水，但信义还是讲的，你把活儿弄利索了，立马放人，哈哈……"

谭士君要了一只陶碗，将桶内的墨水倒入，然后，他把大笔放入碗内，慢慢晃动着笔杆，双眼便盯紧了那匾。

周围已经站满了人，有额尔图请来的文人墨客，还有他的下属、家人，人们都不再说话，静静地看着谭士君。

谭士君轻轻将大笔提起，那碗里就干净了，没有一滴墨水。那支吸了墨的大笔，饱满得像要随时滴下墨来，但是，却不曾有一滴落下。

谭士君重提轻落，那只沉重的大笔一落到木匾上，就笔走龙蛇、轻盈欲飞了，"福寿园"三个大字眨眼间就落在了匾上，笔势雄浑，粗犷苍劲。谭士君从怀里掏出印章时，人们才回过神来，齐声叫好。就连不懂书法的额尔图，也从中看出了不凡的气势，连声叫好。

额尔图上前拉住谭士君道:"谭先生,今天是咱府上大庆,就留下来喝一杯吧!"言辞极为恳切。

谭士君一言不发地看着额尔图。

额尔图拍了拍脑门说:"忘了忘了,来人,快把谭先生的家人放了。"

谭士君一家老小被放了出来。额尔图见谭士君执意要走,也就不再挽留。

谭士君早就备了两辆马车,在不远处停着,待家人都上了车,对马夫说:"快走,越快越好!"

中午,火辣辣的日头火一般炙烤着大地,也炙烤着额尔图门上那块刚刚挂上去的大匾。守门的兵丁倚在门框上打盹,忽然闻到一股刺鼻的硫黄和火硝的味儿,睁眼一看,门上那块大匾轻烟弥漫,接着蹿起一溜火星,火就烧了起来。

当额尔图闻讯赶来时,门匾已经快烧完了,引着了屋檐顶上的椽子,他忙命人救火。天气正干燥炎热,哪救得及,火借风势,很快漫过整个门楼子,蔓延到所有的房屋上,整个庄园陷在了一片火海中。女人们尖叫着纷纷从屋里逃了出来,有些衣不蔽体,十分狼狈。

额尔图明白着了谭士君的道儿,差人去抓时,谭府早已人去屋空。额尔图惊怒交加,一刀剁了那个程路,总算出了一口恶气。

从此,谭士君不知去向。

具丘山笔记

白貔记

> 貔子，是兼有黄鼬和狐狸共性的一种动物，只在夜间活动，因多为白色，故也称"白貔"。
>
> ——题记

20世纪六七十年代，鲁北平原一带多貔子。有关貔子的故事数不胜数。因故事中牵扯的人物，多是周围村庄的近邻友好，讲述者又言之凿凿，故不由人不信。

笔者村子东边，即是徒骇河，乃"大禹治水"时疏导的九条大河之一。历经数千年的大河，堤坝上丛林密布，灌木横生，暗藏着数不清的狐貔洞穴。一到夜间，这些生灵们便倾巢而出，四处活动。而堤上的土路，是村子直通县城的唯一出路，白天倒也太平，一到夜间，就会出现一些匪夷所思的怪事。

后村屠夫赵疤瘌，冬日晚，在十里铺帮人杀猪，完工后又和雇者痛饮一场，回家时，已是深夜。行至徒骇河堤坝，忽闻啼哭之声。循声望去，月色朦胧之中，见一白衣女子正趴在路边的一座坟丘上低泣。赵疤瘌见她哭得可怜，就上前问道：姑娘，深更半夜的，你怎么一个人在这里痛哭？姑娘止住哭声，回转过头，小声说：俺娘刚死，俺爹又续了弦，后娘心狠，把俺赶了出来，俺无处可去，只能在娘坟上哭诉。赵疤瘌借着月光一看，见这姑娘肤如凝脂，双目妩媚，又想起妻已携子回娘家，顿心动，说：姑娘要是真的无处可去，如不嫌弃，可跟俺回家。姑娘当即点头应允，并千恩万谢。赵疤瘌将姑娘领回家中，一番云雨，好不快活。二日晨，邻人赵四来串门，见赵疤瘌在炕上酣睡，而一只通体雪白、双目通红的貔子，正立在一边，作欲扑之势。赵四惊呼：畜生！那物受惊，逾窗而去！赵疤瘌惊醒，忆起昨夜之事，恍恍惚惚，犹在梦中。

第二年，一个盛夏中午，赵疤瘌骑自行车外出访友，独行于徒骇河大堤上。忽见一白衣女子拦在车前，言：大哥，能否捎我一程？赵疤瘌见姑娘有些面熟，当即允诺，遂使其坐于后座。行不到二里，对面遇上同村刘某，刘某忽满面恐惧，喊：屠夫，你后面是什么东西？赵疤瘌回头，见一道白光跃下后座，随即隐于灌木丛中。而那白衣姑娘，已经不见踪影。问及刘某，刘某称见一貔子蹲在车后座上。赵疤瘌摇头不信。当日晚，赵疤瘌访友归来，行至午间遇刘某之处，见前面站一白衣女子，依稀就是白天所见。那女子故技重施，求赵捎她一程。赵疤瘌假意顺从，待女子上车，他一手握把，另一手入怀，掏出剥刀，朝身后就刺！女子在惨叫声中摔下。赵疤瘌下车，见那刀已插入女子前胸。女子呻吟道：小女子只想和大哥嬉戏，并无加害之意……言未毕，现出原形，原是一只白貔。赵疤瘌将白貔提回家中，剥了皮，卖与皮货商人，得人民币一宗。貔肉炖了一锅，家人俱享。二日深夜，赵疤瘌于梦中惊醒，见炕前立一白貔，龇牙咧嘴，遂从枕下取出剥刀，一刀刺去，那物惨叫而倒，声音有异。忙取出灯盏点亮，大痛，中刀者竟是六岁爱子。后全力救治，终因刀中心脏，不治而亡。

后，赵疤瘌终日持刀在徒骇河堤坝上寻貔，日久，头发胡子皆白，长过尺，如同野人。后不知所终。

鲁北农村，家家都有养鸡之风，少则几只，多则几十只。笔者幼年丧父，家母为维持生计，每年均养鸡数十。然，无论鸡窝怎样加固，都难逃被野物祸害。鸡为求自保，将院中的两棵枣树作为栖息之地。每日傍晚，鸡们纷纷振翅，先飞上院墙，再飞上树梢。再有野物来袭，鸡们狂飞乱叫，母亲惊醒，大声呵斥，野物便纷纷遁逃。笔者十六岁时，自制一土枪。每日晚饭后，在里屋伏案读写。临睡前，土枪便架于窗台，枪口对外。一夏夜，笔者刚刚熄灯，还未入睡，忽听外面有鸡叫之声，透窗张望，见枣树下立一物，高约尺半，通体雪白，二目莹绿，如灯笼般游动闪烁。遂持枪在手，拉开枪栓。此时，母亲已起身过来，小声示意不要开枪。然为时已晚，笔者扣动了扳机，枪未响，但撞针之声惊动那物，倏忽不见。二日，笔者请教一资深猎者，猎者将枪缚于一棵树上，扳机上系一长绳，二人于五米外埋伏，拉动长绳，枪响，枪膛竟爆炸。笔者心有余悸，百思不解：是貔作祟？枪有瑕疵？无解。

白夜行

我是一个行走于乡村的木匠，因为长得黑，在家里排行六，村里人都叫我黑六子。我讲的，是亲身经历。当然，村里人说我爱瞎编，说的话不可信。你信不信？随你。

1978年冬天，我去北乡的十里庙给人打家具。那家人是给闺女打嫁妆，请了三个木匠。这一年的年头好，结婚的特别多，那几天，我还应承了给自己村陈五的女儿打嫁妆，所以，就手上加了把劲，本来六天的活计，到第五天的傍晚，就完工了。陈五家催得很急，那天刚刚捎来口信，催我回去。我就想，和东家算完账，赶回家去吃饭，到第二天一早，就可以给陈五家干活了。但是东家对我做的活儿非常满意，非要留下我喝两盅。我掐指一算日子，那一天正好是十五，天又晴得好，吃完饭借着月光往回赶，也不会耽误事儿，就应下了。

这天晚上，东家给我炒了四个菜，酒是65度的古贝春原烧。我和东家，加上另外两个师傅，四个人喝了整整三斤，把他们三个都整晕了，趴桌上睡着了。我还算清醒，吃了东家女人烙的菜饼，背上装我那套家把什的帆布包，提着锛，就出了门。

那晚的月光，亮得有些邪门！夜晚和白天没有什么区别。十里庙离我们村十五里地，全是在庄稼地里横七竖八的沟叉子里走，半路还有些乱坟岗子、野草疯长的碱荒地什么的。我记得去时的道，就凭着记忆按原路返回。去的时候，要路过一片坟地，坟地旁边的一棵大杨树上挂着一面"招魂幡"，树下是一丘新坟。我记得很清楚，那幡是丈二的白幡，直垂到离地三尺的地方。又走了有一袋烟的工夫，我就看到了那个压着坟头纸的新坟和雪白的"招魂幡"，虽说晚上看到这些东西有些瘆得慌，但路没走错，我心里就有了底儿，就边走边唱起了歌儿，为自己壮胆。

唱了一会儿歌，我觉得应该到了马庄了，马庄离我们村还有七里地，到了马庄，就有一条笔直的土公路直通我们村，没这么偏僻了。可是，我越走越觉得不对劲儿：怎么周围的路这么熟呢？后来，我一下子毛骨悚然！我看到了那棵熟悉的大杨树，还有树上垂下的"招魂幡"以及树下那丘压着坟头纸的新坟。

天哪！我怎么又转回来了？我没记得自己拐弯呀？难道，我遇上了"鬼打墙"？

我站住脚，仔细观察了一下周围的环境，没错，我确实又转回来了。我并不相信这世上真的有什么"鬼打墙"，可能是我刚才光唱歌，忘了看路。当下，我看清楚了回去的路，又大步地往回走。那路不但崎岖，还极为不平，不断地上坡下坡，左转右转……走了大概一袋烟的工夫，忽然，我的头皮一阵发麻，头发全都竖起来了……我又看到了那丘新坟和那面"招魂幡"。

这一次我真的害怕了。刚才我一直仔细地按着去时的路走，一步也没有走错，怎么就回来了呢？天底下真的有鬼？我真的遇上了传说中的"鬼打墙"？我一下瘫坐在地上，一动也不敢动了。

周围一直很静，连一声儿鸟叫也没有。我不知道自个儿在地上坐了多久，环顾周围，也没有一个人影子或鬼影子。庄稼早就收了，周围都空荡荡的，在月光底下泛着惨白惨白的光。我感觉到了冷，刚才忙着赶路加上受到惊吓，贴身的衣服全被汗水湿透了,现在汗下去了,贴身的衣服变得冰凉。我用力裹了裹棉袄,用手背擦了擦眼睛,突然间吓了一跳!

我的对面站着一个人,是一个男人,瘦瘦的,中等个儿,因他站的位置是对着月光的,模样很清楚,是个丝瓜脸,细长眼睛,高鼻梁,脸上冷冰冰的没有表情。我颤着声儿问:你是谁?

那人反问:"你是谁?"

我赶紧说:"我是五合庄的黑六子,到十里庙打家具,回来时迷了路。"

那人说:"迷了路?这么亮的天会迷路?"

我说:"我可能碰上了'鬼打墙'。"

那人仍然面无表情,冷冷地说:"哪有什么'鬼打墙'?你是迷路了。"

我一见遇到的是个"人",顿时松了口气,我客气地问:"老哥,你是哪个村的?能不能给俺指指路?"

那人说:"我是魏寨子的,叫刘皮。"

我一听魏寨子的就更放心了,我和那个村子的魏老贵等很多人一块儿修过堤挖过河。我顺便问了几个人,刘皮说都认识,说的情况也全都对路。

我便求刘皮给我带带路,他态度仍然很冷淡,但答应得却很爽快。

当下,他在前面走,我在后面跟着。走着走着,我发觉他走路轻飘飘的,像是贴着地皮在飞,和正常的人不太一样。我的心又提了起来,就紧走几步,想看看他有没有影子,传说，鬼是没有影子的。可就在这时，一大朵乌云飘过来，遮住了月光，天登时黑了下来。我正害怕，面前冒出了一道光亮，马上什么也看不见了。耳边听见刘皮说，往前就是马庄了，一直走就到了五合村，这个你拿上，照个亮儿。我手里被塞进一个冷冰冰的东西，一端发着光亮，我拿到脸前一看，是个电棒子（手电筒）。我拿电棒子往前照了照，可不，前面就是宽宽的大道了。我想，萍水相逢，就拿人家的东西，不太仁义，就把锛交到刘皮手里说："你拿上这个，有个什么情况也好防身，赶明儿，我去还电棒子，再捎回来。"刘皮迟疑了一下，一把接过锛，转身头也不回地就走了。

回到家，我已经全身虚脱，躺到炕上就睡着了，一宿连个梦也没做。

第二天上午，我在陈五家边干活儿，边把头天晚上的经历学说了一遍。陈五还有陈五请的另外一个木匠听得哈哈大笑，陈五的女人说："你是喝晕了吧？四个人三斤原烧酒，不晕才怪呢！"直到我拿来了刘皮借给我的电棒子，他们才半信半疑。那年月，电棒子还是个稀罕玩意儿，一个村寨，没有几家有这洋货的。午饭后，趁休息的工夫，我借了陈五的洋车子，拿上电棒子，直奔魏寨子。

我很顺利地找到了刘皮的家。看样子，刘皮的光景比我也强不了多少，院墙上的麦秸泥都剥落了，有几个大大小小的缺口，透过缺口能看到空空的院子。门楼也破旧得快要塌下来了，门只有一扇，另一扇歪在门框上。这种光景的人家，居然能置得起电棒子。

我将洋车子支在门口,边往院里走边大声问:"家里有人吗?谁在家里?"

随着一声"来了来了",一个女人左手拿着纳了半截的鞋底,右手拿着针锥子走了出来。

我就问:"这是刘皮大哥的家吗?"

女人愣了一下,上下打量了我一遍,才说:"是呀?你——认识他?"

我赶紧把手里的电棒子递给她说:"昨天晚上借他的电棒子的,我来还……"

我还没把话说完,就见女人的脸色顿时变白了,白得像一张纸,她急急地问:"你是什么时候见到的刘皮?"

我说:"是昨天晚上。"

接着我就把昨天晚上遇到刘皮的事儿简单说了一遍。

女人没好气地说:"昨天晚上你喝醉了吧?告诉你,刘皮生急病走了,昨天刚过了'头七'。"

我一听又急又怕:"那……那……昨天晚上我看到的是鬼?"

女人怒叱道:"胡说!这世上哪里有鬼?是你自个儿喝醉了!"

我说:"那这电棒子是咋回事?"

女人说:"这电棒子,是他生前最喜欢的东西,家里也没别的值钱的家当,就拿这给他陪了葬,你——你不会是从坟里盗出来的吧?"

我一听,当时就蒙了!这一连串的事情太过古怪,也太玄乎，再待下去就有可能被讹上。我抄起车子，紧跑几步，飞身上车，逃命一般离开了魏寨子。

出了村大约有二里地了，我将车子把稳，回头看了一下，并没有人追出来，就放了心，放慢了车速。

又走了一程，觉得道儿有些熟悉。抬头一看，一面雪白的"招魂幡"，就挂在面前的大杨树上，树下的新坟边上，有一墓碑，上写：刘皮之墓。墓碑顶上，安放着那把跟了我多年的木匠家把什——锛。

具丘山记

笔者的出生地是山东省禹城县（1993年撤县设市）后邢村，村人不足二百。村子东傍"大禹治水"时疏通的九河之一——徒骇河，河的东岸就是县城。村西三华里处，有一土冢，名"具丘山"。相传，当年大禹治水时曾在此具丘为山，登此丘察看地形水势，留下了这个"高十仞、广倍之"的土冢，人称具丘山。

明代时，为纪念大禹的功德，当地官府在具丘山上修建了禹王庙。清康熙五十三年，知县曾九皋募资重修，并置办庙产、招募僧人。雍正二年，地方官吏重新改建，比之以前宏伟壮观，香火更盛。

笔者幼时，常和伙伴们一起去具丘山上玩耍。山虽不高大，但有密密的槐林，茂盛的花草，深不见底的洞穴，倒也有趣，常常乐不思归。有时，还见到持土枪的村民堵着洞口，点燃了野蒿草，用蒲扇往洞里送烟，俗称"熏獾"。有一年秋天，马庄村人马四擒住了一只獾。那獾肥实，全身的黑毛油光水亮。那物经不住烟熏火燎，从洞口蹿出来，就陷进了网里，被马四摁在了地上。据说，用獾肉炼的油可治烧伤烫伤，很灵。马四正满心欢喜，旁边一位割草的老者摇头叹息道：作孽呀，祸害这冢上的灵物，要遭报应的呀！马四不信，笑着将獾塞入背篓离去。不几日，马四在庄稼地里干活时，牛受了惊吓，把他踩在蹄下，一只腿落下了终身残疾。

很早以前，具丘山上的灵物们是与当地居民和睦相处的。一只受了枪伤的狐狸，被乡村医生邹先生治好后，患有不育之症的邹先生，忽然在自家的门洞里捡到了一个大胖小子，这个典故笔者已经写进了短篇小说《像风一样消失》里，在此不再赘述。但我们村二木匠给狐狸精修房子的事儿，还鲜为人知。

我们村是远近闻名的木匠村，家家户户都有木匠。二木匠是跟自家大哥学的艺，大哥是大木匠，他就是二木匠了。那还是刚解放不久，是个晚上，二木匠手里拿着锛，一个人走在回家的路上。木匠行有个规矩，出门干活，晚上回来时，其他工具都可以放在东家家里，只有锛，必须拿回来。这个说道，到底是个什么意思，没人解释得清。但有两种较靠谱的说法：一说是锛的刃如果钝了，比较难磨，放在东家家里，怕东家乱用，崩了刃；二说锛是木匠工具里刃最锋利、柄最长的，最适合防身。那时，出村干活是早出晚归，两头见不着日头，又都是靠步行，所以，手里拿个锛，可以防身壮胆。

二木匠喝了点儿酒，步行从具丘山的南边经过，他醉眼蒙眬中，忽见一老妇人，手提马灯，拦在路中。他握紧了手里的锛，惊问：你干什么？那妇人笑道：别害怕，俺家里有点儿活，想劳师傅去辛苦一下，必有酬谢。二木匠见天色太晚，稍有迟疑，后觉妇人言辞恳切，就应了下来。随老妇穿过一片高粱地，来到了一宅院门前。妇人道：此门太过窄小，家人出入常挂破衣服，求师傅辛苦，把门改大一点儿。二木匠见此门只有框，没有门扇，边框犬牙交错，凹凸不平，想也是穷苦人家，就用锛把门框的四面都刨下了一点儿，又全部刨平。妇人千恩万谢，并塞给他一个精致的锦盒。二木匠归家心切，不及细看，就急奔回家。第二天一早，二木匠打开那个锦盒，里面竟是十块银圆。惊诧之余，感觉酬资太重，遂送回。待顺原路返回一看，他昨晚来的地方，竟然是具丘山，附近也没有宅院。正奇怪间，忽然发现具丘山半腰的一棵古槐下，有一个深不见底的洞口，而洞口盘根交错的树根，被削得整齐有加，茬口崭新。二木匠愣了一阵，将那钱撒在洞口，转身走了。

晚上，二木匠做了个梦，那个老妇人冲他笑眯眯地说：师傅呀，咋就把钱退了哩？这是你应得的。二木匠说：这么多的钱，俺不敢要。老妇人说：那好吧，如果今后有了难处，就来这里找我，在树下点炷香，如果你看到树动了，就说出你的事儿来。

第二天醒来，二木匠以为这不过是个梦，而那晚上的遭遇，可能是自个儿喝多了出现的幻觉，遂抛脑后。

不久，二木匠新婚。以前，村里办席，所用桌凳，都由村人拼凑。恰巧，这天日子极好，本村有三门喜事。二木匠一家告借全村，只借到办两席用的，离十席之数相差甚远。无奈之间，忽然想起了那个梦。别无良策，决定一试。当晚，二木匠悄悄来到具丘山，按老妇人的嘱咐，在那棵古槐树下燃起了一炷香。香未燃下半寸，那棵槐树竟真的无风自动。二木匠又怕又喜，战战兢兢地说了自己所需。槐树却恢复平静，他等到半夜，周围仍无声息，只得怏怏而归。当晚，那老妇人又出现在他的梦里，对他说：明天日头出来之前，可套车来取，一定要自己来！二木匠点头应下，那老妇人才隐而不见。

第二天一早，二木匠醒来，虽对梦中之事半信半疑，但也不愿失信于老妇，就套上牛车，赶往具丘山。他赶到时，恰逢日出，朝阳之中，大批的桌椅整齐地码于古槐树下，细数，竟正是八席之数。

此后数年间，又有人仿效二木匠，前去具丘山借用桌凳，时灵验，时不灵验，凡不灵验之人，必是平日里奸猾刁蛮之辈。后经"文革"，山被挖，亭被毁，树被砍，再无灵验。

蛇杀记

钱如是，成功商人。女儿在国外读书，夫人伴读，自己独居郊外的一幢别墅里。

钱如是常年出入星级酒楼，吃厌了山珍海味，经常面对满桌佳肴，无从下箸。

一次去南方出差，偶尔尝到蛇宴，觉美味可口，归后仍念念不忘。但因北方人不吃蛇，各酒楼饭庄都不经营蛇菜。钱如是口馋难耐，竟想起了"自己动手、丰衣足食"那句名言。于是稍有闲暇，便持自制的蛇钳，手提藤篓，于田头沟沿上捕蛇。因当地无人捕蛇，蛇较多，钱每次出门均有猎获。北方无毒蛇，故无危险。

每次捕蛇回来，钱如是都亲自动手，剥皮、切段、洗净后，或红烧，或清炖，或辣炒，或黄焖，变着花样地做着吃，竟久食成瘾。

一初秋傍晚，钱如是在徒骇河堤下的草丛中寻蛇。忽见一大一小两条红花蛇正缠在一起嬉戏，遂伸钳夹之，先夹住了那条大蛇，小蛇慌忙往草丛深处遁逃。钱如是将大蛇放入藤篓，捂上盖子，疾步去追小蛇，小蛇并没跑远，追上，钳住"七寸"，捉了回来。他打开藤篓，正想将小蛇放入，不想，那大蛇竟猛然蹿出，夺路而逃！钱如是把小蛇扔进篓内，捂严盖子，又去追大蛇。大蛇游动极快，几次下钳都没钳住，便挥钳砍之，竟砍下五寸多长的一截尾巴，那蛇负痛之下，游得更快，几下钻进草丛不见了。钱如是又寻良久，未果，只得捡起那截蛇尾，悻悻而归。

当晚，钱如是将小蛇处理干净后辣炒了一盘，自斟自饮了一瓶干红，酣然入梦。二日晨，忽忆起昨天的那截蛇尾，便想拿来剥皮剁了，暂存冰箱，待再抓住蛇时一起烹了。不想，蛇尾竟然不翼而飞了。哪去了呢？钱如是不喜宠物，只养了一条德国"黑背"，用铁链拴在院子门前，无法靠近厨房。钱如是因是独身生活，对安全尤为注意，每入室均随手关门，睡前检查门窗锁，野猫野狗更难入内。正犯疑惑，电话铃响，接完电话，他匆匆出门，去见一重要客户。蛇尾之事，遂忘。

一日晚，钱如是在睡梦中，感觉有人在勒自己脖颈，惊醒后，按亮床头灯，见一条大红花蛇正缠在自己的脖子上，他顿觉魂飞魄散，拼命用双手掰扯，但蛇身油滑，用不上力，他便摸索着用力捏住蛇头狠攥，欲逼蛇松劲，蛇却勒得更紧，他眼前一黑，万事皆休。

钱如是醒来，已是第二日中午。那蛇还在他的颈上缠绕，却软而无力了，他在生命的最后时刻杀死了蛇，并缓了过来。将蛇掷于地上，细看，蛇尾巴五寸处，有一圈明显的接痕，他忽回想起那段丢失的蛇尾，顿时心下骇然：蛇竟然找到这里自行续上了断尾，生命力太顽强了。

钱如是将死蛇丢在厨房的地上，开车去外面参加一饭局。

下午归来，他来到厨房，想把那条蛇剥了，伸手一提，轻飘飘的，竟是一张蛇皮。

钱如是冷汗袭身，蛇竟缓过来，跑了。他知道，那条蛇是来复仇，它不会轻易放过自己。自此，每到晚上，钱如是便心惊胆战，不敢睡觉，他一闭眼，就觉那条蛇又缠上了脖颈。他只好经常请朋友来家里喝酒、搓麻，用各种理由留朋友住下来，为己壮胆。

冬日来临，钱如是终于松了一口气。他知道，蛇是要冬眠的。

钱如是恢复了正常生活。

钱如是死于第二年的夏天。他的颈处有明显勒痕,警察便断定他是被人勒死在床上的。但门窗都锁得完好,没有一点儿被破坏的迹象。现场亦没有任何痕迹,侦破工作受阻。

此案一直悬而未破。

逃逸记

鲁北商人严士高,爱好驾车,虽腰缠万贯,却不聘司机,自驾"宝马"出入各种场合,酒后驾车已成家常便饭。

一夏夜,严士高连赶了两个酒场,饮酒过一斤,归时,已是晚十点有余。行至徒骇河堤上,酒意上涌,醉眼蒙眬,仍勉强支撑。忽听一声惨叫,极其凄厉。忙踩刹车,下车借灯光一看,一女孩倒在车前,满脸鲜血。顿大惊,酒意已去半。他蹲下身子,仔细观望,见女孩上穿黑色西装,系红领带,下身着一黑色短裙,胸前佩戴一标牌:万春大酒店领班黄盈盈。严某激烈思索一番,终不想承担酒后肇事之重责,瞅前后无人,遂驾车逃逸。

几日后,严士高外出应酬晚归,行至城乡接合部一荒凉路段,忽见车前方现一行人,急踩刹车,按下窗玻璃,正想叱责,见前方竟空无一人。他将车灯全部打开,不断变换远近灯光，氙气大灯将路面照得亮如白昼，仍不见人影，疑是花眼，遂上车继续前行。刚刚提速，那人又出现在前面，依稀是一女子，穿黑色短裙、着黑色西装。他连连摁动喇叭，那女子却依然慢慢行走，并不避让。他将车刹住，下车，正欲谩骂，人又消失。他再次上车，刚将车启动，那女子又现车前，轻飘飘地行走在马路中央。严士高已觉有异，决定从一侧绕过女子。不想，那女子犹如背后长了眼睛，严车靠左，她靠左；严车靠右，她靠右。严再下车欲与之理论时，人又消失。如是三番，严士高怒而生恶，加大油门，朝那女子后背撞去！一声巨响，那车竟撞在一棵大树之上，严士高从前挡风玻璃甩出，顿时魂归西天。

第二日晨，出现场的民警看到一辆"宝马"车撞瘪在一棵大杨树上，车主被甩在路边的一座新墓前，尸已僵硬。墓前立有一碑，碑上有字如斯：爱女盈盈，年方二十，夜遇车祸，身负重伤，贻误抢救，不治身亡，为父心碎，立碑纪殇。立碑人：黄××。

诈 尸

三里庄的老铁匠孟烈走了。没病没灾的，前一天还在村口放羊，第二天就没起来床，儿子孟原给他送中午饭时才发现，人已经僵硬了。

孟原赶紧跑到村里的红白事总管杨大白话家里，见了面就跪在地上，哭道："杨叔，我爹无常了。"

杨大白话愣了一下，半晌，叹了口气说："唉！牛一样壮的人，我还以为，我得走他前头呢！"

鲁北一带的风俗，灵棚都是扎在正屋的门口，灵床位于灵棚正中，亡者头朝南躺着，脸上盖一张烧纸。灵床下面，往往塞满东西，不留一点儿空隙，以防猫狗什么的从下面钻过去。尤其是猫，只要它在灵床下一过，亡者就容易诈尸。

给孟烈办丧事的第一天，帮忙的年轻人图省事，就近把竖在墙上的秫秸塞到了灵床下。当晚，下了一场不大不小的雨，把外面的柴火全淋湿了。第二天一早，厨房用大锅蒸馒头时，找不到干柴，帮厨的人顺手就把灵床下的秫秸全抱走了。当时，谁也没在意这个事儿，杨大白话也没制止。

当天上午十点光景，孟烈的外甥来吊唁，正拜祭呢，猛听见一声猫叫，一只花猫从灵床底下窜了出来，接着，灵床上的孟烈忽地一下坐了起来。吓得他外甥"吗呀"一声就瘫在了地上。

杨大白话赶紧上去双手将孟烈按倒在灵床上，边按边喊："老孟！你走就好好走，别吓唬孩子！"

没想到，他一松手，孟烈又坐了起来，眼睛好像微微睁开了一条缝儿，直视着杨大白话，骇得老杨声音都变调儿了。他颤抖着大喊："快快快——快搬几块坯来！"农村到处都有土坯，几个年轻的壮汉风一般出了院子，搬来了几块土坯。杨大白话把头扭向一边，不敢看孟烈，用两只哆哆嗦嗦的手把孟烈又按倒在灵床上，几个汉子把几块坯都摞在他的胸口上，孟烈这才长长地叹息了一声，一动也不动了。过了个把小时，杨大白话才让人把孟烈胸口的坯搬下来。

因为孟烈是骤然间去世的，没有拖累过子女一天，子女们都非常伤心，哭声持续了半天都没停。到了中午，前来吊唁的人渐渐稀了，杨大白话正准备安排大家吃饭，忽然响起一声女人尖厉的惊叫，不像是人声儿，杨大白话吓了一跳，正四下里踅摸声音的来源，忽然觉得后脊背一阵发凉，头发都竖起来了。

孟烈不知什么时候又坐了起来，而且睁开了双眼，直视着他。

杨大白话抹了一把头发："就骂，你个老不死的，死了也不让人消停！有啥话说吧，说完了就好好走！"

孟烈带着哭音说："你们哭得我难受，有小鬼用鞭子抽我，抽得我骨头都快断了，我听到你们哭就走不动，等我走远了再哭吧！"

说完，缓缓地倒了下去，合上了双眼。

所有的人都惊呆了，院子里刹那间鸦雀无声。

杨大白话从惊悚中缓过神来，战战兢兢地上前，小心翼翼地拿过孟烈的右手，把了把他的脉，确实没有心跳。他稳了稳心神，把孟原叫过来嘱咐道："下午闭丧吧，让亲朋好友明天上午来吊唁，也给你的兄弟姐妹们说，让他们忍着点，明天再哭。"

按照风俗，第三天下午四点入殓（把尸体放进棺材），四点半"起灵",送去墓地下葬。入殓时,人们都提着一颗心,但孟烈的尸体没有任何异常。

到了四点半,在响器班子的吹打声和孝子孝女们的哭声中,杨大白话大喊一声:"钉棺了!起灵了!"

早有四个木匠站到了棺材的四个角上,左手各拿着一枚长长的钢钉,右手都握着一把钉锤。这也是当地的风俗,起灵前,用四根钢钉把棺材钉死,主要是预防在路上滚了棺,尸体掉出来。

四个木匠刚把钢钉放在棺材盖子上,只听"嘎巴"一声,棺材盖子的前头翘了起来,吓得四个木匠都后退了一步,紧接着,棺材盖子被掀开了,孟烈从里面坐了起来。

诈尸了!诈尸了……

抬棺材的、吊唁的、架孝的、打幡的、抱牌位的、拉席的、吹唢呐的、敲鼓的……各色人等,都惊叫着四散而逃!

孟烈骂道:"谁他娘的诈尸了!是阎王爷他弄错了,又把我送回来了!"

只有杨大白话和孟原没有逃,但杨总管已经瘫在了地上。

孟烈对孟原说:"还愣着干什么!快给你爹弄吃的,饿死我了!"

说完,孟烈一翻身就出了棺材,他踢了杨大白话一脚,才发现他已经吓死了。

孟烈的棺材和寿衣,都用在了杨大白话的身上。

空 棺

周小林是鲁北齐河县人,在一个村办企业当业务员,常年天南海北地出差。

2013年深秋的一个早晨,他从广州坐飞机回山东,在去机场的公交车上,他看到坐在旁边的一个中年男人很面熟,仔细一瞅,竟是他们村的养鱼专业户肖强,他们从小一起上的小学、中学,天天泡在一起,只是成家后大家各忙各的,联系就少了些。

肖强也认出了周小林,他乡遇故知,两个人都很高兴。到了机场,时间还早,两人就找了个饭馆,点了两个菜,边喝啤酒边聊天消磨时间。两人好久没在一起喝酒了,说了很多小时候的事情,共同感叹小时候的美好时光。

周小林的航班要早一个多小时,两人拉着呱,很快就到时间了,两人只好分手,相约回家后一块儿痛痛快快地喝一场。

周小林下了飞机,又乘坐了两个小时的客车,然后又坐了半个小时的出租,回到家时,已经下午三点多了。

刚到村口,有一支送葬的队伍从村里缓缓蠕动出来,哭声、唢呐声响成一片。

近了,周小林发现扶灵的孝子竟是肖强十六岁的儿子肖帮,他吃了一惊,以为看错了,仔细一看灵位上的遗照,正是刚刚和他分手几个小时的肖强。

他认定肯定是弄错了,肖强现在还没有到家,怎么会死了呢?他拦住送葬的队伍,大声喊:"停下!停下!"

队伍停了下来,连唢呐声也不响了。

村里的红白事总管郑利走过来,急咧咧地问:"你想干什么?"

周小林问:"棺材里装的是谁?"

郑利说:"当然是肖强了,还能是谁?"

周小林急道:"肖强没死呀!上午我还在广州白云机场见过他,我们还一起喝了四瓶啤酒呢!"

郑利一把将他推到一边说:"好了好了,开玩笑也得分个场合,肖强都在病床上躺了两个多月了,哪里去得了广州?"

这时,肖强的妻子也过来对周小林说:"周哥,肖强要是有得罪你的地方,我给你赔不是了,你可不能在他入土的时候闹事呀!"

村支书也过来叱喝他说:"你胡说啥哩!肖强一直病着呢,大家都去看过他哩,昨天我亲眼看着入的殓,难不成,他的魂飞到了广州?"

周小林一看这情况,知道有异,只好躲在了一边。

回到家,周小林把自己在广州遇到肖强的事情给妻子和儿子都学说了一遍,妻子笑他:"你是不是大清早就喝晕了,见了鬼?这肖强得了肠癌,住了好长时间的院,后来医院不给治了,就回家等死,在家里又熬了两个多月,我还去看过他哩!"

倒是儿子表示理解，郑重地说："爸，这可能是一种灵魂的穿越，肖强叔临死前要见他的好朋友一面，就去广州找你了。"

这天晚上，周小林翻来覆去，怎么也睡不着，他坚信自己见到的是肖强，这个世上，有和肖强的模样长得一样的，但别人不可能知道他们共同经历的那些往事。

半夜，他悄悄地爬起来，拿了一把铁锹，一个撬棍，一只手电筒，摸黑来到了肖强的坟上。刚起的新坟，土质松软，他一会儿就挖到了棺材。他用撬棍撬开棺材盖子，然后用手电往里一照，棺材果然是空的。他正想把棺材盖上，忽然觉得背后有一股劲儿在推他，一下把他推到了棺材里，棺材盖子啪的一声就合上了，把他关在黑暗中。他用双手拼命推棺材盖子，却一点儿也推不动，他手脚并用，棺材盖子仍然一动不动。他绝望了，感觉到空气越来越少，呼吸越来越困难，终于，他失去了知觉。

周小林一觉醒来，竟是在自家的床上，他松了一口气，心说：幸亏是一个噩梦。他揉了揉眼，见日头已经照进屋内。

妻子风风火火地从外面进来，进门就喊："你还睡呢，肖强的坟昨天晚上被人挖了，棺材盖子也起开了，咦，怪了，里面啥都没有！"

周小林的头"嗡"地响了一下，后脊梁上掠过一阵凉风。

具丘山笔记

百年魔咒

柳四爷一看这满桌子黄澄澄的金子,就知道自己的死期到了,不由得心里一阵悲凉:自己刚刚四十过五,怎么就摊上了这档子事呢?

柳四爷是今儿一大早被几个小匪从被窝里掳来的,说是给他们卧虎山大当家的干点儿活去。柳四爷心里虽然害怕,但知道也不至于送命。前年,卧虎山的压寨夫人生孩子,就是从柳四爷的村子里请的接生婆,听人说,那接生婆不但毫发未伤,临回,还是被轿子抬下山的,还带回了成匹的绫罗绸缎。

柳四爷是当地有名的金匠,他原以为,土匪让他上山,无非是给女人打个钗呀坠呀项链呀,或给匪崽子打个项圈金锁什么的,他做梦也想不到,摆到面前的,竟是这么一大堆的黄金。这些黄金全是成品,除了女人孩子佩戴的金首饰外,还有金佛、金香炉、金碗等等,五花八门,一看就不是正路上来的。

卧虎山大当家的绰号"下山虎",黑脸,长一脸大胡子,虎背熊腰,说话声音不高,但掷地有声,他盯着柳四爷的眼睛说:"柳四爷,今儿咱要辛苦你了,这些金货,要全熔了,打成一般大小的金条。"

说着,他将一根沉甸甸的金条扔在了柳四爷面前的石桌子上,金条发出一声脆响,然后剧烈抖动着,发出嗡嗡的鸣

165

响，少顷，才安静下来。随着那鸣响，柳四爷全身剧烈地颤抖起来。

柳四爷开始磨磨蹭蹭地支炉、起火、熔金。他明白，金条打完之日，就是自己离开人世之时。金匠行里，只要谁接了大活儿，在世的日子就要按天数了，活儿干完，人必死无疑。这是金匠行不成文的百年魔咒，已经被很多同行前辈验证过多次了，根本无一幸免。柳四爷的父亲，是给县衙门接走的，那一年，他的父亲已经年近六十。柳老爷子在县衙门待了七天后，就被送了回来。接走的是活生生的人，送回来的，却是一具僵硬的尸体，说是中毒身亡。当然，和尸体一同被送回来的，还有一份厚礼。柳四爷的师叔，是被县龙盛商行的朱老板派人接走的，在那里整整待了十天。后来，就有人回来报信，说是他忽然得了失心疯，自己跳崖摔死了，连尸体都没找到，估计是让野物儿给祸害了。最后，龙盛商行赔了一大笔钱，这件事也就了了。

"下山虎"每天都要来柳四爷干活的山洞里看几眼，见柳四爷干得很慢，也不催促，临走说一句："你尽管慢慢干，咱不急。"

尽管柳四爷干得很慢，但到了十五天上，还是把金条全部打成了。几百根金光闪闪的条子整齐地码在石桌子上，煞是灿烂。

"下山虎"看了看这些金条，又看了看柳四爷，笑了："柳四爷，真是名不虚传哪！来人！"

柳四爷的脸当即就白了。

却见一个小匪,手托着一个木头托盘呈了上来,托盘上面平展展地铺着一块红布,红布上面摞着高高的两摞子大洋,足有一百块。

柳四爷疑惑又胆怯地看了"下山虎"一眼,不知他葫芦里卖的什么药,没敢接。

"下山虎"亲自用红布把那大洋包了,递给柳四爷,并笑道:"柳四爷活儿干得地道,咱这当土匪的也讲究讲究,一点儿小意思,请笑纳吧!"

柳四爷迟疑地将大洋接了,仍然不敢相信这是真的,就颤颤地叫了一声:"大当家,我……"

"下山虎"忽然就明白了,哈哈大笑道:"柳四爷是吓坏了吧?咱这里没那些丧良心的破烂规矩,山下的有钱人,无论官商,都有见不得人的鬼勾当,怕露馅儿,咱是他娘的土匪,咱连官兵都不怕,难道还怕有人听了信儿,上山来抢咱的金条不成!"

言罢,仰天一阵狂笑。

柳四爷这才明白自己确确实实是捡了条命,当即谢过"下山虎",就急匆匆地往山下奔去。

"下山虎"在后面喊:"不用跑这么急,咱是大老爷们,说过了的话,不会反悔的。"

柳四爷好像没有听见,仍然急匆匆地向山下跑,逃命般。

下了山,在进镇子的路口,正遇上赶脚的陈二狗。柳四爷说:"陈二,快扶我上驴。"

陈二狗一边将柳四爷扶上自己的毛驴,一边说:"唉,柳四爷今儿怎么豁出去了，舍得雇驴了？"

柳四爷说："少说没用的，快送我回家。"说完，就双手捂胸，趴在了驴背上。

陈二狗见事儿不妙，以为他病了，就紧抽了几鞭子，小毛驴嘚嘚嘚地快跑起来，不消一刻，将柳四爷送到了家。

柳四爷进门一看，院子里正有人给一口棺材上漆，而他的女人孩子，都已经披麻戴孝了。

众人见了他，先是一惊，后都纷纷围上来问："四爷，你竟回来了！你怎么活着回来了……"

柳四爷双手分开众人，进了屋，往炕上一躺就对女人说："快把人都赶走，关门落锁。"

等屋子里就剩下自家人时，柳四爷黯然说："我以为这一去必死无疑了，谁知，那'下山虎'竟放了我。"

女人和孩子们围在他面前，都一脸的惊喜。

柳四爷叹一口气，眼泪便下来了。他哽咽着说："可是，我还是没命活，我……我不该在最后的一天，吞了一大块黄金呀——"

言罢，口中狂喷鲜血，气绝而亡。

屋门发出一声大响，闯进来四个短打扮、持短枪的小匪，为首一人走上前来，对女人说："奉大当家之命，一来吊唁，二来取回山上的东西。"

言罢，那小匪持一把牛耳尖刀，从柳四爷的腹部插入，一旋，一挑，一块小孩拳头大、沾满鲜血的金块，就跳到他的手上。

女人和孩子们都吓傻了，一声都没吭，一动都没动。

那持刀的小匪一招手，几个人同时消失了。

劦头者

整个沙河镇，有不知道县太爷叫什么名字的，但提起"劦头的吴疤瘌"，却是妇孺皆知。

沙河镇位于黄河中下游平原的鲁北地区，是个千年古镇。"劦头"这个乞讨行业，在很多地方已经销声匿迹了，好多人都不知道"劦头"是什么意思。但在沙河古镇，因为有吴疤瘌的存在，劦头仍未失传。

说白了，劦头就是恶讨。劦头者右手持一把牛耳尖刀，在各个店铺、摊位之间转悠。待相中什么，便伸出左手讨要，若主家不给，劦头者右手的尖刀就会放在额头上，轻轻一划，顿时血流如注。这一下主家可就倒了大霉，不但要给劦头者出事前相中的东西，还要赔上一笔医药费，好言好语地送走，否则，一个鲜血淋淋的人站在店铺或摊位前，晦气不说，生意也没法做。所以，一般的生意人，是不会让劦头者真正见血的，那样对谁都没好处。

人们对劦头者是又恨又怕，但毫无办法。这就是个乞讨的行当，自古以来，无论改什么朝换什么代，也没听说过不允许乞讨的。

但吴疤癞却不太讨人嫌,他从不要贵重的东西,几个包子、两棵葱,或残羹剩饭,填饱肚子就行。但总是有些奸猾的小生意人,想一毛不拔,这就恼了吴疤癞,不但当即劙头见血,而且事后天天去那里乞讨,直到主家告饶为止。

吴疤癞劙头,总在额头右上角这个地方下刀,这个地方新伤旧伤不下几十次了,形成了一个拇指粗细的明疤,有一寸多长。如果多日不曾劙头,这个疤痕便越来越亮,越来越鼓。熟悉吴疤癞的人都知道,这时候千万别招惹他,他伤口越亮,就是越痒得难受的时候,稍有不顺便会下刀。而逢这种状态,吴疤癞也总是找些平日里不太厚道的奸猾之人乞讨,往往会得到比平时丰厚的馈赠。

沙河镇忽然多了几个穿皂衣的官差,整天在菜市场附近转悠,把在路边摆摊的小贩全集中到商铺较多的一条街上来了。

自从有了官差,沙河镇的街上变化很大。首先是街面整齐了,卖东西的按官差们画的白灰线,齐刷刷排成一溜儿,不像以前,大家都争着往前出摊,争来争去就出到了路中间,耽误走路不说,摊主们还经常因为这事儿闹矛盾。因此,镇上的人都说:这些官差来得真是时候,是为我们做好事来了。

官差们倒不管吴疤癞劙头的事儿,闲下来时,还逗他几句,寻寻开心。

但不久,官差们忽然在街头贴下一张布告,要求十天之内,所有沿街商铺的招牌要全部换成新的,而且要统一颜色和尺寸,招牌上的字,一律请镇东头的书法家高大书题写。布告下还有警告：如有违抗者，一律封门。胆子小的，当即就拆了招牌，按布告上的要求做了新的牌匾挂上。也有胆子大的，对布告不予理睬。但十天刚过，所有没有按要求做新牌匾的商户，全被强行封门，贴上了盖着大印的封条。官差中，为首的是一个瘦长脸，态度十分蛮横，哪一个稍有怨言，轻则鞭打，重则押走关进牢房。这样一折腾，无人再敢不从。不久，镇街上的商铺招牌全部换成了黑底红字，字体是清一色的隶书，却写得有形无神，多有描过的痕迹。后来，有人打探到消息，这写字的高大书，是瘦长脸的岳父。

不久，镇街上又有了新的变化，以前的露天摊位全部搭成了简易的商铺房，每间有五尺多宽，都或租或卖给这里的商户。但有些做小买卖的，像卖豆腐的、卖豆腐皮的、卖花生瓜子的、卖针头线脑的，本小利薄，根本买不起，租吧，每月挣不了几个钱，除去租金就所剩无几了。这些人，就只好挑着担子或推着独轮的货车边走边叫卖。正当时间，他们不敢在繁华的大街上露面，就捡些小巷子、城边子转悠。但在这些冷清的地方，并卖不出多少东西，他们就在中午或傍晚，趁官差们吃饭喝酒的当口儿，大着胆子跑到镇街上来，找个人多的地方停下来，痛痛快快地销出一些货物。有时会被官差抓住，少不了把人和货物全部扣下，交足了罚金才会罢休。

吴嫂是卖豆腐的，她丈夫早年病死，给她留下了一笔不大不小的债务和两个不到十岁的儿女，日子着实艰难。她每天起早贪黑，做五斤黄豆的豆腐，勉强能卖完，用以一家三口的生计，再从牙缝里省出一点儿，慢慢还着丈夫留下的债务。但自从镇上有了官差,她的日子就雪上加霜了。她既买不起那商铺,也租用不起,只能走街串巷地叫卖,中午或晚上,她也和那些小生意人一起,偷着到镇街上去卖一会儿。

吴疤瘌因和吴嫂的丈夫同姓,经常半开玩笑地喊她"本家嫂子",知她不容易,从不曾向她乞讨。

这天中午,吴嫂眼瞅着几个官差进了城边的一家狗肉馆,就将她的豆腐车推到了镇街上。她整整一个上午没卖出一块豆腐,几十斤豆腐都在独轮车的木槽里一动未动。

她刚放下豆腐车,就有几个常客围上来买。但就在这时,几个官差忽然赶了回来。小贩们一边喊着"快跑",一边挑担的挑担,推车的推车,刹那间跑得干干净净。吴嫂没来得及跑,被几个官差围住了,有两个推着她的豆腐车就走,吴嫂上前去夺,瘦长脸一脚将她踹翻在地,然后转身就走。吴嫂爬起来,追上去,跪趴在地上苦苦哀求:"几位大人,俺们一家三口,就指望这点儿豆腐呢,你们给没收了,我们就得饿死呀!"

几个官差不为所动,推着豆腐车,绕过吴嫂想走。这时,吴疤瘌正赶到这里,他赶紧拦在几个官差面前,赔着笑脸说:"几位爷,这位大嫂守寡多年,拉扯着两个孩子,确实不容易,你们放她一马吧!"

瘦长脸骂道:"臭要饭的,你算哪根葱!"飞起一脚,将吴疤瘌踹了个仰面朝天!

吴疤瘌站起来,忽然用刀在自己的额头重重地券了一下,鲜血顿时顺着面颊流了下来,半张脸都是红的了,显得十分狰狞可怖。几个官差却不害怕,那个瘦长脸冷笑着说:"券自己算什么本事，你若有种，就将我劈了！"

吴疤癞怒目圆睁，举起劈头刀想上前拼命，被吴嫂在后面死死抱住，吴嫂哭着说："别犯傻呀大兄弟，为了这点儿豆腐，不值！"

几个官差趁机围上来，夺了吴疤癞的劈头刀子，扔在了地上，然后将他按倒在地，一顿狂踢乱踹。吴嫂哭喊着上前阻拦，却哪里拦得住，直到吴疤癞一动不动了，几个人才推着豆腐车子扬长而去。

吴疤癞醒来的时候，发现自己躺在吴嫂家的炕上，两个孩子一左一右趴在他身旁，两双亮晶晶的小眼睛正怯生生地看着他。吴嫂看他醒了，就把熬好的豆腐汤端过来喂他。他本想接过来自己喝，一动，却浑身剧痛，只好由着吴嫂来喂。

半月后的一天，吴疤癞康复了，喝了半个月的豆腐汤，他的脸色红润了，竟似胖了一些。吴嫂出门去卖豆腐了，两个孩子在家挑黄豆，为明天磨豆腐做着准备。吴疤癞摸摸两个孩子的脑袋，一句话也没说，就走了。

当天深夜，吴嫂听到屋里有动静，就下了炕，掌灯围屋里看了一圈，没看到人影，却发现窗台上放着一个布包，打开一看，里面全是钱，多得足够他们母子三个用一辈子的。吴嫂吓坏了，赶紧将钱塞进了炕洞里。

第二天一早，镇上就传遍了，昨夜，几个官差全被割了喉，他们收了几个月的官税也不知去向。

人们都怀疑是劈头的吴疤癞干的，来办案的公差也这么推断，但他们找遍了整个小镇，也没见到吴疤癞的身影。后又到吴嫂家去寻线索，发现吴嫂一家三口也不知去向。

这桩案子就成了悬案。

宿　仇

阳光下，一片刀光剑影！

杀杀杀！

血肉横飞，尸陈遍野。

两个家族，几百年的血债与仇恨，将在今天了结。从此，一个家族将会永远消失，另一个家族就会在劫后余生的漫长岁月中逐渐恢复得更加强大。

双方势均力敌，拼杀进行了一天一夜，大多数人都倒下了，只剩下了两个人。梁姓家族剩下的是一个男人，我们叫他梁。郝姓家族剩下的，也是一个男人，我们叫他郝。

梁和郝旗鼓相当，两人的决斗从戈壁打到田野，从田野打到海边，又打到了泊在海边的一条大船上。

打斗进行到第三天，两人都累了，躺在甲板上大口地喘着粗气，像两条离了水的大鱼，手里兀自紧攥着刀。

天忽然暗了下来，狂风大作，大雨滂沱。两人想下船，船已被大风推离了海岸，向大海深处漂动……

两人抱紧了船舷，谁也不敢妄动。

当风平浪静，日头重新焕发光彩时，船已停靠在一个不知名的荒岛上。船在靠近小岛的同时触了礁，正慢慢下沉。两人同时弃船上岛。

船沉了。两人对着一望无际的大海，都傻了。

两人都感到了饥饿，于是，分头上岛找东西吃。岛不大，却林深草密，林中遍布着野果树，还有兔子、野鸡、狐狸、蛇等小动物隐匿在草丛中。另外，他们还看到了几具人的尸骨。

两人吃饱了肚子后，仇恨又染红了双眼，新一轮的拼杀又开始了。

最终，梁打败了郝。

梁将郝绑在了一棵大树上。

梁在郝的胸口浅浅地划了一刀，鲜红的血蚯蚓般顺着肚皮蜿蜒而下。

梁说："我要你一天流一点儿血，直到你血快流尽的那一天，我再将你碎尸万段。"

"是男人，就让我死得痛快些！"郝说。

梁狞笑："那样怎能解我心头之恨！"

从此，梁每天都在郝的身上轻轻划一刀，想哪个部位就划哪个部位，胳膊、大腿、后背、肩膀，到处都被划开，流血，血凝，结痂。

郝破口大骂，想激怒梁，求速死。梁却充耳不闻。

闲下来，梁就到林子里采野果，用藤条做扣子，逮野味。他吃饱了，就喂郝。郝不吃，梁就把野果捣成汁，和了野味的血，用刀尖撬开郝的牙齿，硬灌。

郝大骂。

梁大笑。

一个月后,郝奄奄一息了。

"明天,我就会把你肢解,剁成一块一块的,扔到海里喂鱼。"

郝无语。

第二天一早,梁在石头上磨好了刀,走近郝。

郝的头耷拉着,梁托起他的下巴,见郝双目紧闭,面色如霜。

莫不是已经死了吧?梁探了探郝的鼻息,感觉不到一丝气息。

你死了。

你到底死了。

你怎么能死呢?

梁先是感到愤怒,后又感觉到一种巨大的孤独和恐惧像积满乌云的天空,黑压压地笼罩了他。

他死了……从此,这个孤岛上就只剩下我一个人了。我将独自面对潮涨潮落、日月星辰、花开花谢、四季轮回……这是多么恐怖……梁不敢往下想了。

不行!不能让他死!

梁把郝从树上解下来,放到一个舒适的地方。

灌汤、敷草药、拍打、呼叫……终于,郝又睁开了双眼。

"你这个畜生,让我死吧,剁成一万块也行。"

"求求你,别死。"

郝傲慢地闭上了眼睛。

"你恨我是吧?恨我折磨了你这么长时间?"

梁拿起了刀,哧——,在自己的胸上划了一道血淋淋的口子,血汹涌而出!

郝睁了睁眼,又闭上了。

梁又在自己的大腿上、胳膊上划了一道又一道的血口子,很快把自己划成了一个血人。

郝睁开眼睛,艰难地说:"好了,我陪你活着。"

从这一天起,两人开始静静地养伤。

岛上的时光缓慢而无聊。渐渐地,两人有了交谈的欲望。起初,只是简单的问候和关于天气很好之类的废话。日子久了,两人的话就稠了,甚至谈起了他们两个家族之间的仇杀。当谈到小时候对这种仇杀的恐惧时,两人竟找到了英雄所见略同的知己感。

他们在这个岛上相依为命了十年,成了亲如兄弟、无话不谈的挚友。

他们是幸运的。十年之后,一艘过路的商船将他们带回了故乡。

登陆之后,两人看到了久违的故土,看到了熟悉的田野和村舍,看到了熟悉的各色人等。

所有的记忆都被激活了,尤其是——仇恨。

两人在一个岔路口分手,要各奔东西了。

两人将背道而驰的刹那间,都抽出了刀,刺中了对方!

然而,两把刀都没能插进对方的身体。

两人同时看了看自己的刀。

十年的时光,早已把刀尖磨圆了。

行　规

在鲁西北一带的乡间，管打家劫舍的黑道人物不叫"土匪"，而是叫"老缺"。"老"在鲁西北的方言里，是"非常、特别"的意思。"老缺"的原意就是"非常缺特别缺"。究竟是缺啥呢？缺德？缺钱？缺粮？……这就不得而知了，老辈子传下来的说法，没人能给出标准答案。时至今日，老缺这个词还经常出现在鲁西北乡间的口头禅中，人们往往对于不讲道理的蛮横之人骂一句：你咋像个老缺！

民国二十五年（1936）春节前的一个深夜，财主刘文化的小儿子豆豆被老缺周大炮绑走了。临走，他留下了狠话：三天凑足两千个大洋，就送孩子回家过年；若敢报官，就等着发丧吧！

这一下可愁坏了刘文化。刘文化原是刘家庄最大的财主，家有良田数百亩，骡马成群。可近几年，由于刘文化的大儿子刘学海染上了抽大烟的恶习，怎么戒也戒不掉，随着他烟瘾越来越大，家里的财产越来越少，再加上时局混乱，政府的各种摊派，老缺的不断袭扰，刘文化的家早就成了一个空壳子，一直靠变卖家产度日。

三天的期限很快到了。这几天，刘文化上蹿下跳，到处借钱。但谁肯把钱借给有大烟鬼的人家？这是无底洞呀！刘文化没借到一个大子，只好把最后几亩薄田典当了，也只筹得了三百个大洋。

第三天的深夜子时,刘文化怀揣着三百个大洋,提心吊胆地来到村头的杨树林里。这是老缺指定的交接地点和时间。平原上的老缺,不比山上的土匪。土匪往往是在自己盘踞的山上交易。而老缺们没有土匪们的天险可据,所以,交易时,往往选择离受害者近的地方,而离他们的老巢远远的,以防暴露。

是夜,月朗星稀。由于是冬天,树叶子全掉光了,林子里树影斑驳,北风呼啸着穿过树林,发出瘆人的声响。

刘文化刚走进树林,就看到不远处的一棵大树下倚着一个高大的黑影。

刘文化哆嗦了一下,裤子都湿了。

对面那个黑影说:"把钱扔到地下,回去吧!"

刘文化把钱袋子扔了过去,发出哗啦哗啦的声音。

那个黑影说:"听动静,不太对呀?"

刘文化惊恐地说:"钱……钱……钱没凑够……请大当家的高抬贵手吧,实在拿不出钱了。"

那个黑影愣了片刻,叹了口气说:"不打紧,这年头日子都不好过,你回去准备发丧吧!"

言毕,那人弯腰拾起地上的钱袋子,转身离去,瞬间就消失在树林深处。

刘文化原地呆了半响,尿湿的裤子越来越凉,凉意浸入了他的身体,他的心脏。

刘文化失了魂般跌跌撞撞地回到家时,发现他的小儿子正坐在桌前吃面条呢！他惊喜之余，不敢相信是真的，就用力连扇了自己两记耳光，觉出了疼，才知道儿子确确实实是回来了。

他喜极而泣，问："你是怎么回来的？偷着跑回来的？"

豆豆摇了摇头说："是他们骑着马把我送回来的……对了，他们让我给你捎句话，要你明天一定发丧。"

"咳！你都好好地回来了，大过年的，发什么丧！"

刘文化一家人喜气洋洋地过了一个年。随着他们一家走亲串友，他用三百个大洋把儿子赎回来的消息也在周围传开了。人们都称赞周大炮是老缺里的大善人，要搁其他老缺，肯定撕票了。

出了正月，这个年就算过去了。刘文化的儿子被绑一事，传了一阵，也就过去了。

但是，这个事情，却没有真正过去。

出了正月没几天，一个夜里，刘文化的家里翻墙进来一个不速之客。

那人身材高大，一脸的络腮胡子，左肩上缠着已经被血水浸透的绷带，衣服上也有很多血迹。他进屋后直接坐在对门的罗圈椅上，把一支短枪拍在桌子上，喝道："姓刘的，你可把俺坑苦了！"

刘文化正陷在另一把椅子里，借着烛光翻一本古书，他听出来人正是那天夜里树林里的那个黑影，吓得当即出溜到了地上，他强撑着直起上半身，跪在来人面前，连连磕头："大当家的饶命！大当家的饶命……"

来人"哼"了一声说:"我周大炮一时心软,收了不足两成的钱就放了人,坏了道上的行规,本来想让你假发丧遮遮同行的耳目,你这个老东西倒好,不但没照我说的做,还四处夸耀,弄得好几伙同行联合起来围剿我,我的几个弟兄已经全被灭了,我他妈的也挂了彩……"

刘文化这才知道面前的汉子是赫赫有名的周大炮,他战战兢兢问:"周爷,您是菩萨心肠,饶了小儿一命,是您自己积德行善,和别人有什么关系?"

周大炮被逗笑了:"老东西真会说话,老缺还有积德行善的?"

鲁西北的老缺行里,有一个行规,就是给不足所开出的价码,绝对不能放人。这个行规也是有道理的,如果给不足钱就放人,久而久之,人们再摊上这事儿就不会再害怕了,就会出现讨价还价甚至一毛不拔的情况,这一行就不好干了。老缺们一般是不轻易撕票的,要是弄出了人命,平日里睁一只眼闭一只眼的官府就会全境通缉,加大缉拿力度,弄不好就会折进去。所以,谁坏了行规,就是砸同行们的饭碗,同行们会群起而攻之。

周大炮已经走投无路了。根据行规,他只有把当时绑的票"撕"了,让不按价码交钱的人最终受到惩罚,同行们才会放过他。

周大炮慢条斯理地说:"老东西,今儿我也是实在没办法了,把你儿子喊出来吧!"

刘文化面如死灰,后悔没有按周大炮的吩咐去做。

他又给周大炮磕了几个头，涕泪交加地哭求道："周大爷，我知道你虽然干了这一行，但也是个好人，放过我儿子好不好？"

周大炮面无表情地摇摇头说："放过你儿子，我就是死路一条！"

刘文化知道这一关是过不去了，人家手里有枪，拼是拼不过的。他指了指西厢房说："儿子在睡觉，您行行好，就让他在梦里走吧！"

一声枪响，接着传出了刘文化悲凉的哭号声。

第二天，刘文化叫来四方邻居和亲朋好友，为儿子发丧。

一年后，周大炮落网，政府发了通告，要在城西的练兵场当众枪决。

行刑之前，刘文化带着小儿子豆豆来到刑场，给周大炮敬上了一坛当地产的"小米香"。

周大炮面无惧色，他一仰脖将酒喝完，把坛子"啪"的一声摔碎在地上，对豆豆说："小崽子，好好孝顺你爹！"

当年死的，是刘文化那个抽大烟的大儿子。

祖传规矩

禹城的秦家烧鸡是久负盛名的名吃，其烹制秘方为世代祖传，传到秦二这一代，已是第四代了。

秦家烧鸡铺除传下了烹制秘方外，还传下了一条铁规矩：每日只做百只，卖完就打烊。任是达官贵人还是豪绅富贾来买，只要是已经卖光，给多少钱也绝不再做。这个规矩传了一百多年，从未破过。

且说这一天，盘踞禹城南半天的土匪头子李连祥来城内办事，路过秦家烧鸡铺，恰逢烧鸡刚刚出锅，李连祥禁不住香味的诱惑，就掏钱买了一只。回来后，李连祥迫不及待地撕开那只鸡，烫上二两烧酒，独自享受起来。这一吃，他竟然吃上了瘾，一只二斤左右的烧鸡三下五除二就吃得只剩下骨头了。第二天，他就派一个小匪进城去给他买烧鸡，并点明只要秦家烧鸡铺的。

小匪去了整整一天，天黑时才空着手回来了，原因是人家已经卖光了。眼巴巴地等着吃烧鸡的李连祥一听，气得当即就给了那个小匪一脚。接下来的这顿晚饭，李连祥吃得味同嚼蜡。

第三天一大早，李连祥又派了一个得力小匪骑快马去城里秦家烧鸡铺买烧鸡。

还不到中午，这名得力的小匪就回来了，带回了一只斤把沉的秦家烧鸡。李连祥不悦地问："怎么才买了这么点蛋仔儿玩意？"小匪委屈地说："就这去晚了也捞不着了，人家有规矩，一天就做百只，多一只鸡爪也不做。"李连祥一听就火了，一掌将小匪手里的烧鸡打落到地上说："娘的！一个卖烧鸡的还有什么臭规矩，老子非破破他这个规矩！"

当天晚上，李连祥就派出了十几个人，将秦二一家老小全部掳来了。

次日一早，李连祥就将秦二传进他自设的大堂。李连祥问："听说，你这个做烧鸡的还有个规矩？"秦二忙点了点头说："是的是的，这是小人祖上传下来的规矩，小人不敢违背。"李连祥"啪"地一拍桌子说："扯淡！你卖烧鸡只管卖就是了，还立这熊规矩干啥用？"秦二吓得哆嗦了一下说："小人只知道这是祖上传下来的规矩，不能违背，却不知道祖上为什么立这种规矩。"李连祥说："老子不管你这规矩，从今天开始，你就一天给老子做三百只烧鸡，少了小心你那个吃饭的家伙。"秦二吓得"扑通"一下跪在地上说："大老爷，您就饶了小人吧，小人给你做牛做马都行，这祖上的规矩可万万破不得啊！"李连祥一听，驴脾气当即就犯了，"当"地一脚将秦二踹翻在地上说："今天老子倒要看看是你祖上的什么规矩厉害，还是老子的规矩厉害。来人！把这个不知好歹的给我吊起来，狠狠地打！"几个小匪过来，麻利地将秦二吊在了梁头上。

李连祥冷笑道："小子，这回你祖上的规矩该破破了吧？"秦二低垂着头，一言不发。李连祥一挥手："给我打！"

"噼里啪啦"一阵皮鞭响。

李连祥托起秦二带血的下巴问："这回你祖上的规矩能破了吧？"

秦二有气无力地抬头看了李连祥一眼，很坚决地摇了摇头。李连祥重新打量了一下秦二说："哟嚯，真看不出你还是一个拧种哩，好，老子看你到底有多拧！来人！把他老婆孩子都给我吊起来，往死里打！"秦二猛地哆嗦了一下，连声说:"不不不！你……你让我再寻思寻思……"李连祥得意地笑笑说:"小子，怎么不拧了？"秦二说:"老爷，小人可以给你做，不过，你答应小人一个条件。"李连祥不耐烦地挥了挥手说:"说吧说吧！"秦二小心翼翼地说:"小人做生意讲究的是一个'信'字，现在很多老主顾都等着小人的烧鸡，所以，小人最多在这儿待三天，这三天您让我做多少都行，过了这三天，小人就得回家，您看行不行？"李连祥一听，本想发火，转念一想：这小子属于外软内硬的茬，真闹僵了这烧鸡就吃不成了，先吃三天再说吧，反正也跑不了他。就一口答应了下来。

早有小匪弄来了几百只肥嘟嘟的鸡，众小匪一齐动手褪鸡。晌午李连祥就吃上了香喷喷的秦家烧鸡，小匪们也跟着解了馋。

一连两天，李连祥上顿烧鸡下顿烧鸡，除烧鸡之外什么也没有吃。第三天早上，他吃着烧鸡不如以前的香，以为是秦二偷工减料了，就到厨房里将秦二狠狠地大骂了一顿。秦二唯唯诺诺地什么也说不清楚，只说自己一直是按祖传秘方做的，没有偷工减料。李连祥瞪了他一眼，嘴里不干不净地骂着娘，气哼哼地走了。到了中午，当小匪将两只香气扑鼻的烧鸡端上来时，李连祥只觉得胃里有一股酸水直冒上来，腻歪得想吐。他赶紧冲小匪摆了摆手说:"快快，快拿得远点，老子不吃了！"

当天下午，李连祥就将秦二一家人放回了家。

秦二继续做烧鸡，仍然按照祖传的规矩，一天只做一百只,多一只也不做。有人就劝秦二说:"秦二,你这祖传的规矩反正叫李连祥给破了,不如就借这个理由开张,想做多少做多少,那样你也能多赚钱呀!"秦二笑着说:"那是被逼无奈,不作数的。祖宗的规矩怎么可以随便破呢!"那人一阵尴尬,打着哈哈走了。其实,秦二有他自己的想法。以前他确实不明白祖上为什么会留下每天只做一百只烧鸡的规矩,经过这次给李连祥做烧鸡,他才深刻理解了祖传规矩的奥妙。他暗下决心,一定要将这个祖传规矩延续下去。

宽　恕

萧天尧风一般穿行在丁镇的大街上,两肋下的"二十响"在日头下闪着锃亮的光。他此行的目标很明确,就是本镇的大户丁家。

十年前,丁家大少爷丁怀新强暴了萧天尧的妻子,因为妻子拼命反抗时弄瞎了丁怀新的一只眼睛,丁怀新一怒之下,竟将她和襁褓中的儿子一起扔进了后花园的池塘里,活活溺死了。

痛不欲生的萧天尧在得知这个噩耗后,便发誓报仇,他要让丁家加倍偿还血债。但他知道,凭他的能力,是无法和丁家对抗的,丁家光护院就有四十人,全部配备了长短枪,外人根本进不去门。丁家的老爷少爷外出,也是前呼后拥,保镖林立，根本无法下手。萧天尧便只身跑进大山里，投靠了土匪头子徐大舌头。

十年来，萧天尧无时无刻不在想着报仇，为此，他下苦功夫，练就了一手的好枪法和一身的好功夫。十年来，他多次想下山寻仇，都被徐大舌头挡住了。起初，他以为徐大舌头是怕他吃亏，后来渐渐明白了，徐大舌头一直吃着丁家的"月供"，和丁家关系甚密。徐大舌头知道他和丁家有仇，还能收留他，已经不错了，哪容他去杀自己的衣食父母呢？他就一直忍着，他相信一句古话：君子报仇，十年不晚。

现在，机会终于来了。徐大舌头因为一个女人，和另一个山头的老大火拼，身中数枪而亡。徐大舌头手下的人也死伤严重。埋葬了徐大舌头后，小匪们遂树倒猢狲散。萧天尧也成为了自由之身，总算可以下山寻仇了。

萧天尧知道，一场血战不可避免，但他有十足的把握取胜。十年前，丁家的保镖们在他眼里如狼似虎，可在十年后的今天，他们不过是一群乌合之众。他们手里的枪，吓唬那些手无寸铁的老百姓还行，但在他眼睛，不过是一堆破铜烂铁。十年的土匪生涯，不但增长了他的本事，还将他磨炼成了胆大包天、杀人如麻的枪手和刀客。

丁家的朱漆大门已经近在眼前了。他早已经计划好，先出其不意，射杀门口的四个保镖，然后再闯进去，将大门反锁上，这样做，一是不放跑任何一个人，二是外面如有援兵，一时也攻不进来。

萧天尧来到丁家大门前，拔出了双枪。他有些激动，血洗丁家大院,这是他十年来唯一的梦想,也是在他痛失爱妻爱子后活下去的唯一精神支柱。但奇怪的是,丁家的大门敞开着,门口却没有一个人。难道是自己走漏了风声,丁家已经设好了圈套等他来钻?不管这些了,既然来了,就不怕他有什么花招。萧天尧大踏步地走进了丁家大院。

萧天尧感觉到了异常。因为往昔繁华的丁家大院,竟然看不到一个人影。难道他们真的知道了仇家要来,在四处设了伏兵?不可能呀,自己今天来寻仇,对谁都没说呀!

萧天尧仔细观察周围,才发现,丁家大院里,竟然到处长满了茂盛的杂草,高的已经能藏人了。屋檐下,挂满了蜘蛛网。竟似好久没人住过的闲宅。难道丁家又发了大财,搬家了?萧天尧内心一阵莫名的恐慌,他举起双响,朝天鸣放了两枪,同时大喊:"有人吗?滚出来!"

一阵趔趔趄趄的脚步声,从偏屋里跑出了一个人,大声问:"谁放枪?谁放枪?"

萧天尧一看,这人竟是丁家的铁杆管家丁三,只是他的气质,已经大不如前,也瘦了不少。丁三仔细看了看萧天尧,猛然后退了一步,哆哆嗦嗦地问:"你你……你是……是萧……萧天尧?"

萧天尧冷笑了一声说:"丁大管家,别来无恙呀?"

丁三忙哈了哈腰说:"托您的福,还活着,您是回来寻仇的吧?"

萧天尧看了看破败的丁家大院,忍不住好奇,问道:"丁家怎么了?"

丁三苦着脸说:"还不是大少爷给败的？老爷活着的时候，他还有所顾忌，可老爷死后，少爷当了家，就变本加厉了，他以前只是好色、好饮，后来又添了赌博和抽大烟，万贯家财，就这么一点点败光了……你刚才放枪，我还以为是讨债的又来了呢！"

这时，正房里传来了一声咳嗽，一个细若游丝的声音传了出来:"丁三，即使丁家衰败了，也没有让客人在外面站着讲话的道理呀？"

丁三忙哈了哈腰，把萧天尧往屋子里让。

萧天尧走进了正房，屋里光线很暗，他适应了一会儿，才看清，屋子正中放着一张罗圈椅，椅子上躺着一个人，骨瘦如柴，但从轮廓上，他能认出，这人就是他日夜想杀死的仇家——丁怀新。

丁怀新歪头看了看萧天尧:"萧当家的，你是来杀我的吧？来吧，帮我了却这条残命吧，省得活着受这份洋罪。"

萧天尧把枪顶在了丁怀新的太阳穴上。十年来，萧天尧在心里想了一百种一千种和丁怀新见面的情景，也想了很多种杀死他的方法，但是，就是没有想到，他要杀的仇人，以前威风八面的丁家大少爷，已经成了一个风烛残年之人，一个手无缚鸡之力的人，现在他只需一个手指头，就能轻松地取他性命。但是，在刹那之间，他忽然没有了杀人的欲望，他觉得杀这样一个毫无还手之力的人，一点儿价值和意义也没有，即使杀了他，也没有快意恩仇的感觉。眼前的这个人，他恨了十年，可是，当真的能杀这个人了，忽然又觉得这个人竟然没有那么可恨了，甚至还有些可怜……仇恨在萧天尧的胸腔里一点点消失……

萧天尧最终放下了枪，大踏步地走出了丁家大院。

第二天一早，丁怀新在丁三的搀扶下，拿着祭品，来到萧天尧妻儿的坟前。

一个人躺在坟前，从太阳穴里流出的血已经凝固了，右手的枪，还在太阳穴处顶着。

丁怀新和丁三面面相觑，他们想不明白，为什么萧天尧在击毙他们之前，竟然宽恕了他们，而最终，却不肯宽恕他自己。

宝 刀

关子明靠打铁谋生。但他的名气不是因为打铁手艺，而是因为他有一把祖传的宝刀。

据说，这把刀已经传了几十代了，是当年关羽遇害后，一个崇拜关羽的吴国副将青龙偃月刀的刀头做材料，经过数月的火炼水淬精制而成，可以迎风断草，削铁如泥。

拥有宝刀的关子明，据说也有一身的好刀术，但是，镇上的人们都没有见过他练刀，甚至连他的刀也没见过。那把刀，终日被关子明负在背上，外面有一个黑色的刀鞘。

鬼子在镇上修起了炮楼子。

鬼子小队长中村嗜武如命，他从一个汉奸嘴里知道了关子明,就找上门来。

盛夏的天气,关子明封了火,正在铁匠铺子里喝大叶子茶。

中村弯腰进了铁匠铺子,他带来的两个兵一左一右,把住了门。

中村问:"你的,关云长的后人?"

关子明斜了他一眼,点了下头。

中村说:"我的,读过《三国》,非常佩服关云长,可是,我们隔着这么远的时空,没法交流。今天,能遇到他的后人,我的,三生有幸。"

关子明这才站起来,双臂抱在胸前:"你说,什么事吧?"

中村笑了,他缓缓抽出了东洋刀:"我的,想和你切磋一下刀法,你的,敢不敢?"

两人在铁匠铺门前的空地上站定。

铁匠铺前很快就站满了围观的人。

中村双手擎刀,刀尖冲天,蓄势待发。

关子明一动不动。

中村叫道:"拔刀吧!"

关子明摇了摇头,从门前的柳树上折下一根小拇指般粗的柳条儿,用手一撸,碧绿的柳叶儿撒了一地。

中村怒道:"你的,敢藐视我们大日本帝国的东洋刀法?"

关子明一笑:"你尽管来吧!"

中村号叫一声,东洋刀闪电般向关子明头顶劈了下来!

关子明手腕微微一动,那根柳条儿带起一股清脆的风声,后发先至,击在中村的双腕上,东洋刀劈至半路,便软软地落在地上。

中村诧异地看了关子明半晌,说:"关的,我想领教的,是你的刀法。"

关子明说:"如果我拿的是刀,你的手还在吗?"

中村脸红了,但他仍然坚持说:"我的,是想看一下你的宝刀!"

关子明说:"可以,等你赢了我。"

中村叹了一口气,走了。

周围爆发出一片暴雨般的掌声。

此后,中村多次来挑战,均大败而归。

而且,关子明从未拔出过他的那把宝刀。

关子明声名大噪。

后来,八路军武工队的邢队长被组织上安排在镇上养伤。由于叛徒告密,泄露了风声,中村带着一小队鬼子兵在镇上挨家挨户搜查。当搜到关子明的铁匠铺时,关子明一尊铁塔般站在门口,一动不动。几个鬼子刚一靠前,他就将手伸向肩后,握住了刀柄。鬼子吓得连连后退。

中村冷笑道:"关,你终于肯拔刀了!"

关子明摇了摇头:"你的,不配。"

中村狂怒道:"关,你的明白,今天不是和你私下比武,而是执行大日本皇军的军务,希望你能识相点。"

关子明像一棵树,就长在了门口。

中村一挥手,开枪!

几个鬼子端起三八大盖,瞄准了关子明。

关子明探手入怀,然后一扬手,几只飞镖同时飞了出去,鬼子们还没来得及拉开枪栓,就倒在了地上。

中村向天开了一枪,一大队鬼子拥了过来。

中村笑道:"关,我的,今天一定要见识见识你的宝刀。"

他冲鬼子们说了一通日语,鬼子们都退下弹夹,挺着刺刀向关子明扑了过来!

关子明拳脚并用,在鬼子们的刺刀中穿插自如,鬼子只要挨近他,他或掌劈或拳打,都是一招命中要害,片刻之间,已经有十几个鬼子尸横当场。

鬼子越聚越多,明晃晃的刺刀逐渐将关子明逼到一个墙角,由于可供周旋的空间越来越小,他的大腿上和胳膊上都被刺了一刀。

中村在圈外狂笑道:"关的,你的,再不拔刀,就死啦死啦的。"

关子明伸手握住了肩后的刀柄。

鬼子们忽然退潮般,纷纷向后退了十几步,个个面露恐慌。

借此机会,关子明从地上捡起一支枪,将枪刺卸了下来。

鬼子们见他没有真的拔出宝刀,复又扑了上来!

一场恶战,血肉横飞。

当最后一个鬼子兵倒下时,伤痕累累的关子明也倒了下去。

中村得意地走过来,用手枪指着他道:"关,你的刀,要归我了。"

一声枪响！

中村倒在了血泊中。

是藏在铁匠铺的武工队邢队长开的枪。

邢队长扶起奄奄一息的关子明，不解地问："都到了生死关头，你为什么还不拔刀？"

关子明苍白的脸上掠过一丝笑容，他艰难地握住刀柄，将刀拔了出来……

竟然是锈迹斑斑的一把柳叶刀！关子明轻轻一抖腕子，刀片竟从刀柄处断了。

邢队长不解地看着他："这就是你祖传的宝刀？"

关子明惨然一笑："这刀，在鞘里，是一把祖传的宝刀，能震慑敌胆；拔出来，就是一块生铁片子……所以，宝刀，只适合待在鞘里。"

战地情结

伤员的头颅沉下去的一瞬间，敏兰感觉到自己的心也沉下去了。她怀着一线希望，拼命摇晃着伤员的双肩，一直摇到自己的两臂发酸，才绝望地停下来。这时的日头只有半竿子高了，金黄色的余晖笼罩着战后的旷野，使战场上残存的硝烟和横七竖八的尸体罩上了一环暗褐色的光边，弥漫着一层神秘、恐惧的色彩。一面支离破碎的膏药旗斜插在尸体间隙里，在风中"扑啦啦"碎响，像一个人在低低地哭泣。敏兰的目光由远及近，在鬼子的尸体上游动着。面对那些身首异处、断臂少腿的尸体，敏兰的心底涌上一股股难以言传的痛苦。

不知过了多久，敏兰才觉出不对劲儿。怎么这么静？静得没有一点声息。敏兰环顾四周，才突然意识到整个旷野上只剩她一个活人了。敏兰感觉到一阵莫名的惊恐。

这儿刚刚结束了一场战斗，日军的一个中队全军覆没，八路军的伤亡也很惨重，因战事吃紧，战斗结束后，部队匆匆打扫了一遍战场，就迅速转移了。作为卫生员的敏兰本来是走在队伍后面的，她无意中在死人堆里发现了一名重伤员，就停下来，解下药箱为他包扎，谁知刚包扎完毕，伤员却牺牲了。

敏兰登上一个高坡，极目远眺，看到正东方向有一个红点缓缓飘动，她知道那是一面红旗。敏兰就跑下高坡，向正东方向奔去。

敏兰小心地在尸体之间跳跃着，鞋帮上沾满了鲜血染红的泥土。尸体姿势各异，血肉模糊，惨不忍睹。敏兰忽然害怕了，不敢再看身边的尸体，就眯起了双眼，只看路，让尸体在余光中模模糊糊地一一闪过。忽然，敏兰一不留神踩在了一具软绵绵的尸体上，同时她听到一声凄厉的惨叫，脚下的"尸体"竟"唰"地坐了起来。敏兰全身剧烈地颤抖了一下，一股凉气从后脊梁蹿上来。敏兰想跑，可两条腿竟不听使唤了。慌乱之间，敏兰看清楚了，坐起来的是一个满脸血迹的鬼子，头上、腿上都露着血糊糊的伤口。

"畜生！"敏兰骂了一声，迅速地扫视了一下周围，想找一件能对付这个鬼子的东西。但刚才打扫战场时已将武器全部捡走了，地上只有血淋淋的尸体。不过，敏兰的运气总算不坏，她看到了一块人头大小的石头。她一步就蹿了过去，把石头高举过头，一步一步逼近那个鬼子。敏兰想这一下准能把鬼子的脑袋砸开花，想到这里，敏兰心里就激动起来，脸蛋儿憋得红红的，浑身是劲儿，这是她第一次一个人对付一个鬼子。鬼子拼命摇摆着两只脏手，嘴里"叽里呱啦"地乱叫。

敏兰稍稍顿了顿，才看清面前的鬼子长着一张稚气未褪的娃娃脸，有十五六岁的样子。敏兰想鬼子虽小，但毕竟是鬼子，是鬼子就一定干过坏事，就咬了咬牙，奋力地将石头往高处举了举。但就在这时敏兰看到了小鬼子惊恐的眼神和两行清亮的泪水。敏兰的心忽地一热，眼前一阵模糊，一瞬间，这张稚嫩的面孔与记忆中一张熟稔的面孔迅速重叠在一起，心灵深处那段刻骨铭心的往事又涌上心头……

两年前的一个夜晚，敏兰一家四口正吃晚饭，门外忽然传来零星的枪声，嘈杂的脚步声紧跟而至，接着门"咣啷"一声被踹开了，闯进来四五个端着枪的鬼子。鬼子们一进屋，目光就集中在敏兰优美的身段和漂亮的脸蛋上。待了片刻，随着一声声号叫，几把刺刀各捅进敏兰爹娘、弟弟的前胸！可怜只有十五岁的弟弟在倒下前用惊恐的眼睛瞥了一眼敏兰，"唰"地淌下两行泪水。敏兰被这突如其来的灾难惊呆了，雕像般站在饭桌旁一动不动。直到几个鬼子恶狼般同时向她扑过来，她才猛然惊醒过来，急转身从后门跑了出去。几个鬼子随后追出来。敏兰家屋后是一大片莲藕湾，藕叶密密麻麻地遮住了水面。敏兰想也没想就一头扎进莲藕湾里，凭着从小练就的水性潜游到离岸七八十米远的地方，才探出水面。鬼子们不敢下水，就胡乱放了几枪离开了。就这样，无依无靠的敏兰参加了八路，成了一名卫生员……

敏兰定了定神，又仔细看了看面前的小鬼子，心便抖起来，他多么像自己的弟弟，相仿的年龄，相仿的眼神，相仿的泪水……敏兰手中的石头砸不下去了，他还是个孩子！敏兰想，他一定也有爹娘，也许还有姐姐，他死了，他爹娘多心疼啊！他的姐姐也会像自己一样伤心吗？那种撕心裂肺的痛苦又涌上敏兰的心头，敏兰面前的小鬼子不见了，敏兰看到的是自己的同胞弟弟，正可怜巴巴地望着她……

"嗵"的一声，敏兰将石头扔在了一边。敏兰甩了甩发酸的胳膊，长出了口气。小鬼子当然不明白敏兰在举石头时的诸多心思，仍然惊魂不定地望着她。敏兰就蹲下身子，问了一句连自己也感到莫名其妙的话："你有姐姐吗？"

小鬼子迷惑地摇了摇头，他听不懂敏兰的问话。

敏兰失望地叹了口气，自言自语道："你才这么小，为什么偏当鬼子呢？看看你弄的这些伤。"敏兰的右手不自觉地摸了一下小鬼子头上的伤口。

小鬼子听懂了般，委屈地扁了扁嘴，"哇"的一声大哭起来，泪水如断了线的珠子般滚下来。

他一定是想起爹娘和姐姐了。敏兰这样想着，眼睛就禁不住也潮湿起来。敏兰便摘下肩上的药箱，拿出药棉和绷带，给小鬼子包扎起来。小鬼子的头上、腰上、腿上都伤得不轻。敏兰每动一下,小鬼子便咧着嘴叫唤两声,刚止住的眼泪又不断涌出来。

这时候,太阳已经落山了。敏兰想得赶快离开这里,可这个小鬼子怎么办呢?把他撇在这儿他也只有死路一条,他年纪这么小,不能让他死,他爹娘和姐姐还在盼着他回家呢!敏兰便奋力将他扶起来,搀着他走。但小鬼子每走一步,腰上的伤口就动一下,疼得小鬼子不敢迈步了。敏兰转过身,示意小鬼子趴在她的背上,可小鬼子坚决不肯,冲着敏兰"叽里呱啦"说了一通话,然后慢慢坐在地上,打手势叫敏兰自己走。

敏兰为难了。敏兰想:我得想办法背他走,反正不能把他一个人撂在这里。就在这个时候,敏兰听到背后有响动,就警惕地转过身。敏兰看到一个身材高大的鬼子从地上爬了起来,正狞笑着向她逼近。

这个鬼子仅受了点轻伤,一看便知这是个靠装死蒙混过关的老兵油子。敏兰紧张地游目四顾,发现那块人头大小的石头正被这个鬼子踩在脚下,地上再无其他武器。敏兰便举起药箱,狠狠砸了过去!

药箱砸在鬼子的前胸上,鬼子晃了晃,便怪叫着疯狂地扑上来,只一下,就把敏兰压在了身子下。敏兰紧咬着牙,双手拼命抓住鬼子的衣领,奋力往一边推。但身上的鬼子狗熊般沉重,敏兰的反抗毫无作用。很快,鬼子就将敏兰的衣服撕扯下来,敏兰的心一下凉到了底:完了。

敏兰绝望地闭上了眼睛。闭上眼睛的敏兰忽觉身上一轻,睁眼看时，两个鬼子已滚作一团。高个鬼子只几下便把身受重伤的小鬼子翻到身下。小鬼子用双臂死死抱住高个鬼子的腰，任凭他怎样捶打，就是不松手。高个鬼子穷凶极恶地咬住了小鬼子的咽喉。

小鬼子的一声惨叫，才使敏兰醒悟般惊跳起来，她双手举起那块人头大小的石头，狠狠地砸在高个鬼子的头顶上！

敏兰费力地将两个缠绞在一起的鬼子分开。小鬼子的喉咙已被咬断，伤口处正"汩汩"地冒着血泡，两只眼睛大睁着，仍然惊恐地望着敏兰，泪痕像两条蚯蚓似的正在他的腮上蠕动。

"虎子！"敏兰颤颤地叫了一声，泪如雨下。

"虎子"是敏兰弟弟的名字。

兄弟墓

鬼子一进村，大家就知道，鬼子是冲那批药品来的。

鬼子还是沿用惯用的伎俩，把村里人都赶到一片空地上，周围架上机枪，然后再挨家挨户地搜。搜了半天，什么也没搜着，鬼子的刺刀上却挑满了鸡鸭鹅等活物儿，还有伪军牵着羊、抱着猪崽，畜禽们此起彼落的叫声使沉闷的空气热闹起来。

这批药品是八路军游击队伏击鬼子的运输车弄到手的，

游击队还打死了十几个鬼子,所以,鬼子中队长伊田非常恼火。当他们接到线报,说药品就藏在这个村里时,就纠集队伍疯狂地扑了过来。

伊田对付中国人的办法只有一种,就是杀人。

天气很热,蝉的叫声使人们更加烦躁。

伊田缓缓抽出了指挥刀,刀在阳光下变成了一道寒光。

伊田说:"药品的,就在这个村里,不交出来,通通死啦死啦的!"

伊田把指挥刀向下一劈,枪声爆响,站在人群最前面的十几个人扭曲着倒在了血泊中。

伊田把指挥刀向上一扬,枪声停了。

伊田说:"药品的,能不能交出来?"

人群无声。连孩子的哭声都止住了。

伊田的指挥刀作势欲劈……

"慢着!"

随着一声断喝,村长从人群中走了出来。

伊田笑了,露出了两颗大龅牙。伊田把指挥刀压在村长细瘦的脖子上:"你的,知道药品的下落?"

村长冷冷地说:"知道,药品就是我亲自藏的。"

人群骚动起来,有人大声喊:"村长,那药品是八路军伤员的命根子呀!"

村长像没听见一样,两只闪着红光的眼睛紧盯着伊田的眼睛:"只有我知道药品藏在哪儿,让这些无辜的村民都走,我就告诉你。"

伊田缓慢而坚决地摇了摇头："你的，必须先告诉皇军药品的下落，这些人才可以活命。"

村长犹豫了片刻，点了点头说："好，我可以先告诉你，药品就藏在关帝庙后面的树林里。"

人群顿时乱成了一锅粥，叫骂声掩盖了蝉的鸣叫。

"村长，你个汉奸！"

"王八蛋！老子早晚杀了你……"

"不得好死……"

村长的脸剧烈地抽搐了一下，眼里的泪花在阳光下反射着两粒白光。

伊田将指挥刀插入鞘内，向后挥了挥手。

机枪手都撤了下来，包围圈取消了。

人们四散而逃，有两块碎砖头不知从哪儿飞过来，一块砸在村长的脸上，另一块砸在村长的胸上。

伊田同情地拍了拍他的肩头："你的，带皇军去取药品，皇军的，重重地赏你。"

村长走在队伍的前面，后面是荷枪实弹的鬼子。

村长走得很慢，边走边回头向村庄张望。伊田有些不耐烦了，接连推了他几把："你的，快快的……"

从村里到关帝庙，也就二里路，村长却走了大约半个时辰。

村长带鬼子刚走到关帝庙前，从庙后的林子里飞出了一颗子弹，正击中村长的前额，村长一声不吭地倒了下去。

鬼子的军医赶紧跑过来，摸了摸村长的胸口，又探了探他的鼻息，冲伊田摇了摇头。

伊田恼怒地拔出指挥刀，向小树林一挥！

机枪、步枪、冲锋枪一起向小树林狂扫，树林里变成了一片火海。

伊田在小树林里一无所获，又带领鬼子们赶回村庄，发现村子里已经空无一人。

伊田垂头丧气地收兵回城，半路上，却遭到了伏击，一百多个鬼子，全军覆没。

这次伏击是八路军鲁北支队的一个连和县大队联合干的，战斗结束后，县大队的张政委就命令调查一件事：谁开枪打死了村长？

事情很快查清楚了，是县大队有名的"神枪手"鲁怀山开的枪，当时，他带着几个游击队员就埋伏在村口，本是想伺机营救全村的乡亲的，却因人手少，一直没法下手，就一边差人找县大队汇报，一边继续监视鬼子。没想到，后来村长叛变，竟然带鬼子来关帝庙取药品，他就在暗处打了一枪。

张政委一拍大腿：嘿！这个鲁怀山，真是太莽撞了！那树林里根本就没有药品，药品在村长家的地窖里呢！

但组织上并没有追究鲁怀山，因为情况已经非常清楚，村长是想引开鬼子，让乡亲们免遭鬼子的杀害，等鬼子发现上了当，村长最终难逃一死。而鲁怀山以为村长已经叛变，在那种特殊情况下，实在没有办法也来不及向上级请示，从原则上讲没有错误。

但是，鲁怀山最终还是知道了事情的真相，当天，他就用那条令鬼子闻风丧胆的"神枪"自杀了。人们在他那枪的枪柄上，发现了他刻下的一行歪歪扭扭的字：枪，是不可以随便开的。

张政委知道了后，半晌无言。

在张政委的主持下，县大队将村长和鲁怀山合葬在了一起，并在坟前立了一块石碑，上面刻着三个大字：兄弟墓。

埋葬了两人后，张政委才眼含热泪对同志们说："大家可能还不知道吧，村长是我的亲生父亲，而鲁怀山同志，是我父亲的结义兄弟呀！"

紫砂壶

陈子祥思考了整整一个下午，最终还是决心将这把紫砂壶作为生日礼物送给山木先生。他有些舍不得，这把壶虽不是太昂贵，毕竟是家传的一件玩意儿，几百年了。可家里实在是拿不出一件像样的东西来送礼了。

山木是一个日本商人，经营布匹的。在这个鲁北小镇上，他和陈子祥已经做了五年的邻居。山木在中国已经待了十几年，汉语说得非常流利。他性情温和，除了具备一般日本人礼数较多的特点之外，说话的声音还特别小，语速也较慢，像怕吓着谁似的。山木嗜茶，而陈子祥就是开茶叶铺子的，他是南方人，老家的房前屋后都是茶树，自幼耳濡目染，极精于茶道。在午后生意清闲的时间里，山木就趿着木屐慢腾腾地进了陈子祥的铺子，一边品茶，一边听陈子祥讲茶道。山木听得极为虔诚，坐久了，他站起来伸伸懒腰，或在条山几上拿起陈子祥那把祖传的紫砂壶，细细地把玩。壶是宜兴壶，通体都是手工雕刻的，龙飞凤舞，刀功极为细腻，几百年传下来，壶体已经被把玩者抚摸得圆润光泽。

　　两人就这么不咸不淡地交往了五年。陈子祥对山木心存感激，还是由于两个月前的一件事情。陈子祥四十岁上才有了一个儿子，老来得子，自然视若掌上明珠。孩子长到八岁上，耐不得铺子里的寂寞，经常偷偷跑到镇子外边的山脚下玩。不想这一天，竟然被土匪绑了票：索要3000个大洋，三天备齐，否则撕票。陈子祥恰好刚刚进了货，压了不少本钱，他倾其所有，又借遍了亲朋好友，离规定日期只有一天的时候，也只凑足了2000个大洋。那伙土匪极其凶残，时辰一到就会撕票，绝不通融。去年，永盛当铺的孙老板因为晚送了两个时辰，儿子被吊死在山崖下不说，连去送钱的伙计也被打死了，孙老板最后落了个人财两空。陈子祥把能想的办法都想了，却是一块大洋也筹不到了。随着时间的逼近，他简直要疯了的时候，山木提着一只鼓囊囊的钱袋慢腾腾地踱了进来。陈子祥和山木，只是泛泛之交，他也从没想到过要与这个日本人深交，特别是日本人占领了东三省后，他更是对这个东瀛人加了几分警惕和疏远。也就是说，他们的交情还到不了拆借大洋的地步，尤其是这么大的一笔钱，所以陈子祥压根没有考虑过向山木告借。救子心切的陈子祥，看到山木倒出来的一大堆白花花的大洋，一瞬间竟然泪如雨下。

山木拍了拍他的肩膀，只说了四个字："救人要快。"

孩子赎回来后，陈子祥和山木的关系逐渐亲密起来。

这天中午，陈子祥一家正在吃饭，山木来叩门。这一天山木破例没有跂着木屐，而是穿了一双圆口布鞋，衣服也整齐了许多。山木一进门就深深地鞠了一躬："陈桑，晚上请到我家里做客，我的，请你吃饭。"陈子祥一愣，两人交往五年多了，还没有互相请过吃饭。就随口问道："您请客？还有谁？"山木摇了摇头说："没有谁了，今天我过生日，请您务必赏光。"

送件什么礼物好呢？整整一个下午，陈子祥费尽了心思。山木是他们家的大恩人，又仅请了自个儿一个客人，礼物太轻了是拿不出手的。而太贵重的东西，陈子祥也拿不出。自从儿子被赎回来后，茶叶铺每天的进账除留少部分维持一家人的用度之外，全部用来还了债，至今还欠着山木500个大洋。以前殷实的小康之家被土匪这一票折腾得捉襟见肘。最终，陈子祥把目光留在了那把祖传的紫砂壶上。陈子祥早就看出，山木非常喜欢这把壶，一有空闲，就爱不释手地把玩不已。

傍晚时分，陈子祥提着装了那把紫砂壶的精致木盒，叩响了山木家的大门。

开门的是山木的妻子，一个叫樱子的秀气女人。樱子将陈子祥迎入客厅后，充满歉意地鞠了一躬说："对不起，今天……今天的生日……不过了。"

陈子祥将礼品放在茶几上，诧异地问："为什么，山木先生和我约好了的。"

樱子迟疑了一下说："我们家里来了客人。"

来了客人就不过生日了？陈子祥更加不解了。他正想告辞，忽然听到内室有激烈的争吵声，是日语，他听不懂。

陈子祥正惊疑间，内室传来一声响亮的耳光，同时传来山木的一声怒叱："八嘎！"

随后门开了，一个身穿日本军服、腰挎军刀的青年捂着半边脸从屋里窜了出来。他狠狠瞪了一眼站在门口的陈子祥，一把将他推到一边，夺门而去。

樱子不知所措地又对陈子祥深鞠了一躬说："对不起，我的儿子，他不懂礼貌。"

山木也从内室追了出来，他那平日里温和的面孔已经被愤怒扭曲得无比狰狞，看见陈子祥，他忽然泪流满面地号哭道："畜生！这些畜生呀！"

陈子祥不知发生了什么事情，上前想握住他的手安慰一下，不想山木坚决地后退了一步，沙哑着嗓子说："陈桑，我们做不成朋友了，我儿子做了对不起你们的事情。"说罢，他连连地后退、鞠躬，退一步鞠一个躬，大滴大滴的眼泪啪啪有声地落到木地板上。一直退到内室，山木将门"砰"的一声关上了。

陈子祥在樱子充满歉意的目光中走出了山木的家门。

陈子祥一夜未眠，第二天一早，他打开大门，一只精致的木头盒子滚到了脚下，正是昨天他送给山木先生的生日礼物。陈子祥忽然有一种不好的感觉，他几步跑到山木的门前，大门已经上了锁。透过门缝，他看到山木家的屋门大开着，室内已经空空如也。

山木一家不声不响地搬走了。陈子祥除了疑惑、不解之外，还怀着一份深深的歉疚，并为自己准备送给山木那把壶时的犹豫感到羞愧。他至今还欠着人家500块大洋呢！

两天后，镇子上来了一大批难民，他们给这个宁静的镇子带来慌乱的同时，还带来了南京大屠杀的噩耗。

追杀令

一

剑无血是在花李镇的"龙家客栈"发现花英杰的。

剑无血在镇街上买了一块牛肉，半斤烧酒，然后倚在龙家客栈门口的一棵银杏树后，咬一口牛肉，吃一口酒，耐心地听着花英杰和手下人行拳猜令的声音。他想，这是花英杰在世上最后一天了，应该让他乐一乐。风雪正紧，北风狼嗥般在镇街上打着旋子，搅得地上的枯叶随风飘荡。一搂多粗的银杏树也被吹得"瑟瑟"抖动，偶尔有枯枝脆响着落入尘埃。

二

花英杰是江洋大盗，杀人放火奸淫掳掠，已为世间一害。因他武功较高，尤以轻功见长，多年来，官府一直摸不着他的行踪。有数十个武林侠士想为民除害,却都死在他的手里。五天前,武林盟主厉正风召集天下豪杰,对花英杰下了江湖追杀令,并指派以剑无血为主的六名高手,追杀花英杰。

剑无血感觉很意外,紧紧盯着厉正风的眼睛问:"为什么非要我去?"

厉正风苦涩地笑了笑说:"我已老朽,你的短剑独步武林,除了你,谁也不是他的对手。"

见剑无血无语,厉正风叹了口气说:"去吧,杀了他,武林盟主就是你的……"

三

追杀行动的第一天,没有找到花英杰的一点儿行踪。天黑后,他们进入了一个小镇,在客栈住下了。睡至三更天,剑无血忽然被房顶上细微的声响惊醒,他提气翻身,从窗口飞跃而出!

房顶上站着一个人,蒙着面。

剑无血纵身跃上房顶,蒙面人忽然像一片树叶般飘然而去,霎时离开了他几十丈远。剑无血心下一凛:好俊的轻功!他提气追了上去。眨眼间,两人来到一个陡峭的山峰,蒙面人幽灵般转过山峰就不见了。他感觉有异,急忙返回客栈,远远地,就看到客栈已经变成一片火海……和他同来的五名高手,全部被烧成了焦炭……

四

天擦黑时，花英杰等人相拥着出了客栈。这时，剑无血身上已经积了厚厚的一层雪，但他的脸上没有一片雪花，所以当花英杰看到他时，立即就清醒了。

十几个汉子瞬间围在了剑无血周围。

剑无血说："我只杀花英杰一个。"

花英杰惨然一笑说："你们救不了我，各自逃命吧！"

剑无血抽出了短剑，横在胸前。

大家都静了下来，看着传说中的这把所向披靡的剑。真正见过这把剑的，都死于剑下了，活着的人都没见过这把剑。此刻，这把剑就在风雪中映着冷光，寒风夹带着雪粒子击打在剑刃上，发出"叮叮"的锐响，像死神在对着众人冷森森地笑。花英杰的人都感觉到天忽然冷了许多，也暗了许多，忽然发一声喊，四散逃奔而去！

剑无血冷冷地说："你先出招吧！"

花英杰紧紧盯着剑无血的眼睛，缓缓地摇了摇头问："非要这样吗？"

话音未落，他一扬手，一道寒光直袭剑无血的咽喉！这一剑事先毫无预兆，而且身法、剑法配合得天衣无缝。他不是跃到剑无血身边的，而是像轻烟般飘过去的，地上积雪数尺，竟连一丝一毫的痕迹都没有。

"铛"的一声脆响，花英杰的长剑已被一股凌厉的剑气荡开，同时，剑无血的短剑闪电般抵在了他的咽喉上！

这一荡一抵，一气呵成，巧得精妙绝伦，快得如同电光石火。

花英杰呆了。他早就知道自己不是剑无血的对手，只是没想到，在他面前连一招都过不了。

花英杰小声问："你就不能放我一马吗？"

剑无血摇了摇头。

花英杰又说："那天晚上，如果不是我把你引开，你早葬身火海了。"

剑无血摇了摇头，蹦出冷硬的两个字："未必。"

同时，剑尖下划，在他膻中穴点了一下，花英杰就慢慢地瘫在了雪地上，没有流出一滴血。

五

第二天一早，剑无血在花李镇东边，选了一个向阳的山坡，把花英杰葬了。

剑无血双膝跪在花英杰的坟前，磕了三个响头后，仰天狂啸："苍天啊！这是为什么——"

血光飞溅，他竟横剑自刎！鲜血喷洒在雪地上，红白相映，十分醒目，万分惨烈！

江湖人都知道，剑无血原名花英雄，是花英杰的亲兄弟。

讨 水

1977年盛夏的一天，我随母亲到乡政府街上买东西。返回的时候，已经天近中午了。我又热又渴，母亲便就近带我到供销社办公室讨水喝。

那间办公室里只有一个人，是个大胖子，脸色白润，鼻梁上架着一副金边眼镜。母亲说明来意后，那人指了指门外对我说："你自己去看看门口的水缸里还有没有。"

我跑到门口，那里果然有一口大水缸。那一年我七岁，那个水缸和我差不多高，但缸里却一滴水也没有，像是很久没有用过了。

我回到屋里，对那个胖子说："缸里没水。"

胖子冲我们摊了摊手说："没水就没办法了，你们去别处看看吧！"

母亲冲他笑了笑说："大兄弟，孩子渴得厉害，我们回去还有三四里路呢，你就行行好，给他倒杯热水吧！"

那胖子下意识地看了看身边的暖瓶，拿起来掂了掂说："这里也没有了，这水是从乡政府食堂打来的，外面这么热……"

母亲不等胖子说完，拎起我的胳膊就走，临走撂下了一句话："反正你出门也不会背着水缸。"

后来母亲对我说，她从胖子拿暖瓶时用的力度上，看出暖瓶里肯定是有水的，只是不想施舍……

我家在村子的最北头,大门朝西。那时,我家门外是一条南北小道。虽然是土路,却是北面十几个村庄进新城的必经之路。乡政府驻地虽然有连接着县城的柏油路,但那要绕很远的路,所以,乡里各部门的干部职工进城,多在我家门口路过。那时候,自行车是极少见到的奢侈品,农村人出行大多靠步行。需要运送物品的,就赶着牛车驴车或者马车。家里喂不起牲口的,就用人拉着地排车,肩膀上套上袢,慢慢地行走在大地上。那年月,还没有发明瓶装水,人们也没有带水的习惯。走渴了,靠近村庄的,就到村头讨碗水喝。如果赶在前不着村后不着店的地方,就到河边去,拨开水面上的水草和树叶,洗一把手,然后用手掬起来喝。

我家房后,有一眼水井,水质极好,清洌甘甜,我们半个村庄的人都吃这口井里的水。至今,我回老家,仍用这口井里的水泡茶,味道不是纯净水能比的。而且奇怪的是,竟像用纯净水泡茶一样,杯子上几乎不留茶锈。

我家的位置在村口,经常有人上门讨水喝。每次母亲都从水缸里舀满满的一舀子水,递给讨水者。有时她忙着,就会支使在家里的某个孩子去给路人舀水。天凉的时候,她坚持让讨水者喝开水,为了节约时间,她常常把开水倒在舀子里,把舀子头放到水缸里的水面上漂着,用凉水降温。我们一家一直是这样对待上门讨水的陌生人,所以,母亲对供销社那个胖子的行为非常不满,她纠结了一路。

"不就是一口水吗?"

从乡驻地回家的路上,母亲把这句话念叨了很多遍。

我渴得嗓子眼里冒火，浑身绵软无力，一句话也不想说，心里恨透了那个胖胖的小气鬼。直到走到丰收河边，我喝了一肚子河水，整个人才精神起来。

如果不是我的亲身经历，我真的不相信世上会有如此巧合的事儿。

那天我从外面"疯"完回家，老远就看到一辆"大金鹿"自行车停在门口。进了院子，见一个肥胖的背影正站在我家的水缸前狂饮，母亲在一边站着，不断地说："慢点喝……别呛着……"

尽管只是一个背影，但我一眼就认出了他。20世纪70年代，在鲁西北的乡村，连白面馒头都是逢年过节才能吃上的美食，人们都瘦，极少能见到胖子。那一天的经历瞬间涌上心头，我冲过去正想开口，母亲忽然重重地咳嗽了一声，然后用严厉的眼神制止了我。我只好把那句话咽了回去。我想说的那句话是：你出门咋不背着水缸？

胖子临走，冲我友好地笑了一下，说："你们家的水真甜。"

看着胖子出了门，我着急地对母亲说："你不认识他了吗？他就是供销社的那个胖子！"

母亲冲大门口看了一眼，只说了一句话："不就是一口水吗？谁出门还能背着水缸？"

我一时无语，直到很多年之后，我混迹到文学的队伍里，才逐渐明白母亲朴素的话语里，蕴含着鲁西北平原千年的深厚传承。

生命的消失

厉求良看到那只狼的时候,他唯一幸存的伙伴陈小米正背对着狼坐在沙地上,从脱下来的旅游鞋里往外倒沙子。

此刻正是黄昏,整个巴丹吉林沙漠静如处子。金黄色的夕阳柔和地洒在金黄色的沙漠里,使空气和光线都格外地浓重和华丽。

厉求良下意识地抓起了身边的拐杖,那是一根胳膊粗的胡杨木,沉重如铁,坚硬如铁。狼充满戒备地看了他一眼,又看了他一眼,慢慢地向陈小米逼近了。狼快接近陈小米的时候,恰好遮住了西照的阳光,狼在厉求良的眼里就成了一个通体发光的轮廓,像一幅图腾。厉求良心念一动,放下了拐杖,他一边缓慢地往后挪动着身子,一边从挎包里取出了照相机,安上长长的镜头,对准了狼和陈小米。

厉求良是一个小有名气的摄影家,但他的名气仅限于在他工作和生活的那个城市里,出了那个城市,就没人知道他了。他已经年近五十了,还没有拍出过一幅让自己满意的作品,没有在正规的全国摄影作品比赛中拿过一次奖,这让他十分苦恼。他把作品的平庸归罪于自己平庸的日常生活,正是基于此,当他在省报上看到一家旅游公司组团去巴丹吉林大沙漠进行探险旅游时,就不假思索地报了名。他想,大漠琦旎的自然风光一定会给自己带来素材和灵感。但是,当他一路舟车劳顿深入到大沙漠中时，他感到了失望。他所看到的，全是在一些旅游挂图和图片库中经常看到的景色，毫无出奇之处。更糟糕的是，当他正准备无功而返时，却遭遇了铺天盖地的沙漠风暴。风暴过后，他艰难地从沙子中爬出来，发现全团十几个人，只剩下他和一个叫陈小米的年轻人了。其他的人，连一丝头发也不见了。

他和陈小米在沙漠里已经跋涉三天了。三天来，他们已经熟悉得像多年的老友。陈小米刚刚三十出头，却是一个成功人士了，他的公司同时在供给着十个贫困大学生的学费和生活费，在当地也是很有名气的。

这已经是风暴过后的第三天傍晚了，他们身上的水也喝完了，如果明天再走不出去，那就只有葬身于大漠了。

陈小米已经抬起了头，看到厉求良正用镜头对着他，就笑了，露出了一口洁白的牙齿。

厉求良的手剧烈抖动起来。

陈小米好像感觉到了来自背后的危险，他将头扭向背后。

一刹那，狼准确地衔住了陈小米的咽喉……

厉求良按动了快门，嚓、嚓、嚓……

整个过程，厉求良拍了二十多张，直到把相机里的胶卷全部用完。

狼走了，留下了陈小米残缺不全的躯体，和呆若木鸡的摄影家厉求良。

第二天，厉求良遇到了另外一支探险队，他获救了。

在这一年的全国摄影作品评选中，一组题为"生命的消失"的作品获得了自然类一等奖，但是，获奖者迟迟没有露面。后经与其单位联系,才得到一个令人震惊的消息:获奖者厉求良在接到获奖通知的第二天就失踪了。他在自己的办公桌上留了一张纸条,上面只有两句话:沙漠圆了我的梦想,我要在那里长眠。

失 衡

刚刚下过一场大雨,山里的空气格外清新。几只鸟儿在空中盘旋,不时发出清脆悦耳的鸣叫。一丛丛的山花经过雨水的冲洗,显得更加艳丽。

一群游人呼吸着新鲜的空气,在导游的带领下,要从悬空的吊桥上渡过一条十几米宽的山谷,到山谷对面的景点上去。山谷很深,谷底是浑浊的激流。人们有些担心,都谨慎万分地走上了摇摇晃晃的吊桥,还好,在吊桥的上方,有一条拇指粗的钢丝绳,可供人们抓扶。人们陆续走上吊桥之后,有一个七八岁的男孩子,却怕得直抖,说什么也不肯上桥。他的父母停下来鼓励、劝说了一番也无济于事。眼见人们都过了桥,再不跟上去就要掉队了,孩子的父母于是将小男孩舍下,双双上了桥。这是大人用来对付孩子的惯常做法,一般来说,大人走得远了,孩子就会主动跟上来。但是,这一次,这个办法不灵了,这对年轻的父母已经走到山谷对面了,孩子还是站在原地,低着头摆弄着一部数码游戏机。孩子的父亲说:"看来,我得把他抱过来了,他一向胆小。"话音刚落,一阵奇怪的声音响彻了整个山谷!

孩子背后的山体在缓慢地滑落,一些零星的石块蹦跳着落入了山谷!

"是泥石流!"

"快跑!孩子!快过来!"

不仅是孩子的父母,所有的人都大叫起来!

孩子起初不明白发生了什么事情,还呆呆地站在吊桥边上,在人们的惊呼下,他回头看了一眼,当即明白了自己所面临的危险,但他仍然没有往吊桥上跑,而是转身顺着山谷边的山路往远处跑去!

孩子刚刚逃离险境,吊桥附近的山体忽然液化了般流动起来,浑浊的泥水夹带着石块、树枝、杂草扑向山谷,发出了巨大的声响,谷下的水也被高高溅起,一时间浊浪滔天,惊心动魄!

这是一次小范围小规模的山体滑坡,罪魁祸首当然是之前的那场大雨。泥石流只持续了十几分钟,就逐渐平息下来。孩子跌坐在不远处的湿地上,已经吓得呆了。

这场小小的泥石流虽未造成人员伤亡,却把连接山谷两岸的吊桥给毁了,只剩下那根供人们抓扶的钢丝绳还悬在那里,随着山风轻轻摇晃着。

人们在惊恐中清醒过来后,纷纷庆幸,如果再晚过来一会儿,就有被泥石流冲入谷底的可能,真是太悬了。

接下来,人们面临着必须解决的难题:怎么把孩子从对面弄过来?一会儿天黑了,一个小孩子单独留在那边,会有很多无法预知的危险。

人们面面相觑,都露出了无奈的表情。山谷虽然只有十几米宽,没有了桥,却是任何人无法逾越的。孩子的母亲终于控制不住,低声哭了起来。那个父亲,也紧皱眉头,唉声叹气,连连说真后悔参加了这次旅行。

这时,一个二十岁出头的小伙子站了出来,他说:"别着急,我能把他抱过来。"

人们都把目光转向了他。有人认出,他是他们居住的那个城市杂技团的演员,擅长走钢丝。他试探着用手拽了拽那根供游人抓扶的钢丝绳,然后一纵身,灵巧地站在了钢丝绳上。

有人说:"行吗?小伙子。"

小伙子笑了笑说:"没问题,我平时表演用的那根钢丝绳,比这根可细多了。"

果然,小伙子如履平地般在钢丝绳上行走,在人们提心吊胆的关注下轻松地跨过了狭谷。

但那孩子却不领情,说什么也不肯让小伙子抱他。小伙子将他扛在肩上,他还不停地蹬着双腿。小伙子吓唬他说:"你再不老实,我就把你扔到山谷下面去!"

孩子终于安静了下来。

这次,小伙子走得十分小心,步子明显比上次迈得要小,动作也慢了许多。

众人都屏住呼吸,紧张地注视着他和肩上的孩子。

小伙子走了几步后,适应了肩上的负担,步子开始快了起来，身子也轻盈了许多。很快，小伙子就过了中间部位，接近谷边了。这时，小伙子做了个谁都预料不到的危险动作，他把肩上的孩子抱到胸前，然后向前高高抛起，在众人的惊叫声中，他一个箭步追了上去，然后接住孩子，又一个飞跃跳到了谷边，纵身跳下了钢丝绳！

众人齐声叫好，同时响起一片热烈的掌声！

孩子的父母正对小伙子表达谢意，那孩子忽然哭了："我的游戏机还在那边哩！"

人们往对面的谷边一看，孩子刚才跌坐的地方，有一个金属物体在闪闪发光。

孩子的父亲说："不要了，回去再买个新的。"

众人也纷纷附和说："是呀，为这么个小玩意儿冒险，太不值了。"

那小伙子笑了笑说："没什么，我从七岁练功，都走了十五年钢丝了，要是有保险绳，翻着跟头过都没问题。"

小伙子说着，一纵身，上了钢丝绳。

那孩子的母亲说："人家救了咱的孩子，又冒这么大风险去拿个玩具，咱可得好好谢谢他！"

孩子的父亲有些激动和感动，立即说："我新开发的楼盘还闲着几套房子，送他一套也无所谓。"

这时，小伙子已经走到了山谷的正中，显然，他听到了孩子父母的对话，略微停了一下，回头问："真的？"

孩子的父亲说："不就几十万块钱吗？比起我们的孩子，这算什么！"

小伙子转过了头，继续往前走，这次他走得很保守，很谨慎，但忽然，他一个趔趄，大叫着跌下了山谷！

守望者

在外游荡多年的祝从武回来了。解放前，因吃不饱饭，他带着一个弟弟下了关东。解放后的一天，他忽然一个人回来了，还带着一口黑漆漆的木头箱子。他家里的人，却因为连年的战争和灾荒死光了，无人居住的土房子也早已倒塌。

村长大牙见他无处安身，为了照顾他，就让他干了个好差事：看管仓库和苜蓿地。从此，他就白天待在苜蓿地里，晚上睡在仓库里，既挣了工分，也把住的问题解决了。

祝从武的怪，主要表现在说话和女人方面。他几乎不怎么说话，村里很多人没听他说过一句完整的话，问他什么，他都是哼着哈着，声音极低，像嗓子里堵着什么东西。不熟悉他的人，很容易把他当成哑巴。对于女人的问题，他就更怪。刚回村时，他已经四十岁了，却只有三十五六的样子，模样儿也算清秀，关外的风沙没有把他变老，反而让他看着比村里的同龄人年轻好几岁，真是怪了。村里的媒婆七婆婆就给他保媒，把刚刚三十出头的寡妇秋莲介绍给他。那秋莲长得俊秀，在农村算是上等人才，图他个无牵无挂的清静，一口就同意了。但他却死活不开口，只把头摇得像货郎的拨浪鼓。七婆婆苦口婆心地劝了他大半天,他也没个响儿,七婆婆恼了,临走扔下一句话:"这个条件的你还不知足,就打一辈子光棍吧!"

祝从武就真的打了一辈子的光棍。但祝从武和一般的农村光棍有很大的不同。农村的光棍汉,十个有九个半不讲卫生,都邋邋遢遢、胡子拉碴的。而祝从武住的仓库里,却永远干干净净的。他衣服上也难见污点,更难得的是,他好像天天刮脸,脸上什么时候都是光光滑滑的,少有的干净。

村里养了十几头牲口,耕地耙地的,就全靠这十几头牲口,可以说,这些牲口是全村人的命根子。而祝从武看管的苜蓿地,长着这些牲口一年的口粮,也是牲口的命根子。由于村里地少,产量又不高,村里各家各户的口粮也都很紧巴,赶上春脖子长的时候,家家的口粮都接济不上。怎么办呢?就挖野菜,以菜代粮。但野菜再多也经不起大家都挖,很快就挖不着了。这时,很多人就打起了苜蓿地的主意。春天,苜蓿刚刚长出新芽,才一拃长的时候,拔下几把,洗净切碎,撒上点儿玉米面子,放锅里一蒸,就是极好的苜蓿糕,美味又能代饭。祝从武却看得很紧,他每天都在这几亩苜蓿地里转来转去,中午吃饭也不回,在地头上啃一个凉窝头了事。想偷苜蓿的,只能等晚饭那个空当,抓紧到地里捋两把,放在筐头子里,上面盖上几把野草,匆匆忙忙地赶回家,就着鲜劲儿做着吃了。晚上是没人敢去的,村口有民兵值班,即使弄到手也弄不回家里来。

这天傍晚,祝从武可能是转得乏了,躺在地头的沟沿上睡着了。等他醒来的时候,天已经擦黑了。他爬起身来,四处

一看,恰好看到有人背着个筐匆匆忙忙地向地外面跑。他撒腿就追了上去。偷苜蓿,向来都是半大孩子和妇女干的事儿,大男人是不屑干的。平日里,祝从武看到有人来偷,老远就做出轰鸡的姿势,撵走了事儿,即使看到来人已经拔了苜蓿,也不死追。但是这天,他看到这个人下手太狠了,竟然趁天黑拔了满满一大筐,足够一头牛吃三天的。他就加快步子追上去,一把抓住了筐头子。那人回过头来,他认出是七婆婆曾给他介绍过的寡妇秋莲,现在是村西头胡老四的老婆了。秋莲见跑不掉,索性不跑了,把筐放到地上,喘着粗气说:"你放俺一马吧,家里好几张嘴等着哩!"祝从武看着她,没说话。秋莲说:"就算俺求求你了,那时俺本想跟你的,你不要俺,也算欠了俺一个情分。"祝从武还是不说话。秋莲急了,推了他一把说:"行不行你倒给个话儿呀!"祝从武缓缓地摇了摇头。秋莲四外看了看,见没有人影儿,就说:"你要把这筐苜蓿给了俺,俺就和你好一次,你这么长时间不沾女人,就不想?"说着话,秋莲就解开了裤腰,作势往下褪裤子。祝从武还是摇了摇头。秋莲见最后的武器也失灵了,就抬高了嗓门道:"俺再最后问你一次,行不行吧?"祝从武弯下腰,把筐里的苜蓿一把一把地往外掏,掏完了,把筐扔给了她,扬手让她走。秋莲忽然扑到他的身上,又撕又咬,嘴里大骂道:"你这个断子绝孙的东西!你不让俺好,你也甭想好……"随即就脱自个儿的衣服,边脱边大喊:"快来人了!强奸哩……"祝从武拼命挣扎,秋莲却下了死手,抱住他的腰就是不松。

恰好,今晚值夜班的民兵已经来到了村口,听到喊声就赶了过来。秋莲这才放开祝从武,边整理衣服边哭道:"这个畜生,想用一筐苜蓿换俺的身子哩,想得美哩,俺不从,他还要硬上哩……"

事情很快惊动了村长大牙,连夜开了祝从武的批斗会。在会上,秋莲又哭又闹、寻死觅活地控诉祝从武如何用苜蓿诱奸不成,又想强奸她……那时候,没有现在这些先进的检验技术,男女之间的这种事儿,只要女的死咬住不放,男的浑身是嘴也说不清楚。更何况,祝从武自始至终一言未发,问到他,他也只是一个劲儿地摇头。批斗会开到半夜,大牙见再也问不出什么,就打着哈欠宣布散会,让两个民兵先把祝从武关押起来,明天再说。

第二天一早,两个民兵打开临时当作禁闭室的大队部,却发现祝从武已吊死在房梁上。

村里出钱发送了祝从武。治丧小组给他洗身子时,看到他的下身竟然没有男人的那套家什。在这同时,给他整理遗物的人,从他那口黑箱子里,发现了一套类似于戏装的衣服。村小学的邹老师解放前曾在县里的中学教过书,是村里最有学问的老先生了,他拿过那套衣服仔细看了看,说:"这是宫廷里的太监穿的,这祝从武呀,没准儿当过伪满洲国的皇宫太监呢!"

这一来,大牙觉得祝从武要强奸秋莲,明显存在一个设备不足的问题,就想找她来再问一问,毕竟是人命关天哪!没想到,秋莲一听到信儿就跳井自尽了。

较　量

三里庙有两个著名的人物头子，一个是"牛皮大王"皮老五，另一个是村霸仇光棍。

皮老五爱吹，死的能吹成活的，黑的能吹成白的。尤其是喝了酒之后，爱吹他到东北逃荒的时候，曾拜过一位名师，学了一身功夫，曾在关东道上空手打倒过七个谋财谋色的劫匪，救了一个遇难的少女，那少女死活要跟着他，他嫌累赘，没要。但村里人从来没见他练过"功夫"，更没见过他和人打架，所以不知真假，因他平时爱吹，也就把这事列入了他的"吹项"。

仇光棍名副其实，一人吃饱了全家不饿，人很无赖，敲寡妇门挖绝户坟，啥缺德事都干，因他天生一副好身板，打架不要命，也不在乎进局子蹲小号之类的事，自称"大错不犯小错不断，气死公安难倒法院"，因此无人敢惹，久之便称霸全村，弄得村长也很头疼。

一天，皮老五和本村的四五个人在村长家喝酒。皮老五喝多了后，又当众吹"关东道上一人降七匪"的"典故"。村长忽发奇想：让皮老五和仇光棍干一架，以吹治孬，不知是个什么结局。于是，村长就笑眯眯地看着皮老五吹，使皮老五吹兴大发，越吹越玄乎。看看差不多了，村长忽然问："老五，你说，凭你这身横练功夫，像咱村仇光棍这种地痞，你捏他还不像捏小鸡子一样？"

皮老五愣了一下，随即点点头说："那当然那当然，他只是一个无赖，真动起手来……哼哼……"皮老五便一脸的不屑。

村长趁热打铁，叹了一口气说："唉！仇光棍这个王八蛋老在村里这么称王称霸，弄得我这个破村长也抬不起头来，要是你能出面收拾他一下，让他收敛收敛就好了，只是怕你不敢动他。"

皮老五当即就火了，他"噌"地站起来说："啥？我怕他？姥姥，赶明儿我就收拾收拾他，看他还敢不敢在村里横行霸道！"

村长给另外几个人一使眼色，大家心领神会，一块儿端起酒杯来敬皮老五，祝他明天旗开得胜，为民除害。皮老五也不含糊，端起大杯一饮而尽。

当天晚上，皮老五要收拾仇光棍的消息就传遍了全村。

第二天，快到晌午了，村子里还是非常平静。村长沉不住气了，就带着几个人到了皮老五家里。

皮老五正坐在冲门的桌子前喝茶。村长进门就问："昨天你说的什么话，还记得吗？"

皮老五一脸惊讶："昨天？昨天咱不是一块喝酒来吗，我说什么了？"

村长一听就急了："皮老五，你真是个不折不扣的牛皮大王，昨天你不是吹着要收拾仇光棍吗？今天全不承认了！"

皮老五恍然大悟般拍了拍后脑勺说："噢，你看我这记性，好像有这么回事。这样吧，你派个人把仇光棍给我找来，看我怎么收拾他！"

一会儿,仇光棍气势汹汹地来了,进门就喊:"找俺有啥事?!"

村长和其他几个人吓得赶紧躲到了一边。

皮老五却慢腾腾地站起来说:"仇光棍,老子今天找你来,是想为全村除害,收拾收拾你这个王八蛋,省得你整天在村里横行霸道!你是空手还是抄家伙?菜刀在厨房里,门后还有铁锨斧头,你随便用,老子就空手会会你!"

仇光棍忽然换上了一副笑模样,弯下腰对皮老五说:"五哥,咱哥儿俩谁跟谁来?俺再浑蛋,也不敢跟你发浑呀!"

皮老五飞起一脚将仇光棍踹了个趔趄,仇光棍眼一瞪,想急,但还是咽了口气,忍了。皮老五站起来,指着仇光棍的鼻子说:"小子,我告诉你,从今往后,你要再敢在村里欺男霸女,我肯定好好收拾收拾你,今天看你还识相,滚吧!"

仇光棍如逢大赦般逃了。

村长等几个人真的傻了眼,本想捉弄一下皮老五,没想到不可一世的仇光棍见了他竟然像耗子见了猫。不过这样也好,总算是为村长出了口气。

傍晚时分,全村人都听到了一阵山崩地裂般的砸门声,是仇光棍在砸皮老五的大门。

村长赶过去时,皮老五的门前已经聚集了全村的人,比开会来的人还全。

仇光棍一边砸门一边喊:"皮老五,你给老子滚出来,你给老子的酒不够,老子白白挨了你一脚……"

原来,昨天皮老五酒后说了大话,而且弄得全村都知道了，他怕下不来台，就悄悄找到仇光棍，让他配合自己演一场"戏"，事成之后给他打20斤散白酒。仇光棍本身就是个酒鬼，因经常没钱买酒备受煎熬，这种挨一脚就挣20斤酒的好事岂能错过，所以他很痛快地答应了。但事后，皮老五心疼酒钱，只给了他15斤，他称着不够，就找上门来。

话说仇光棍见皮老五不出来，一拳将厚厚的大门砸下一块木板，并高声大骂："皮老五，你要不还老子的酒，老子要拍扁了你！把你老婆和你闺女都干了！"

门"吱"的一声开了，皮老五站在了门口，脸红得像猪肝。

仇光棍推了他一把问："你到底还不还老子的酒，说好让你踹一脚就给20斤酒的……"

众目睽睽之下，皮老五忽然一把将仇光棍推了个趔趄说："去你妈的！老子啥时候说过给你酒了，全是你他妈胡编出来的！"

仇光棍一见皮老五不认账了，就怒吼一声扑了上来，只见皮老五轻轻一闪身，脚下一绊，把仇光棍摔了个狗啃泥！

仇光棍爬起来后眼珠子都红了，他再次扑上去时，皮老五一弯腰，将肩膀顶在他的腰上，借力将他扛了起来，然后身子打了个转，将仇光棍扔了出去！"啪"的一声脆响，仇光棍重重地摔在坚硬的地上，半天没爬起来。

周围忽然爆发出一片热烈的掌声！

原来，皮老五在东北时确实练过几年，但他天生不爱惹事，只想把吹下的牛皮圆过去就算了，但今天在全村人面前，

仇光棍不但揭了他的老底，而且辱骂他的妻女，他知道再不出手，今后就真的在村里抬不起头了，所以，他狠了狠心，真的把仇光棍给收拾了。

仇光棍在全村人面前丢了面子，从此再也横不起来了。

漫长的守望

五合村的疯子小陆病倒了。他已经疯了近二十年，体格却一直很好，没想到在儿子刚结完婚第二天，就卧床不起了。

小陆其实已经年过半百了，只因他二十多岁那年"倒插门"做了老绝户陈地主家上门女婿，就开始被叫作"小陆"，就一直叫了几十年。

陈地主不是真正的地主，因为他从年轻时脑袋中间的头发就脱落了，露出一个圆圆的油亮的秃头顶，很像某些电影里地主的形象，从小就被戏称陈地主了。陈地主在五合村是独门独户，偏偏又人丁不旺，婚后忙活了几十年就落下一个闺女小梅，后来经人撮合，就招机械厂的修理工小陆做了上门女婿。小陆是外乡人，父母双亡，因为没有亲人，在单位也不好找对象，所以两下里一拍即合。

出事那年，小陆和小梅已经有了两个孩子。女儿秀秀，刚刚初中毕业，长得像她的名字，极秀气。村人们都说是继承了小陆的基因。小儿子旺旺，在本村上一年级。

秀秀被村里的无赖崔九盯上了。

崔九是光棍一个，父母双亡。崔九已经几进"宫"了，村里人都记不清了。他整天没事就在村里瞎转悠，瞅机会不是偷东西就是占女人便宜。有的女人吃了亏，也不敢声张。因为传出去了，崔九什么也不在乎，坐牢也无所谓，女人的名声可就完了。所以，崔九欺负起女人来，有些有恃无恐。在五合村，只有两个人他不轻易招惹，一个是村长，另一个是在县公安局看大门的老魏。村长能扣他的救济粮，那是他活命的唯一资源。而老魏，整天穿着一身没有徽章的旧警服，他看了就眼晕。除了这两个人，其余人都不在他的眼里。那一年，他偷了司老大的两只鸡，吃了鸡后随手就把鸡毛扔在了自家门口，示威一般。司家是村中最大的家族，为首的司老大叔伯兄弟就有二十几个，村里人都不敢招惹司家。司老大叫了七八个院中兄弟，把崔九摁在当街，连踹带踢，狂揍了半天，他也没服软。当夜，司家这七八户人的麦秸垛、玉米秸全部失火。司家人报了案，派出所把崔九抓起来审了好几天，他死不认账，又没有证据，只好把他放了。他被放出来的当天深夜，又砸了司家那几家人的窗户玻璃。司家怕他没完没了地祸害他们，只好吃了个哑巴亏。从那开始，司家人也不敢碰他了。

崔九盯上秀秀后，没事就在小陆家附近转悠，只要遇上秀秀，就连抱带摸，吓得秀秀整天不敢出门。小陆和小梅很是担心，如果被崔九得逞，崔九坐牢杀头都不在乎，那闺女可就毁了。但是像他们这种独门独户的，是斗不过崔九的，两口子只能是严防死守，不让闺女一个人出门。

出事那天,是个夏天的中午,人们还都在睡晌觉。小陆本来已经去上班了,走到半路,发现平时挂在腰里的钥匙串忘在家里了,那上面有车间工具箱的钥匙,没有它,下午什么也干不了。他只好返了回来。

一进院门,他就觉得不对劲,农村人睡晌觉,是不关屋门的,他走的时候也就没关,可刚走这一会儿,屋门竟然紧紧地关上了。他支好自行车,迫不及待地推开屋门,当时就呆了。崔九正在撕扯秀秀的衣服,秀秀拼命抵抗,妻子满脸是血,躺在炕下哭泣。

小陆大喊了一声"住手!",上去一把将崔九从炕上拽了下来!

崔九见是小陆,并不紧张,嬉皮笑脸地说:"你不是走了吗,咋这么快回来了?"

一句话让小陆明白了,他一直在盯着他们这个家。

崔九大摇大摆地出门时,还回头笑了笑说:"小陆,你总不能把闺女穿在裤腰带上吧,只要俺看上的,还没有到不了手的。"

小陆就从抽屉里摸出了一把螺丝刀,紧紧跟在了崔九后面。等崔九刚迈出大门,他一刀从后心捅了进去!

崔九"啊"地惨叫了一声,惊异地回头看了小陆一眼,就仆倒在地上,身子扭了几扭,不动了。

小陆坐在崔九的尸体上,哈哈大笑起来。村里很多人闻讯围上来和他说话,他也不搭话,只是笑,一直笑到警车把他带走。

一个月后，小陆被放了回来。

老魏捎回来消息说，经过司法调查和鉴定，小陆杀人时是遗传性精神病突发，据调查，他的母亲就是精神病发病期间自杀的，所以，免除了刑事处罚。

村长怕小陆犯了病再杀人，就和小梅商量，要把他送到精神病院，小梅以死相抵，并承诺将他关起来。

被关在西屋里的小陆，只是一个人时傻笑，来人看他时他也傻笑，并没有什么过激的行为。后来，小梅就把他放了出来。

恢复自由的小陆，就在自家门口一带活动，从不远行。每天，他不是坐在门口冲过往的行人傻笑，就是坐在大门对面的河边上对着河水喃喃自语。久而久之，村人们都习惯了他的这种存在方式，也没人怕他，有的人闲下来，还逗弄他玩，寻开心。但是，他对任何人的反应只有一个：傻笑。

厂里同情小陆的遭遇，一直给他发着工资。这些工资，加上小梅地里的收入，把两个孩子慢慢抚养大了。先是秀秀结婚，嫁在了本村司家，后来，儿子旺旺也结了婚，媳妇也是司家的。

小陆病倒后的当天晚上，让小梅把闺女和儿子都叫到床前，用低沉的声音说："以后，你们一定要好好孝敬你妈，你妈她不容易……"

话未说完，他就永久地闭上了眼睛。

旺旺惊奇地说："俺爹不疯了！"

小梅抹着眼泪说："你爹从来就没疯过，你们大了，他也累了……"

漫长的爱情

接到扣扣的电话，我吃了一惊，这个五十出头的老光棍，居然要结婚了。他在电话中反复强调，只请了几个早年的文朋诗友，让我务必按时参加。

扣扣是80年代的一个诗歌爱好者，常以诗人自居。那时我初中毕业辍学，在老家一边侍弄责任田，一边追逐着文学梦想。我和几个热心文友自发组织了一个文学社团，陆续有五六十个文友加入。扣扣在这些人里，本来并不起眼，他是因为一个惊人之举，让大家一下子记住了他。

那是1989年初夏，那天我在家看书，文学社社长王三石推着自行车进了院，他进门就喊："快跟我去乡卫生院，扣扣喝药自杀了。"我吃了一惊，赶紧推上车子，和王三石一块儿骑行在乡村土路上。

文学社有个文友，叫叶剑梅，写诗，有几分姿色。不知从什么时候起，扣扣和她谈上了恋爱。到了谈婚论嫁的时候，叶剑梅的父母悄悄去看扣扣家的宅子，回来后就把女儿关起来了。扣扣家只有三间低矮的土房，家徒四壁。叶家提出条件，想娶叶剑梅可以，但必须盖五间红砖到顶的新房。扣扣和他常年有病的母亲相依为命，穷得叮当响，别说五间，半间也盖不起呀！这桩婚事拖了一年后，叶家就把女儿嫁给了他们村长的儿子。扣扣知道后，痛不欲生。恰在这时，又传来了他崇拜的诗人海子卧轨自杀的噩耗,双重打击之下,他喝了半瓶"乐果"自尽。

我们赶到乡卫生院时,扣扣已经被洗了胃,救了过来,像一摊泥般蜷缩在床上。他消瘦的丝瓜脸上是一副沮丧的表情,见了我们也不说话。

扣扣的身体恢复后,对外宣称不写诗了,要混出个人样来,让叶家人看看。此后,他淡出了文学圈,但偶尔也有他的消息传过来,他贷款办了养鸡场,后来又办了养猪场、养鱼场……

2000年秋天,我忽然接到了王三石的电话,说扣扣要请文友们聚一聚。那时,我已经在市里一家新闻单位工作了。

按照王三石提供的地址,我驱车赶回县里,几经打听来到了扣扣的老家寇家庄。

扣扣家是一个漂亮的四合院,正房是五间起底的二层小楼,东、西、南屋,全是水泥灌顶的平顶房,天井里全部硬化,用的是防滑瓷砖,屋里的家具电器全部是新的。门口,还停了一辆崭新的轿车。看来,他搞养殖成功了。

这次扣扣请客,是为庆祝他的诗集《爱的誓言》出版。我们一进门,每人手里就被塞了一本印制精美的诗集。

酒宴上,已经三十多岁的扣扣意气风发,浑身充溢着成熟男人的魅力,与当年蜷缩在病床上的那张丝瓜脸判若两人。席间,我们知道他还是单身时,劝他尽快考虑一下婚姻大事,凭现在的条件,找女朋友不是问题。

扣扣倒满了一杯白酒,站起来对大家说:"我发誓,这一辈子，如果我结婚，新娘一定是叶剑梅。"言毕，他将酒一饮而尽。之后，他又倒满了一杯酒说："这一杯，还是我敬大家，我要宣布一件事，现在日子过好了，有了闲情逸致，我要重新写诗了。"说完，又将酒一口干了。我们也都上了情绪，都把满满的一杯酒干掉了。那是二两半的杯子呀！

那一天，我们都喝了很多酒，为扣扣高兴，也为他对爱情的专一担忧。王三石告诉我，叶剑梅的丈夫搞了个粮食加工企业，也成了大老板，不比扣扣差，他这辈子想娶叶剑梅，有些悬……

此后的若干年间，我再也没见过他，只是他的好消息不断传过来：他进城了，开了一家广告设计公司，买了一套楼房，买了宝马车，又买了门市楼……他的诗歌上了《诗刊》《星星》……

这次扣扣的婚宴，几个文友重逢，酒桌上肯定会有一场"厮杀"。目前对酒驾查得严，我决定坐大巴回去。

在车上，我反复思考一个问题：扣扣这次娶的，是不是叶剑梅？肯定是？又不太可能……我纠结不过，就拨打了已经升任县委宣传部副部长的王三石的电话。

王三石告诉我，扣扣娶的还真是叶剑梅。这几年，叶剑梅的丈夫经常在外寻花问柳，夜不归宿。叶剑梅干生气，管不了他，想到还苦苦等待她的扣扣，就主动要求和丈夫离婚。她那浑蛋丈夫正想换个年轻的小媳妇，不但痛痛快快地答应了，还分给了她一笔不菲的财产。这次，扣扣不但实现了当年的誓言，还人财两得……

挂断电话，我闭目养神。想到扣扣历经三十年的爱情长跑，不由心生慰藉。

飘飞的汇款单

杨树屯是个穷村。杨树屯的特点是光棍特别多，尤其是冬闲时节，光棍们都聚在村委会的门口晒日头、扯闲篇，一聚就是十几个、二十几个，已经成为本村的一大景观。

越是光棍多的村庄，光棍就越难找到媳妇。除了因为村里光棍多出了名，姑娘们不敢垂青外，还有一个非常重要的原因，那就是打"破头血"的特别多。打"破头血"是鲁西北一带的方言，也叫"扒瞎"，就是把别人的好事搅黄的意思。打"破头血"的人，多为光棍的父母，因为身为光棍的父母，村子里的光棍越多，他们的压力就越轻，如果别人家的光棍都娶上了媳妇，那自己的孩子可就孤单了，那自己就显得太窝囊太无能了。因此，他们就使出吃奶的能耐来从中搅和。这样一来，村里的小伙子只要过了二十三四岁，被打入"光棍"的行列后，就很难再有娶上媳妇的可能了。

村西头的四顺子有三个儿子，老大已经二十六岁了，还打着光棍。而且如果老大打了光棍，老二、老三的媳妇更是炮仗扔到水里——想（响）也别想。村里就有和四顺子不相上下的老哥儿仨，五十上下了，至今还都"棍"着。因此，四顺子的三个儿子打光棍那基本上是铁板钉钉的事了。

但令村人意想不到的是,四顺子的大儿子居然进了城,说是跟他姑父学做生意去了。那年月还没有出门打工这种事,所以能进城就很令人羡慕。更令人意想不到的是,一个阳光明媚的上午,乡邮局的投递员骑着绿色的自行车飘然而至,问晒日头的人们:"杨四顺在不在?"四顺子便大声地喊:"在呢,在呢!"投递员一边从文件夹子里取出一张绿色的汇款单,一边说:"有汇款,回家拿手戳。"四顺子便屁颠屁颠地跑着回家取手戳了。人们便都围上去看那张汇款单,一看,便咋舌:"好家伙,三百块哪!顶一个乡干部三个月的工资哪!"一看汇款人的名字,竟然是杨四顺的大儿子!人们便赞叹:"哎哟!人家的孩子怎么这么出息呀!"

自此,每到月初月末这几天,投递员便翩然而至,来了就喊:"杨四顺,拿手戳!"自从第一次接到汇款,四顺子就把手戳柄部钻了个眼儿,用一根麻绳穿了,系在了裤腰带上。他总是边从裤腰带上解手戳边对周围的人说:这样方便,省得老回家去拿。好像他们家天天来汇款。

四顺子的大儿子出名了,成了周围无人不知的大能人。不用说,提亲的踏破了门槛。

但四顺子并不张扬,有媒人来,他就笑,就说:"俺家可么也没有,穷着哪!"媒人也笑:"人家不论穷富,就图一个人。"

提亲的太多了,这四顺子一家竟挑花了眼,不知定哪家好。后来,邻村有一家托媒人捎来了话:只要亲戚能成,可以不要彩礼。四顺子一听，这才到城里把大儿子领了回来。大儿子人长得帅气，又穿着和乡下人不一样的西服，就更加显得鹤立鸡群。女方看了一百个满意，像怕女婿跑了似的，前脚定了亲，后脚就催着娶，于是，不到一个月，新媳妇便进了门。

大儿子娶上了媳妇，主要任务是延续后代了。大儿子便把城里的生意交给了老二，一心一意在家里一边侍弄庄稼一边侍弄媳妇。

老二去了城里后，不负众望，每月仍有绿色的汇款单飘然而至。

提亲的人再次踏破了四顺子家的门槛。四顺子仍哭穷，仍然咧着嘴说："俺家里可什么也没有呀！"媒人就笑："人家还不是图你家的小子有能耐吗？人家不要彩礼……"

不出两年，四顺子的三个儿子都娶上了如花似玉的媳妇，嫉妒得一村人眼红。四顺子的儿子不再去城里做生意了，说是城里的生意不好做。四顺子就带着一帮儿子、儿媳搞养殖，养鸡、养鸭、养猪，日子眼看着就红火了起来。不出五年，四顺子给三个儿子每人盖了一处红砖到顶的新房子，三处新房子在全村的土坯房衬托下更显得鹤立鸡群。

四顺子日子过好了，就染上了饮酒的嗜好，整天满脸带着红光。儿子儿媳们当然不敢说什么，老爷子是全家的有功之臣呀！

在一次酒后，四顺子说出了心里埋藏了很久的秘密。四顺子说："城里的钱哪那么好挣呀，那都是孩子他姑父的钱，汇过来，我再给他汇回去，下个月，再汇过来，就这么倒腾倒腾，儿媳妇就自动上门了……这有了人气，还愁日子过不好吗？"

村人才恍然大悟，都骂四顺子是一只狡猾的老狐狸，是大骗子。但骂过了，又一琢磨，人家的日子确实过到了全村人的前头，还得说人家有本事呀！

爬行表演

吉生是一个从优越的环境中成长起来的青年。他的父亲是一家企业的头头，在吉生刚刚高中毕业时，父亲见他不是个读书的料子，就将他安排进自己所负责的那家企业，让他进了科室。从此，吉生就过上了喝茶看报的清闲日子。后来，本厂的一位漂亮女孩主动与他处了对象，再后来他就和那女孩结了婚。

这都是以前的事情了，近来吉生的情况可就越来越不妙了。先是当头儿的父亲因病提前离休了，吉生在单位的情况也一落千丈。后来企业的效益直线滑坡，要裁员增效，像吉生这种什么特长也没有、可有可无的人，被首当其冲地裁了下来。父亲带着病去单位找过几趟，终因时过境迁，人走茶凉，未能改变吉生下岗的命运。

吉生就这样成了一名闲人。他曾尝试找过很多工作，但因他一无特长二无文凭，都被拒之门外。对于他这种人生经历的人来说，干力气活儿是想都不能想的。

吉生就一日一日地在街上闲逛，家里的一切开支全凭妻子的那几百元工资。好在前些年日子好过时，有一定的积累，倒也衣食无忧。但不久之后，妻子也下了岗。这一下，吉生的心里就惶惶起来，老这么坐吃山空，是座金山也有吃光的时候呵！

这一日，吉生正在街上闲逛。见前面围着一群人，凑过去一看，原来是一个没有下肢的男人正在哭诉，他出了车祸，开车的却跑了，家里上有老下有小，没办法，才出来乞讨。周围的人便都掏出钱来放在他面前的一只破盆子里。吉生看见，有一个老板模样的竟放下了一张百元大钞。吉生忽然心里动了一下，有些蠢蠢欲动起来。

吉生想了三天三夜，终于下定了一个决心。他告别了父母妻儿，要到南方打工。

吉生来到一个陌生的城市。他先租了一间便宜的地下室住下，然后换上一身破烂的衣服，拿着一只破塑料盆，爬行着上了街。他爬行的动作很像军事上的匍匐前进，只用两只胳膊用力，两条腿却好像没有知觉那样拖着。第一天出动，他没有什么收获。他听到有人议论说，这个瘫子像是装的，两条腿还扭动呢！但吉生并没有泄气，为了装得逼真，他开始在租住的地下室里练习爬行。闭门苦练了一个星期之后，他满怀信心地爬上了大街。为了配合"工作"，他还编了一套悲惨身世，比旧社会"白毛女"的命还苦。这一次，他取得了圆满的成功，一天就讨来数百元钱。为了使自己的爬行"技术"更加逼真，他"工作"了一天回到租住的地下室后，仍然坚持爬行着进行一切活动。反正屋里什么家具也没有,他睡在地铺上,根本也不需要站起来。渐渐地,周围的人都认识了他,为了不致"穿帮",他出出进进都坚持爬行。功夫不负有心人,他的爬行术越来越精湛了,连他自己都以为他的两条腿已经失去知觉了。

日出日落,吉生已经在这个城市待了五年了。五年中,他没有回过一次家,也没有往家打过一个电话,他要给已经不再显赫的家庭一个惊喜。现在,他觉得时机已经成熟了,他已经拥有了五十多万元的存款,可以衣锦还乡了。

但就在这时,吉生发现了一个严重的问题——无论他怎样努力,都站不起来了。

吉生不想爬着回家,就踏上了漫漫的求医之路。他"走"遍了全国几十个大城市,进了数百家医院,也未检查出得的什么病。直到有一天,他花尽了所有积蓄,才莫名其妙地站了起来。

现在,吉生已经回到了老家,整天在街头徜徉,还是一副无所事事的样子。

鸟语花香

王建设在这片草丛中藏匿三天了。草丛边缘是公路,公路对面,是一个废弃的荒村,墙上都用红字写着大大的"拆"

字。显然，这里将搞开发，到处是荒弃的庄稼和成片的野草。他不敢往远处跑，他觉得火车站、汽车站早就布满了警方的天罗地网。

事情过去三天了，他的头脑也冷静下来了，悔恨像一条毒蛇，撕咬着他……

从妻子对他日益冷淡到不闻不问，他就知道自己的婚姻有了问题，心里已经做好了某种准备。但当他真的看到妻子和另一个男人在他的床上时，他仍然觉得非常意外，他拿起一把水果刀，对忙着穿衣服的两人一阵乱砍！那一男一女惊恐和愧疚的目光，让他一辈子也忘不了。他疯狂地砍！鲜血飞溅，床上、墙上、地板上到处都是鲜红的血……

……太不值了，为了一个背叛自己的女人，把自己弄成了一个杀人逃犯。如果当时能理智一些，适当教训一下这对狗男女，然后离婚，从这场名存实亡的婚姻中走出来，再去寻找自己的幸福……

现在想这些已经为时太晚了。眼下最现实的问题是，他已经三天三夜没吃东西了，必须找点儿吃的。

夜深了，村前公路上的车辆已经稀少了，他爬出草丛，悄悄潜入了荒村。

家家户户的大门都敞开着，像为了专门迎接他这位不速之客。他打开打火机，小心翼翼地走进靠近公路的一家。屋门也开着，像张开的一张黑洞洞的大嘴。他轻手轻脚地潜进去，借着微弱的光芒，见屋内一片狼藉。他绕屋里转了一圈，又到厨房搜索了一番，一点儿能吃的东西也没找到。他又进入了第二家、第三家……一直找了五六家，仍然一无所获。他绝望了，正想离开时，忽然听到了一阵微弱的呻吟声。他吓了一跳！村里竟然有人！想拔腿跑时，他又站住了，他想，有人，就有吃的。

他循着时断时续的呻吟声，找到了一处高大的宅院，大门开着，他慢慢走进去，听到呻吟声是从屋里传出来的，有灯光从窗口和门缝里溢出来。

他咳嗽了一声，小声问："请问，屋里有人吗？"

一个浑浊的声音传出来："是谁回来了？快进来！哎哟……"

他听出是一个老人的声音，大着胆子，推开了虚掩的屋门。

床前的地上，躺着一位头发花白的老人，正努力地翘起头，看着他。

他正不知说什么好，老人焦急地说："快快！快打120，我胃疼得钻心。"

这时，他看到了老人旁边的一摊鲜血。

他下意识地摸了摸口袋里的手机。作为一个走南闯北的业务员，他也算是经多见广，为了不让警方通过手机信号找到他，他出逃的同时关闭了手机。

"您这里没有电话吗？"

老人摇了摇头，痛苦地呻吟了一声，垂下了头。

怎么办？他问自己。如果打开手机，拨打"120"，警方马上就会锁定他的位置，几分钟就能赶到。

他暗暗叹了口气，转过身，向门口走去。

"别走……救救我……"老人用微弱的声音乞求着他。

他迟疑地停下了脚步。看老人的样子，应该和他的父亲年龄差不多。

"救救我……快点儿……"

王建设心一酸，大滴的泪水流淌了下来。他的父亲，就是独自在家时，突发心脏病去世的。事后，他常常自责：当时如果我在他身边，也许……父亲生命的最后一刻，是多么的无助和凄凉呀……

他掏出了手机。

救护车呼啸而至，医生误认为他是病人家属，把他也拉到了医院。

老人是胃穿孔，再晚一会儿，就没命了。他帮着联系病人子女、签字、交钱，忙活了半个晚上，又累又饿。在老人子女千恩万谢的声音中，他斜躺在病房门口的连椅上，睡着了。

手机的鸣响把他吵醒时，一缕阳光透过窗子，照在他的脸上，他眯着眼，下意识地摁下了接听键。

是一个他非常熟悉的女人的声音："你回来吧，我们商量一下离婚的事儿。"

他吃了一惊，忽地坐起来问："你们没死？"

女人说："我们都是……多处轻伤，没伤到要害，我们……对不起你……就没有报警……"

女人在电话里抽泣起来。

他像刚刚从一场噩梦中醒来，懵懵懂懂地走出医院的大门。

门外，阳光灿烂，鸟语花香。

剃头店

镇子不大，却有三五家剃头店。

镇上最大的官是镇长。镇长剃头，从不进别的店，只往隋驼子的店里跑。

镇长的头有些难剃。"头难剃"是当地人对刁钻奸猾之人的比喻。但镇长的头确实是难剃，和为人无关。

镇长是一个大脑袋，头顶坑坑洼洼的极为不平，有些坑还非常小。镇长还总喜欢剃光头，所以，他的头就很难剃，连公认技术一流的隋驼子，也给他划破过几次，其他几个店的剃头匠，那是断然不行的。

隋驼子自打年轻就是个驼背，人长得也极丑陋。就是这样的一个埋汰人，竟然有一个不错的女人。那女人叫玉玲，长得不是太漂亮，但身条儿极好，又会打扮，在镇街上一走，很是惹眼。

镇长的脑袋每天都要剃一次。

镇长每次来，玉玲会殷勤地泡上一杯茶，递到镇长的手里。如果隋驼子忙着，她就陪镇长聊天。镇长脾气非常好，逢客人多时，镇长总让别人先剃，他常挂在嘴边的一句话就是：

你们先来，我不急，不急。这使很多人都感到镇长和蔼可亲，是个好镇长。镇长看玉玲的目光也非常柔和，两只眼睛总笑眯眯的。有时，玉玲给他递茶，他还会连茶杯带那只玉手一块儿接过来，双手握着，良久才松开。玉玲并不急于挣脱，也笑着看镇长，笑得极为妩媚。隋驼子对此视而不见，全神贯注地剃着客人的头。

有一天，镇长的跟班来到了理发店，对隋驼子说：驼子，你交了好运了，镇长请你去镇公所，给我们这些弟兄们挨个剃头。

隋驼子一听，咧开一张满是黄牙的大嘴笑了，他正愁这几天没有生意呢！

隋驼子收拾了他的那套家把式，就跟着来人走了。

隋驼子来到镇公所，想干活时，发现堂堂的镇公所竟然找不出一样东西来代替围裙。隋驼子虽然人丑陋，但干活却极讲究，这没有围裙可不行，那会使客人的衣服上沾满碎头发，好多天都整不干净。

隋驼子就回剃头店取围裙。

剃头店离镇公所只有一盏茶的脚程，隋驼子走得快，不消一刻就到了。

剃头店的门紧闭着，隋驼子推了推，没推动，门在里面顶着呢！隋驼子以为女人在里面睡觉，就喊：开门哪！开门……

无人应声，隋驼子心急，怕误了镇公所的事，就一用力，把门拥开了一条缝，然后伸进去一只手，将顶门的杠子挪开，门就开了。

门一开隋驼子就看到了镇长和玉玲正在剃头用的椅子上干那事儿。隋驼子的驼背一下子直起了许多,他大喊了一声:你们——

镇长不紧不慢地系上腰带,又整理他的衣服,好像根本没看见隋驼子一样。

隋驼子直起的背又慢慢地驼了下去,两只眼睛里的火也渐渐地熄灭了。

镇长临走的时候,居然很亲热地拍了拍隋驼子的驼背。

出这事儿的第二天上午,镇长照例又来剃头了。只是,这次他带了两个兵,都肩着枪,站在剃头店的门两侧。

这次玉玲没有给镇长沏茶。隋驼子还是一如既往地给镇长洗头,敷热毛巾,然后再极小心地将他的头剃得光光的,脸也刮得干干净净。镇长非常满意,临走又拍了拍隋驼子的驼背。

以后再来,镇长就一个人来了,一切都恢复了常态。只是,每隔几天,镇长就会把隋驼子请到镇公所,给他的下属们剃头。每次去,都是到中午,镇公所的人才让隋驼子回来。

镇长和隋驼子女人的事,成了镇上公开的秘密。

但隋驼子似乎对这件事并不在意,镇长每次来,他都加着小心伺候。

镇上的人都嘲笑:这隋驼子可真是窝囊呀,戴着顶绿帽子还这么孝敬镇长。

人们笑过了,说过了,也就罢了。

很久之后，镇长忽然在一个下午死在了办公室里。镇长的尸体全身发黑，显然是中毒死的。县上派了警察来调查，他们了解到镇长中午是在"聚义楼"酒馆吃的饭，就先把酒馆的人全部抓了起来。但后来有人证明，镇长中午是和五六个人一起吃的饭，别人都没事，说明不是酒菜的问题。于是，警察就把中午和镇长一块儿吃饭的人全抓了起来。一番拷问，既无证据，也没人承认，这件案子就这么不了了之了。

没人注意，镇长死的当天下午，隋驼子那把用了多年，他一直视若宝贝的剃刀不见了，他手上使的，是一把新打的剃刀。

只有隋驼子的女人知道，那把老剃刀，在镇长死的那天上午，最后一次给镇长剃头时，划破了他头顶上的一点儿皮，出了几滴血。但镇长并没有因此而发火，他温和地笑笑说：没事没事。

临走，他还亲热地拍了拍隋驼子的驼背。

邪不压正

自从走出办公大楼，林兴合就感觉背后有人跟着他。昨天上午才首次交锋，他们这么快就想动手？此时已经是晚上十点多了，路上的车辆行人十分稀少了。

最近，林兴合正负责调查本市的龙鹏集团，该公司涉嫌一起巨额贿赂案,牵扯到多家公司和多名公务人员。目前,案子才刚刚有了点眉目,就已经有人盯上了他。

昨天上午,他刚上班,就有人敲门进了他的办公室。来人个子不高,戴着一副大口罩和深色墨镜,看不清模样。他进门就将一个鼓鼓囊囊的牛皮袋子放在了桌子上。林兴合问:"这是什么?"来人小声说:"这是我提供给你们纪委的材料,和你调查的案子有关。"林兴合一听,从惊诧中回过神来,赶紧客气地让座。那人却冲他摆了摆手,转身就走。林兴合忽然感觉不太对劲,他拿起那个牛皮袋,打开一看,里面是一扎扎崭新的钞票。他赶紧冲到门口,将那人拉住,把牛皮袋塞到他的怀里,厉声喝道:"赶快拿走,不然你也走不了!"几番推让争夺之后,那人见他态度坚决,不敢再纠缠,把袋子夹在腋下,匆匆忙忙地走了。

当天晚上,林兴合加完班回到家时,已经快十一点了。他进门就看到茶几上放着一个大牛皮袋子,有些眼熟。问过妻子,才知道那人晚上找上门来,自称是送快递的,骗开门后,扔下袋子就跑了,妻子换上衣服鞋子追到楼下,连个人影也没追上。林兴合把袋子里的东西倒出来,点了点,是二十万元现金,还有一张打印的纸条:请领导高抬贵手,关照龙鹏公司,必有厚报。

今天一上班,林兴合就将袋子交到了单位的督察室。他继续投入到烦琐的工作中,很快就将这事抛到了脑后。

快中午的时候,他接到一个电话,听声音好像就是昨天上午来的那个人。那人在电话里说:"林处长,你这是不想让我们活呀，你不为自己着想，也该想想你的老婆和女儿吧！"林兴合正想教训他几句，对方已经把电话挂了。

　　林兴合不怕恐吓。在部队，他是侦察兵，练就了一身好筋骨。转业到地方后，他仍然坚持每天早上跑步、打拳，多年来还一直保持着步行上下班的习惯，身体一向很棒，自信对付个仨俩的壮汉没问题。对于妻子女儿，他也不太担心。妻子就在女儿上学的学校当老师，娘儿俩每天在学校和家之间往返，都是妻子开车，大白天的应该没什么问题。他拿起电话，打通了妻子的手机，嘱咐她最近小心点儿，晚上不要出门，谁敲门也不要开，一觉得不对劲就报警。嘱咐完后，他觉得这事儿就掀过去了，又一心扑到了工作中……

　　没想到，对方这么心急，这么快就要对他实施行动了。

　　林兴合迈着从容的步子，继续不紧不慢地在人行道上走着。他本想报警，转念一想，毕竟对方还没动手，警笛一响，人就跑了，这事儿还不算完，过几天他们还得找机会暗算他。他心下一横：干脆，就在今晚来个彻底了结吧！

　　前方，是市中心公园的东门，门口的路灯较其他地方要亮一些，路灯杆上还安装有摄像头。他想，就在这里吧，有什么情况调取录像也比较方便。

　　林兴合突然加快了脚步，像小跑般向前急奔。他听到，背后的脚步声也急促起来。他越过公园门口的路灯，又走出十几米后，突然转过身来，往回急奔——恰好，在路灯下面，他几乎和一个人撞在一起！

　　那是一个三十出头的男人，个头不高，身形却非常精壮。

显然，他被林兴合反常的举动吓了一跳！

林兴合先发制人，厉声喝道："你跟着我干什么？"

那人怔了一下，忽然从腰里抽出一把尖刀，冲林兴合的胸口刺了过来！林兴合闪电般一侧身，在尖刀掠过胸前的一刹那，双手抓住了对方握刀的手腕子，用力往外一拧，这是擒拿手中的绝招"折腕"，那人惨叫一声就摔在了地上，刀同时脱手，"当啷"一声掉在地上。

林兴合刚直起腰，就听到背后有动静，心知不好，对方不止一人。他刚转过身来，一把尖刀已经刺到了胸前，想躲已经来不及了，他一拧身，尖刀擦胸而过，扎进了他的右肩窝，热乎乎的血顿时涌了出来。他顾不上疼痛，一个左勾拳，打在对方的太阳穴上，对方像一截木桩般"咚"地摔倒在地上。

这时，从公园的值班室里走出一个保安，他一手持着警棍、一手拿着手机对林兴合说："你没事吧？我已经报警了！"

话音刚落，前方的路口就响起了警笛声……

两个杀手全部落网，林兴合被赶到的"120"救护车接到了医院。

第二天上午，林兴合被十几个记者围在病房里，一个记者说："林处长，我刚才看过监控录像了，你的功夫真厉害！"

林兴合笑了笑说："不是我厉害，而是在我们这个社会，历来都是邪不压正。"

另一个记者问："这个案子，您还敢接着查吗？"

林兴合攥起一只拳头说："查！一查到底！"

医　者

陆晨从肖梅身边匆匆而过，近在咫尺，他竟然没有看见她。这也是陆晨历来的做派，目不斜视。

看到陆晨急匆匆地进了手术室，肖梅心下吃了一惊：呀！不会是他给崔江做手术吧？那可糟了！她急急抓住一个路过的护士问："是不是陆晨做这个手术？"

护士说："是呀？"

肖梅又问："那能不能换一个？"

护士吃惊地盯了她一眼说："陆医生可是我们医院的一把刀，技术最好的了。"

肖梅说："我知道，我是问有没有办法换人。"

护士说："不可能的，今天晚上是陆医生值班，伤者流了那么多血，随时有生命危险，再叫其他医生根本来不及的。"

肖梅顺着墙根瘫在了地上，嘴里梦呓般念叨道："坏了……坏了……这就是报应……"

陆晨是肖梅的前夫，而今晚车祸受重伤的崔江是肖梅的现任丈夫。三年前，肖梅趁陆晨出差，和崔江在家里幽会，没想到陆晨提前回来了，抓了他们一个现行。陆晨将崔江暴打一顿之后放了一句狠话：你绝对不得好死！

后来，陆晨和肖梅办理了离婚手续。不久，肖梅就和崔江结了婚。

今天晚上，肖梅和崔江出外参加了一个局，在开车回来的路上，被一辆重型汽车撞上。崔江身负重伤，脑袋上开了一道口子，腹部也被划开了，肠子都流了出来，血把衣服都浸透了。肖梅幸亏坐在后排，才侥幸没有受伤。崔江被救护车接到医院，马上就被推进了手术室施行急救手术。肖梅这里刚松了一口气，却没想到做手术的医生竟然是陆晨。这真是冤家路窄。肖梅心里很明白，这么大的手术，陆晨如果想置崔江于死地，根本不用故意做什么手脚，只要动作慢一点儿，多拖延个几分钟，崔江就会死于非命。对于这种重伤急救手术，医院根据规定刚刚和她签了协议，协议上白纸黑字写着"伤者随时会有死亡危险"，根据协议条款，即使人死了，医院和医生也不会有什么责任……而陆晨，历来是个恩怨分明的人，有恩报恩，有仇也必报，这夺妻之恨又是男人最大的耻辱，看来今天崔江这条命是悬了……

肖梅在离手术室门口不远的一张椅子上坐下来，脑袋像开了锅一样胡思乱想着。慢慢地她想明白了，事情到了这个地步，她已经无计可施了，只有听天由命吧……由于她的神经一直处于高度紧张状态，现在放松下来，才感到又累又困，竟然慢慢迷糊了过去……直到一个护士过来拍了拍她说："快醒一醒！"她才睁开了蒙眬的双眼。护士带着充满歉意的表情说："对不起，我们尽力了，可病人在手术过程中因伤势过重去世了！"

啊？什么？肖梅一个激灵站了起来，才发觉是做了一个短短的噩梦。

天已经亮了。朝阳穿透窗户玻璃斜射进来，使昏暗的走廊光线明媚起来。

手术室的门缓缓打开了，陆晨摇摇晃晃地从里面走出来，他一脸疲惫，步子也有些凌乱了。

肖梅扑上去，追切地问："他怎么样了？"

陆晨用余光扫了她一眼，面无表情地走了。

肖梅觉得不妙，正想上前拦他，后面一个护士说："手术很成功，病人已经脱离危险了。"

一刹那肖梅激动得泪流满面，她冲陆晨的背影大声说："陆晨，谢谢你！太谢谢你了！"

然而，陆晨头也没回，瘦削的背影很快消失在走廊尽头。

秋天的礼物

2015年中秋，我收到了一个来自湖南武陵的大包裹，打开一看，是四只酱板鸭和一大袋子武陵山珍。我脑子里顿时冒出一个写小说的文友江风，因为在武陵，我只有这么一个朋友，就马上拨通了他的号码。

没想到，江风却在电话那边一头的雾水："礼品？没有呀，你搞错了吧？"

听口气，江风绝不是开玩笑，那么这礼品究竟是谁寄的呢？我在快递包装上找到了一个地址和电话号码，当即就打了过去。接电话的是一个温柔的女声,她说这里是武陵特产店,礼品是店里替购物的客户寄的,客户没留下联系方式……

我想破了脑袋,也没想起武陵还有什么朋友。这件事就成了一个悬案,但每年的中秋前夕,我都会收到来自武陵的特产。每次我都会给那家特产店打个电话,让她下次一定留下寄货人的联系方式。但到了下次,她总是说忘了。我感觉她是故意的,却又无可奈何。

直到2019年的中秋,我第N次收到礼品后,忽然想了一个办法:拒收,把礼品退了回去。

几天后,有个叫"武陵山珍"的人申请加我微信,我当即就同意了。

很快,我收到一条微信消息:邢老师,您还记得我吗?2005年的夏天,半夜,在德州共青团路,那个惹了祸却赔不起钱的穷学生。

我回复了一个"晕"的表情。

对方接着说:"当时您恰好路过,慷慨解囊,为我付了300元钱,才让我渡过了那一关。"

我脑子里灵光一闪,当即想起来了……

那是十五年前的事了。

那天晚上,我应酬完一个局,步行走在回家的路上。当走到共青团路一个职业学校的门口时,看到前面围了一圈子人,里面传来吵嚷声。我凑过去一看,是一个大约五十岁的中年男子在教训一个学生模样的小伙子。那小伙子低着头,不断地哀求着什么。我问了旁边一个模样斯文的男子,男子小声给我介绍了一下情况。原来，这小伙子骑自行车把那个中年人的电动车刮倒了，把电动车筐摔坏了，中年男子的膝盖也摔破了一层皮，让他赔300元钱，小伙子身上只有几十元……我问："怎么不报警？"斯文男子说："报过警了，警察也来过了，建议他们私了，他们也都同意了300元钱了结此事，只是小伙子没钱，求宽限几日，那哥们不同意……"

我忽然想起自己刚到这个城市时，孤苦无依的凄惶处境，顿时对这个小伙子生出同情，遂掏出300元钱，上前递给了那个满脸愤怒的中年男子。

人们都各自散去后，那个小伙子追过来，索要我的手机号码。我随手掏出一张名片递给了他。小伙子把名片小心地装在自己的口袋里说："叔叔，我一定会还您钱的！"

第二天，我就将这件事抛到了九霄云外，我只是尽了一份道义，从未想过这笔钱是否能还回来……

我给他发过去一个笑脸。

过了一会儿，"武陵山珍"发过来一段长长的文字：那天晚上之后，我几乎天天想着尽快还您的钱。我来自山区，父母病亡，家里无人供养我读书，生活费都是边上学边打工挣来的。想要挤出300元钱来，实在是不容易。后来我把希望寄托于以后，想毕业以后上了班再还您。毕业后，我四处求职，却屡屡碰壁。渐渐地，就把这件事情淡忘了。后来，我在家乡武陵找到了商机，开了一家"武陵特产店"，利用网络向全国各地推销，很快就打开了市场。有一天，我在整理自己的旧物时，发现了您的名片，内心顿时一片惶恐。我不知道该怎么面对您,也知道时至今日,再还您那 300 元钱已远远不够……我想了很久,觉得只有加倍地偿还您,才能抚平我愧疚的心。我担心您拒绝,就开始悄悄给您快递我们当地的特产……

我忽然感觉心情非常愉悦,回复他说:无论时间长短,你都已经履行了诺言并加倍偿还了我。谢谢你给了我一个继续履行这种道义的理由,这对我今后的人生很重要……

现在,我和"武陵山珍"成为无话不谈的好友,经常通过微信探讨人生。我一直没有问过他的真实姓名,因为名字并不重要。

窥 视

这些天以来,小苟每天都看着钟点盼天黑。因为每天晚饭后小苟要干一件他非常愿意干的事——看王莹洗澡。

小苟是偶然发现了王莹有每晚洗澡的习惯的。小苟的宿舍离女宿舍很近,有一天晚上小苟从王莹的宿舍门前经过,听到屋里传出了"哗哗"的水声。王莹是单位的一级靓女,小苟又处在对女人很感兴趣而又缺乏深入了解的阶段,所以小苟很想看看光身子的王莹是什么样子。开始时小苟试图从门缝里瞅,结果门缝太严,什么也看不见。小苟就又猴急地蹿到屋后,想从后窗户上做点文章。后窗户是大玻璃,可是王莹在玻璃的里面贴上了报纸,小苟急得抓耳挠腮,只看到报纸上印的一只大熊猫的轮廓。后来小苟终于想出了一个办法，他趁王莹到前院的水池边洗衣服的工夫，悄悄溜进王莹的宿舍，把后窗户玻璃上的报纸抠了一个黄豆粒大小的小洞。

第二天，小苟见王莹仍然像个快乐的天使，在办公楼里飞上飞下，胆子就大起来。到了晚上，小苟贼一般溜到王莹宿舍的后窗下，透过那个黄豆般大小的小孔往里窥视。这一看，小苟蓦地呆了！王莹正一丝不挂地在屋里洗澡，小苟看到的是王莹的侧面，那洁白如玉的肌肤和起伏有致的线条淋漓尽致地展现在小苟的眼中，立时使二十岁的小苟体内发生了异样的变化。

自此，看王莹洗澡成了小苟每晚的必修之课。小苟并不想怎样，他只是想看。有时小苟也想再看一次就不看了，可是小苟最终没有抵挡住那种美妙的诱惑。小苟感到自己正滑向罪恶的深渊，而他又没有能力控制。他一方面感受着王莹的青春躯体带来的刺激，一方面还承受着罪恶感带来的痛苦。小苟矛盾极了。

小苟终于下定决心，再看一次绝对不看了。小苟下这次决心的时候正在王莹的窗下。下完决心后小苟毅然将眼神从室内抽出来。小苟正为自己的勇气感到自豪时，右肩被人不轻不重地拍了一下。小苟一哆嗦，回头一看是另一个科的小宋，就尴尬地嘿嘿了两声。小宋也嘿嘿了两声，没说什么，两人就都离开了。

第二天晚饭后，小苟决定以散步的方式消磨睡觉前的这段时间。走来走去小苟竟鬼使神差地又来到了王莹的宿舍后面。小苟暗骂了自己一声"馋狗离不开肉架子",正想离开,猛然发现王莹的窗下站着一个人。小苟想是谁接了自己的班,就悄悄走过去,在那人的肩上不轻不重地拍了一下,那人一哆嗦,回过了头,竟是小宋。小宋尴尬地冲小苟嘿嘿了两声。小苟也报之以两声干笑。两人就离开了。

第三天晚饭后,小苟又来到王莹的宿舍后,想看看小宋是不是又来了。他往后窗户那地方一看,顿时又惊又怒,后窗下竟站着三四个人,在争先恐后地抢占着最佳位置,最活跃的是小宋。

小苟大喊了一声:"来人了!"人群才"哄"地一下散了。

一种难以言说的痛苦时刻压抑着小苟的心。这种痛苦里包含着愤怒、懊悔、嫉妒和无奈。最令他难受的是还蒙在鼓里的王莹,她整天仍然像一个快乐的天使,在众人面前飘过来飘过去。她一点儿也没有感觉到人们看她时那异样的目光。她那美丽的裸体已被人看到了,而她一点儿也不知道,小苟觉得她可怜极了。

小苟决心将那个孔补上,给这件事画上一个句号。在一个星期天的上午,小苟趁王莹去水池边洗衣服时,又悄悄溜进她的宿舍。小苟掏出随身携带的化学胶水,拧开盖子,将胶水涂在那个小孔上,然后从口袋内掏出一张指甲大小的小纸片,贴了上去。做完这些,小苟退后几步,认真地看了看,觉得挺满意,就将胶水装在自己口袋里,想转身溜走。小苟刚转过身,就惊得差点儿尿了裤子。王莹正站在门口,静静地看着他。小苟做贼心虚地看了看后窗户,一时不知说什么好。

"你出去。"王莹轻轻地说。

小苟忐忑不安地度过了这个星期天。第二天一上班,小苟就被一个消息击晕了:王莹昨天晚上服安眠药自杀。

小苟醒过来之后就变了一个人。从此,小苟的口袋里经常装着胶水,见到窗玻璃就往上贴纸,整个办公楼上的玻璃都被他贴上纸后,他被送进了精神病院。

王莹服药自杀,但被抢救过来了,之后她就调走了,走得很远,谁也不知她去了哪儿。

卧　底

两年前,金元洪被李元庄的仇家追杀得鲜血淋淋一头撞进黎明寨时,谁也没有怀疑这是一场前人已经用了千遍万遍的苦肉计。

黎明寨和李元庄有世仇,几百年来,大小械斗发生过几十起,两个村子几乎家家户户都有人在械斗中丧生,所以,两个村子结成了世世代代也解不开的血海深仇。金元洪既然是李元庄的敌人,那就一定是黎明寨的朋友,这是黎明寨的寨主黎天鹏的逻辑,这种逻辑在全寨人的心目中也是非常正确的。况且,金元洪向黎寨主讲述自己一家被李元庄庄主迫害致死的经过时,声泪俱下,谁也无法相信那竟是演戏。

从金元洪对自己曲折身世的叙述中,黎天鹏知道他有一身好功夫，待他养好伤后，就留他在府中做了教头，还特别嘱咐其用心教一下少寨主黎汉。

黎汉和金元洪好像天生有缘，两人经过几天的熟悉后，很快就形影不离了。每天一大早，金元洪便开始教黎汉练武。说来也怪，这黎汉平时并不热衷于学武，但自从跟了金元洪，忽然就对武术痴迷起来。为了便于早晚练武，他甚至擅自和金元洪搬到了一处。对此，寨主黎天鹏也听之任之。平日闲暇时，黎天鹏便将金元洪约到自己的房间里，两人饮酒长谈，一醉方休。一次，酒至酣处，黎天鹏还提出将自己的妹妹许配给金元洪。金元洪虽然推说家仇未报不便谈及婚嫁，但他的两只眼睛分明湿润了。

金元洪在黎府一待就是两年。由于寨主的重视，他在黎府的地位一直比较特殊，连总管也得敬他三分。至于少寨主黎汉，更是和他好得如同兄弟。

黎汉是偶然发现金元洪绘制地图的。那天晚上，黎汉睡到半夜，被一泡尿憋醒，见金元洪正趴在床前的桌子上，聚精会神地画着什么，由于好奇，他就悄悄站了起来，越过金元洪的肩膀去看桌上那张摊开的草纸。这一看，他吓了一跳，这是黎明寨的地形图。黎汉虽然只有十五岁，那他也知道，黎明寨之所以可以和人多势众的李元庄抗衡，都得益于黎明寨周围和寨内复杂的地形，外村人进来就迷糊调向，想出去可就太难了。因此，多年以来，外村的人们都管黎明寨叫"迷魂寨子"。黎明寨和李元庄的很多次械斗，都是以黎明寨不敌而退回寨子结束。李元庄的人虽然早想除掉这个心头之患，但因为不熟悉地形，不敢贸然进寨。所以说，黎明寨的地形图，就是寨子的命根子。黎汉年龄虽小，但胆大心细，他当时没有吭声，悄无声息地躺回了原处，硬是将一泡尿憋到了天亮。

起床后，黎汉照常跟金元洪一块儿练功，等练完功后，他才跑回后院，将自己的发现告诉了父亲。

对此，黎天鹏表现得相当冷静。他嘱咐自己的儿子，先不要把这件事情告诉任何人，对金元洪要一如既往，只是他出寨时要想法阻止他，并尽快向他报告。

从此，黎汉就加紧了对金元洪的监视。每天晚上，他总是先上床假寐，暗暗注意金元洪的一举一动。终于，在一个夜晚，他发现金元洪又将自己精心绘制的地图扔到了炉火之中。

黎天鹏得知这一情况后，立即断定：金元洪已经将寨子里的地形熟记在胸，准备离开了。事不宜迟，必须将他抓起来，如果被他走掉，寨子里的两千多人就要大难临头了。但转念一想，黎天鹏又犹豫了，金元洪已经将地图烧掉，现在一点儿证据也没有，师出无名啊！

正在黎天鹏左右为难时，突然有寨丁来报：金元洪有一封书信要求转给寨主亲阅。黎天鹏接过书信，还未拆阅，又有一个寨丁慌慌张张地来报：金元洪擅自出寨，庄丁们拦截，他竟抓了少寨主黎汉做人质，强行出了寨门。

黎天鹏立即带人出寨追赶。

黎明寨二百多个庄丁将金元洪围在了一片方圆只有几十米的小树林中。但人们投鼠忌器，怕金元洪伤了少寨主，所以，谁也不敢冒险往里闯，更不敢开枪。

双方正僵持不下，李元庄方向忽然传来一片枪声和呐喊声，并且越来越近。显然，他们是听到枪声后来接应金元洪的。

怎么办？人们都把目光投向寨主黎天鹏。

人们都清楚，硬拼，李元庄的人数至少比己方多两倍，而且武器也好，最终的结局还是退回寨子里。但那样金元洪就会乘机逃脱，后果不堪设想。

"开枪！"忽然，黎天鹏大吼了一声，并率先向林子里开了一枪。

没有人开枪，因为人们知道，开枪就意味着将少寨主也送进了鬼门关。

"弟兄们！为了全寨两千条命，开枪呀！"黎天鹏发火了，并向树林里连续射出了一梭子弹。

枪声大作，密集的子弹从四面八方飞进小树林！袭击了小树林的每一寸地方。

片刻之后，黎天鹏喊了一声："停！"

枪声停下来了。黎天鹏第一个扑向小树林！寨丁们紧随其后。

尸体找到了，是金元洪的，他身中数十弹，已惨不忍睹。令人惊异的是，少寨主黎汉竟毫毛没伤，他被金元洪宽大的身躯压在一个小凹坑里，阻挡了一切可能飞来的子弹……

为避免伤亡，黎天鹏带着寨丁们迅速撤回到寨子里。

回到家，黎天鹏首先找出金元洪写给他的信，展开一读，不由得热泪盈眶。

黎寨主：

您好！

谢谢您两年来对我的关照，我十分感激，通过两年多的接触，我非常佩服您的为人。今天，我要离开了，有些事情需要向您说明，否则，我将终生愧疚。

我是李元庄的少庄主，真实姓名叫李少春，奉父亲之命来您寨卧底，本打算等摸清您寨子的地形情况后，带我的人来血洗黎明寨，以了却数百年的仇恨。但是，通过对您的了解，我发现您及少寨主都是十分仁厚善良的人，对于我一个无家可归的落魄人尚如此，假如，我们没有以前的仇恨，您对于我们李元庄这样"鸡犬之声相闻"的邻村人肯定更加关照，既如此，我们何苦要世代互相残杀下去呢？经过慎重考虑，我决定回村劝说父亲，与您寨修好，结束数百年来的悲剧。我知道，在事情没有办成之前，你不会放我走，因为我已经熟悉了你寨子的地形。所以，我决定不辞而别，假如走得不顺利，可能会有冲突，但我不会伤害贵寨的任何人，请勿怪，我一定会使两村修好。

时间匆忙，不再赘言了，来日待两村修好，定当登门谢罪。

小侄李少春敬上

黎天鹏看罢信后，擦干眼泪，长叹一声："唉！这是劫数呀！"

自此，黎明寨和李元庄的仇结得更深了，彼此打打杀杀的悲剧仍然上演着。

特殊试卷

刘泉是全局公认的老好人，他对什么事情都不争不抢的，历来听天由命。

有人说，好人没好命，这句话不全对。这不，局里分房子，刘泉一没职务二没后门，竟然弄了一套和局长对门的大房子。据知情人说，局长放出话来："像刘泉这样的老实人，就不能让他吃亏，谁要攀比他，就是和我过不去。"

就这样，老实人刘泉很容易地弄了一套三室一厅的房子。

不仅如此，搬进新房子仅仅三个月后，刘泉就由一个普通职员升任为副科长。这一点人们并不奇怪，近水楼台先得月嘛，刘泉和局长住对门，就是送个礼什么的也比别人方便呀！

其实，只有刘泉自己知道，他从来没有给局长送过一分钱的礼。只是，他经常替局长收礼。

原来，局长和夫人应酬多，家里的孩子由另住的老人带着，所以家里经常没人。局长就在搬进新楼的第一天，给刘泉安排了这份特殊的工作：替局长收礼。局长说："这件事交给别人我不放心，我只相信你一个人。"刘泉在频频点头的同时终于明白了自己白捡一套好房子的真正原因。

刘泉对这项工作非常尽心尽责。只要一听见对门门响，就赶紧开门迎出去，对来人说局长不在，有什么事情可以对他说。对送来的礼，他都记下是谁送的，需要捎话的，他都记在纸上，连同礼物一块儿转交给局长。也有不需要捎话的，只要求告诉局长自己的姓名，刘泉也不多问，一一照办。

来送礼的人，大多数是送现金，只有少数拿烟酒等礼物的。还有来了后什么也不说什么也不问的，扔下一个红包就走。逢这时，刘泉就拉住人家追问姓名，人家死活不说，只要求将"心意"转达就行了。碰到这种情况，刘泉也向局长如实汇报，并将所送"心意"如数上缴。每次，局长都很满意，笑眯眯地拍着刘泉的肩膀说："好好，你确实能干，我没看错人。"

又过了几个月，刘泉的上司周科长因工作失误被免了职，刘泉升任了科长。

春风得意的刘泉在当了科长后，也开始有人送礼了。但给他送礼的人大多数是送的实物，值不了几个钱。每当接到转送给局长的大宗现金，他都羡慕不已，爱不释手。后来，他发觉隔一段时间就有人送来一笔可观的现金，来人既不报姓名也不说求局长什么事，只要求转达"心意"就可以了。刘泉在这类钱上开动了心思。他想：既然来人什么都没有说，看来是办成事后对局长表示感谢的，那么这笔钱的数目局长并不一定知晓。于是，刘泉对这类钱开始了克扣。第一次，他没敢多留，只扣了五分之一。事情过后很长时间，他见局长没有任何反应，知道局长收的钱太多了，根本就没个数。第二次，他就试着扣了一半。局长仍然没有反应。第三次，他狠了狠心，干脆全部扣下了。

刘泉在克扣了局长三次钱之后的一个晚上，局长来到了刘泉家里。尽管局长满脸微笑，做贼心虚的刘泉仍然心跳如鼓。局长笑着说："刘泉，这些日子你帮了我不少忙，我呢，也算对得起你了，你这个年龄，只能给你弄到科级了。"刘泉忙不迭地点头说："谢谢局长，谢谢局长。"局长说："不用你谢，有点儿小事希望你能配合，你替我'办事'这件事儿，现在外面有了传言，为了避免不必要的麻烦，我看，还是给你调一下房子吧，调一套比这套大点儿的。"尽管刘泉心里有一万个不愿意，但是局长决定了的事，他哪里敢违抗。

刘泉不再和局长住对门了，他现在的对门是他以前的顶头上司周科长，不过现在刘泉已经取而代之了。

周科长自从被免了科长职务后就一直在家里休病假，所以很悠闲。逢星期天，他都要弄几个菜，叫刘泉过去喝几杯。刘泉自从不和局长住对门之后，心情不好，所以经常借酒浇愁。这样，他和周科长就成了酒友。

周科长喝多了，红着眼睛问刘泉："刘科，你知道局长为什么不让你住对门了吗？"

刘泉说："不就因为那些风言风语吗？"

周科长狂笑了一阵说："错！是因为你克扣了局长的钱！"

刘泉是老实人出身，不会拐弯抹角，当即就惊道："你怎么知道？你又不上班。"

周科长笑了笑说："你忘了吗？我以前也和局长住对门。"

刘泉问："那，以前你也帮他收过礼？"

周科长说："对，收过，也扣过。不过，很快就被他发现了。"

刘泉说："局长真是神人，你说他是怎么发现的？"

周科长又说："错！他不是神人，他是小人，他隔一段时间就派人送一笔没有名堂的现金，试试你收了后是不是交给他。"

刘泉如梦初醒，原来，那一笔笔既不需要任何交代也不留姓名的现金，是局长考查他的特殊试卷呀！只可惜，他没能及格，但在金钱的诱惑下，有几个人能及格呢？老谋深算的周科长不也在自己之前落马了吗？

刘泉仍然不解地问："周科长，你说局长他既然知道了我扣他的钱，为什么不揭穿我，还给我换了这套更大的房子。"

周科长拍了拍刘泉的肩膀说："你想，你知道局长的这么多'秘密'，他敢给你玩狠的吗？你要是急了眼，举报他怎么办？所以说呀，只能慢慢地收拾你，还让你产生不了很激烈的对抗情绪。"

不久之后，刘泉因工作需要被调到了工会，负责发放劳保用品。刘泉明知局长这是在整他，但他转念一想，自己本来就是个平头百姓，过了一把"科长瘾"，又弄了一套大房子，该知足了。刘泉就恢复了常态。

遗产密码

麻七父母双亡,无兄弟姐妹,自小懒惰成性,成年后也不务正业,靠小偷小摸地弄点儿小钱,勉强糊口过日子。别人劝他干点正事,他还振振有词:生在这么个破地方,怎么干也是个穷,等来了运气再说吧!他等运气等到了三十大几,不但运气没来,连媳妇也没等来一个。

但麻七的好运气说来就来了。这天下午,村长把一封信和一张包裹单送到了麻七的家里。村长一进门就对麻七说:"麻七,好家伙,新加坡来的哩!"麻七拆开信一读,当即就蹦了个高儿,他一下蹿到院子里,扯着嗓子狂喊道:"我麻七也时来运转了!我发财了!哈哈哈!"

村长从他手里夺过那封信,仔细一读,眼睛也直了:这个麻七,还真的是时来运转了哩!信是这样写的:

麻七侄儿:

我是你的堂叔麻林,虽然你不认识我,但我的爷爷和你的老爷爷是亲兄弟,我爷爷是长子,我们有着很近的血缘关系。我爷爷三十岁那年来新加坡做工,在这里娶妻生子,一直到去世也没有机会回去。我的父亲也去世多年了,享年84岁。现如今,我也是70岁的老人了。我孤身一人,膝下无子,现身患重疾,将不久于人世了。近来,我托朋友千方百计打听到了你，知道你是我们麻家目前唯一的传人了。我本想让你来一趟新加坡，但我的时间已经不允许了。所以，我只能把我们麻家的传家之宝寄给你了，望查收。

你的叔叔麻林

2014 年 3 月 18 日

村长又看了看那张包裹单，虽然在"内装何物"一栏内填写的是"日用品"二字，但在保价金额一栏里赫然写的是"一万美元"，这相当于六万多元人民币呢，足见包裹之中的物品何其珍贵了。

麻七的家里平生第一次围满了人，那封信和包裹单在众人的手里传来传去，都被揉搓得看不清纸的颜色了。一直闹到了晚上，人才渐渐地稀了。村长没走，村长说："麻七，你发了财，晚上请客吧！"麻七面红耳赤地说："请客倒是该请，可……可……我这……"村长知道麻七的难处，就亲切地拍了拍他的肩膀说："麻七，没钱不要紧，到饭馆里赊嘛！"麻七一听更窘了，麻七说："我……我赊过，可开饭馆的老刀就是不赊给我，说了多少好话都不中。"谁知这老刀就在他背后，当即接过话来说："麻七，不不，麻哥，谁说不赊来？要几个菜几瓶酒，你说个话，我立马办！"麻七说："你不怕我还不起你？"老刀说："咳！你提这茬干吗？再提这茬我给你跪下！"老刀很快给送来了一桌子的酒菜，村长和村里的几个干部兴致很高地喝了起来。一直喝到深夜，村长等人才歪歪打打地走了。

第二天一大早，村长亲自驾驶摩托车，载着麻七来到了县城的邮政局。包裹从那个绿色窗口里递出来时，麻七的心都快蹦出来了。他两只手哆哆嗦嗦地老拆不开，村长等得不耐烦了，夺过来三两下就把它拆开了。

两个人都愣住了。包裹里装的不是他们想象的金银珠宝，而是一本类似于账簿的线装书，封面用繁体字写着"麻氏宗谱"，原来这"传家宝"是麻家的谱志，也就是人们所说的"家谱"。麻七不死心，把谱志从第一页翻到了最后一页，还是一无所获。麻七一刹那心如死灰，折腾了半天零一宿，他得到的竟是这么一个不值一文的东西！他忽然又想到了昨天晚上的那顿酒菜，四五百块呀！拿什么还呀！他越想越气，三把两把将谱志撕得粉碎，随手扬在了地上！

村长说："麻七，这是你的家谱呀，哪能撕了哩？"麻七说："我连个媳妇都没有，肯定断子绝孙了，要这个破东西有嘛用呀！"村长忽然绷起脸说："麻七，你自己坐公共汽车回去吧，我还得办点儿事。"麻七愣了愣，什么也没说，他知道自己已经没有资格坐村长的摩托车了。

麻七回到村里时，发现村头围了很多人，像看猴戏似的瞅着他笑。他低着头想从人群里穿过去。开饭馆的老刀过来一把抓住他说："麻七，我知道你没钱，咱也不为难你，从明天开始，你每天来我饭馆里干活，干上两个月，那饭钱就抵消了。"从此，麻七就每天来饭馆"上班"了。

事情到此本该结束了，可不久之后的一天，村长又拿了一封新加坡来信走进了麻七的家里。

麻七像濒临死亡的人见到救命稻草一样，迫不及待地拆开信看了看，人就呆了，他一瞬间变得目光呆滞，神色恍惚，嘴里喃喃地道："完了……那本家谱……不该撕呀……"

信是麻林的律师写来的：

麻七先生：

您好！我是麻林先生生前委托的律师陈一诺，麻林先生已于三日前离世。他的家产已经全部拍卖，共计1200万美元。根据他的临终嘱托，这笔钱属于您继承。目前，本人已经将这笔遗产打入您所在县的中国银行，您只要拥有取款密码，就可以将这笔钱转到您的个人账户上。至于密码，麻林先生已经在生前写在了谱志的第一页反面并寄给了您，这个密码仅麻林先生和您知道。根据先生遗愿，如您三个月内不取款，视为放弃，这笔款将由本人负责捐献给福利事业……

村长把信从他手里抽出来，很仔细地读完，叹了口气说："麻七，你没这个命呀！"

最后的旅行

当靳小东和柳红岩看到遇难同伴的坟头时，炎热的日头下，两人的心都降到了冰点。在沙漠里辛辛苦苦跋涉了半天，竟又转回来了。

他们参加的这次探险旅游，连导游加本地向导，一共十二个人。没想到，进入沙漠深处的第二天，团队正在休息，遮天蔽日的黑风暴就铺天盖地而来。幸亏，在风暴来临前，靳小东和柳红岩正在附近一片已经干枯的胡杨林里解手。风暴来临时，两人同时抱住了一棵大腿粗的胡杨树，才没有被风暴吹走。风暴过后，他们攀着树从沙子堆里爬出来时，同伴一个也不见了。两人都吓坏了，身子不知不觉地靠近了，两只手也紧紧地抓在了一起。

"怎么办？"柳红岩声音颤抖地问。

靳小东紧紧攥了攥她的手说："别怕，有我呢！"

平静下来之后，在靳小东的提议下，两人围绕着刚才团队休息的地方，开始了寻找。但是，风暴过后，地势地貌全部改变了，他们连一点儿痕迹也没有找到。他们不甘心，又扩大了寻找的半径，走出了很远，才找到了一具同伴的遗体。那是一个女人，他们和她并不熟，但是她穿着他们团队统一的旅游服。两人休息了一会儿，用手挖了一个坑，将女人就地掩埋了，还起了一个小小的坟头。然后，他们凭着感觉，向沙漠的边缘跋涉……

两人重新回到同伴的坟头，感觉浑身一点儿力气也没有了，同时瘫在了沙地上。

靳小东和柳红岩是一对夫妻。两人相遇时，都已经属于"大龄青年"了。没处几次，柳红岩就怀了孕，两人都觉得对方还行，就草草结了婚。女儿出生之后，他们从两人世界的浪漫跌落到现实的柴米油盐里，性格差异逐渐暴露了出来，开始是小摩擦，后来分歧越来越多，越来越大，吵架也从口斗升级为武斗，后来又转变为冷战，互相仇视……女儿六岁的时候，两个人都觉得实在过不下去了，这种环境也不利于女儿成长，于是，两人和平谈判，协议离婚。

还是柳红岩先提出来的，两人办离婚手续前，来一次"最后的旅行"，也算是他们终结婚姻的一个仪式。或许，换个环境相处几天，两人之间的感觉会有所变化。没想到，这个浪漫的想法把他们带入了绝境。

水早就喝光了，两人已经严重脱水，像两具快被晒干的尸体。炎热的日头下，两人四目相望，都流下了绝望的泪水。

靳小东感觉身体像散了架，又困又累，他闭上眼睛，意识逐渐模糊了……

迷迷糊糊的，靳小东感觉有一股散发着腥味儿的液体流进自己的嘴里、喉咙里……他的咽喉逐渐湿润舒适起来。良久，他感觉自己恢复了点儿元气，慢慢睁开了眼睛。眼前的一幕，让他吓了一跳！

妻子柳红岩歪倒在身边，她的一只血淋淋的胳膊放在他的嘴边，手腕上的伤口，已经愈合了。他将妻子抱在怀里，大声喊着她的名字，并用力晃了几下，妻子一点儿反应也没有。他在自己手腕的动脉上狠狠咬了一口，血，顿时冒了出来，他赶紧将伤口放在妻子的嘴边。

鲜红的血，缓缓流入柳红岩的嘴里……

靳小东的伤口快要自动愈合的时候，柳红岩终于"哼"

了一声，睁开了眼睛。

靳小东用沙哑的嗓子问："你为什么这么傻！我们都要离婚了！"

"……我们都死了，咱的孩子怎么办？她只有六岁呀……"柳红岩太虚弱了，她声音极小，靳小东勉强才能听得见。

柳红岩接着说："我要你活着，你比我收入高、能力强，能给孩子一个幸福的未来……"

"可是，孩子没了妈妈，还能幸福吗？"靳小东说着，眼里流出了两滴清泪。

柳红岩说："你不该救我，这样，我们一个也活不了……"说着话，她艰难地把手腕放在嘴边上欲咬，靳小东一把将她的手抓过来，放在了自己的胸口上。柳红岩已经没有力气和他争了，只能静静地躺在他的怀里。

两人抱在一起，一会儿就都陷入昏迷中。

三个小时后，他们意外获救了。这支探险队和旅游公司失去联系后，旅游公司报了警，警方和当地的救援志愿团队一直在寻找他们。

这个团队的人都被找到了，但只有靳小东夫妻被救活了。事后，有专家得出结论：是他们互相喂血，拖延了死神的脚步。

回到家后，两人把《离婚协议书》撕了。

关键时刻都能把生的机会给予对方，还有什么不能容忍的呢！

具丘山笔记

杀猪记

1993年早春，清晨，和敬民兄去田庄买猪。昨天敬民已经联系好，与卖主谈好了价钱。

见了那猪，我吃了一惊：那猪大似牛犊，鬃毛又粗又长；嘴长过尺，左右各有一颗獠牙兀出，白得有些阴森。离得近了，一股浓重的骚臭之气直逼过来，几欲作呕。这是一头六岁的种猪，已到了退役的年限。主人为便于它平日的交配，自幼年便在它脖子上系了一副铁链，那铁链一半被它磨得锃亮，离它远的那一半，却锈迹斑斑，还粘了些许粪便。交了钱，敬民顺手将铁链子一牵，我在后面拿根秫秸赶着，猪便顺从地跟着走了，铁链子叮叮当当响了五六里路，竟没有一丝挣脱的举动。

它当成了平日里去行那传宗接代的好事，安能不从？

屠宰便在敬民家里。将铁链缠在一棵榆树上，勒紧。而后，我们在猪的右侧蹲下，敬民在前，我在后，互相交换眼神之后，共同疾伸双手，我抓两只后蹄，敬民抓两只前蹄，共同发力，往横里一拽，那猪先是右边的两蹄子离地，而后庞大的身子訇然侧倒。猪这才警醒，然而，为时已晚，它虽力大，但四蹄朝天，蹬不到地，千斤之力也无从发起，只能拼命嚎叫，对天乱踹。不消片刻，二人将猪的前、后两蹄各用麻绳绑紧。我摁住猪的后半身，敬民用膝盖压住猪头，左手抓住猪下巴，用力一掰，猪脖子露了出来。随后，敬民就拿起了气刀，那刀窄长，锋利。敬民右手持刀，刀刃朝外，运力，将气刀插入猪的咽喉，刀只进去半寸，已插不动。猪拼命挣扎，眼看已按不住。敬民满脸大汗，右手加力至发抖，刀仍不进。猪痛，一声大嚎，竟翻过身来，二人均被甩在一边。那猪的四蹄一着地，只三两下，便将麻绳挣断，遂冲我扑了过来！缚它的铁链也应声而断！猪来势甚猛，两眼已现血光。我大惧，见一鸡窝依墙而垒，遂纵身跃上，稍一缓力，又跃上土墙，刚刚坐定，那鸡窝已被猪冲塌。猪接着撞击土墙，因土墙多年受潮受碱，墙根多处已经碱透，十分薄弱，被撞之下，竟剧烈晃动起来，差点使我闪下墙头。敬民于惊惧中醒来，抄起一铁锨，朝猪脑袋上猛拍一锨！那猪一声哀嚎，转身又朝敬民扑去！我从墙头跳下，寻了一把镢头，对准猪头乱砸。那猪见二人都抄了家什，不再攻击，围着院子逃窜。但大门早已锁好，猪无路可逃，周旋空间又小，便发狠，不顾我们手中的家什，向我二人轮番攻击！二人竟不敌，敬民躲闪之下，脚下一绊，仰天跌倒。猪欲扑，我持镢横在敬民身前，瞄准猪太阳穴，用力一击！正中。猪终于晕了，摇摇晃晃倒下。敬民翻身爬起说：快快！趁它没醒。重新将猪绑好，合二人之力，将气刀插入猪之咽喉，血疾喷而出！喷出五尺有余！腥膻之气随之漫开。敬民几次欲呕，其妻拿一毛巾，给他蒙了嘴，才敢接近那猪。随后，卸蹄、斩头、削尾，敬民是老手，持刀在猪蹄、猪脖、猪尾的骨缝间游走，庖丁解牛般，只用五六分钟的时间，便已拾掇利索。接下来是剥皮，我持剥刀，先从咽喉的刀口处行刀，沿胸肚正中一路挑下去，直至肛门，挑出一条白花花的中界线。我和敬民各站一侧，从猪肚皮的中界线开始分别往两边剥皮。猪皮足有半寸多厚，抓到手里，直硬，弯不过来，且不能握紧，与以往所剥猪皮的柔软完全不同。敬民叹：怪不得刀捅不入，这家伙简直是铜皮铁骨。只好让刀离皮远点，贴着肉走，方能剥开。耳闻"扑扑"之声，如割老草。待剥毕，摊开，好一张大皮，如一床毛毯。剥了皮的猪通体雪白，仰卧皮上，如同雪堆。稍事休息，遂用铁钩挂住猪后臀，欲用撬棍将其挂上横架，但是猪太重，二人气喘如牛，多次尝试而不成。遂唤敬民嫂，外出请两名青壮帮工，方才将其倒挂上架。开膛，依然是从肚皮开始，用尖刀轻划，恐伤及内脏肠肚。划至胸，一大坨肠竟溢出，欲坠。敬民将刀叼在嘴里，双手抓住大肠的尾处，用力一扯，一挂下水倾泻而出，落在地上的大盆里，腾腾地冒着热气，散发出淡淡的腥味儿。下水和心肝肺之间，尚存一层隔膜，敬民取刀，伸入膛内，左右各划一刀，耳闻嗤嗤之声，隔膜顿开。伸手入内，一掏一拽，一套心肝肺带着残血，连带着气嗓管子被卸了下来，随手丢在一个净盆里。

最后，需将猪肉分成均匀的两片。我站在猪的背面，左手把住猪腿，使其稳定，右手持砍刀，先轻轻浅砍一刀，在尾骨中间砍出一道豁口，然后，握紧了刀，对准那道豁口垂直砍下，一刀下去半尺，刀口正在脊椎中间。敬民赞：真准。随后一鼓作气，又砍数刀，终将猪肉分为两片。从刀口处看，猪通体只有薄薄一层白肉，如同棉絮，里面包的，全是红肉，肉丝粗赛牛肉。敬民说：这猪年头太久，普通人家，不易使其熟烂，只有送到火腿厂，高压高温焖熟灭菌，方可食用。我亦不想到市场去卖，招致食用者恨骂，遂同意。二人将两大片猪肉抬上三轮，送到了火腿厂。结算完毕，刨去成本，每人得人民币百元有余，相当于普通工人一月薪水。都大喜，且天已近午，就近入一饭馆，点豆芽、豆腐各一盘，伴地瓜烧一斤下肚，烂醉而归。

那头种猪五百余斤，在我杀猪生涯中，堪称杰作。后来我弃刀从文，弄墨二十余年，也未能有杰作超越。

深夜奇遇

男人边走边打着电话，男人的另一只手里拿着一对布做的小兔子，兔毛白白的，红红的眼睛在夜色里一闪一闪，很可爱。

"乖女儿，爸爸这就回家了，正在路上……哦，太晚了，没有打到车，只好做步行军了……爸爸给你买了礼物，哦，当然了，也有妈妈的，每人都有份……想吃东西呀，不行的，晚上吃多了不好，再说了，现在商店都关门了，明天补上行不行呀，明天中午，肯德基……听话宝贝，先睡吧，爸爸就回去……"

一男一女，都穿着风衣，不紧不慢地跟在男人的后面，相距不过五六米远。

已是下半夜了，路灯早已经熄了，只有细碎的星光洒在林荫下的柏油路面上。

"非得吃吗？哦，你晚上没吃饭呀……以后晚上一定吃饭……好好，爸爸试一试，吃法式小面包……'好多鱼'也行呀……行行……我尽量给你买……宝贝，等一会儿爸爸……"

男人挂了手机，转身进了一条胡同。

穿风衣的一男一女紧紧跟了上去。

男人对后面的两人毫无察觉，他来到胡同边一间商店的窗户下，轻轻地敲了敲窗户玻璃。敲了很多下之后，里面传出睡意蒙眬的声音："谁呀？"

男人说："对不起，我刚从外地回来，想给孩子买点儿东西，您开一下门行吗？"

"你有病呀！都几点了还买东西？！"屋里的声音分贝数猛地高了起来。

男人说："实在对不起，特殊情况，您开一下门，我出双倍的价钱。"

屋里沉静了下来。

男人在窗下等了一会儿，又轻轻敲了敲窗。

屋里马上传出呵斥声："再不走，报警了！"

男人叹了口气，返身往回走，步子有些沉重。

在胡同口，那对穿风衣的男女堵住了他。

女人说："站住！"

男人怔怔地停下了脚步，诧异地问："你们……干什么？"

风衣男冷笑道："你说干什么？深更半夜的。"

风衣男左手戴着一只白乎乎的手套，右手在风衣口袋里揣着，鼓鼓囊囊的。

男人开始缓慢地后退。

女人从风衣口袋里掏出了一样东西，递到男人面前说："这是我晚餐剩下的一个面包，你拿回去当作给你女儿的礼物吧！"

两个男人同时愣了一下。

女人将东西塞到男人的手里说："快回去吧，你的女儿还等着你。"

在男人迟疑地接过那只面包时，风衣男人逼近了男人，右手从风衣口袋里掏出了什么，女人奋力将他的手塞回口袋，带着哭腔对男人喊："还不走！"

男人恍然醒悟，贴着墙，从纠缠着的两人身边穿过！

直到男人走得不见了身影，女人才放开了风衣男人的手。

风衣男人质问："你怎么了？"

女人长长地出了一口气说："他的女儿在家等他。"

风衣男人冷笑道："都杀了好几个人了，还想立地成佛？"

女人说："我实在是无法下手，对一个这样的男人。"

风衣男人沉默了。

女人忽然扑到风衣男人怀里，肩头剧烈颤动起来。

女人说："咱回头吧，让我给你生一个女儿，让女儿给我们一个家。"

男人叹道："即使回头，还能有家吗？"

女人绝望地大哭起来，哭声在深夜的街道上四处飘零。

求爱攻略

青青，你肯定不知道我们的前世。其实，我也是最近才得知的。我请一个来自茅山的高人给我们推算出来的。我提供给那个高人我们的生辰八字，他闭关推算了九九八十一天才得出这个结果。

青青，前世，你是一个大户人家的小姐，你家门前有一条官道，是进京的必经之路。

我是一个屡试不中的落魄秀才，穷困潦倒。

你十八岁那年，我第三次进京赶考，路上盘缠用尽了，就一边讨饭一边赶路。那一年年景不好，闹了蝗灾，庄稼颗粒不收，讨饭的人特别多。

这一天，我一天没有讨到东西吃，饿得头昏眼花，加上又累又冷，就晕倒在你家的门前。你的管家看到了，怕我死在你的门前，就让家丁把我扔到村外的路边。恰好，你去庙里上香回来，发现了我，看我还有一口气，就让家丁把我抬回了家，用一碗小米粥把我救活了。

你家是书香门第，重视读书人，就把我留在你家里调养。我在你家待了一个多月，因为和你天天见面，日久生情，我们就私订了终身。我发誓如果考中了，一定敲锣打鼓回来娶你。我走的那天，我们在运河岸边的官道上，洒泪而别。

皇天不负有心人，那一年我终于高中，被圣上钦点为头名

状元。我欣喜若狂，就写了一封书信，让邮差给你报喜。

青青，可惜的是，你并没有见到那封信。因为你家没有男丁，管家早就有让他的儿子入赘的想法，那样他就能得到你的万贯家财。如果我们成亲，他的如意算盘就打空了。所以，他扣下了那封信。在这同时，我及第的消息由官差一路送到我的家乡，当然，肯定会在你的门口路过。

青青，你知道了这个消息，就日夜盼着我的书信。这时，我正在京城忙着四处拜访当朝的官员。这时，有人传话给我，当朝宰相有意招我为婿，如果我同意了，就不外放，可以直接留在京城进吏部为官；如果拒绝了，就把我放到千里之外的边陲之地当一个小县令。当时，他们对我恩威并施，而我因一直没收到你的回信，以为你那边有变，就动摇了。

在我成亲的那天，恰好你千里迢迢地来京城寻我，见到我胸佩红花的样子，你马上晕了过去。而我忙于应酬，没有看到你。你醒来后已经在我府上的客房里，是我的管家救了你。你没有见我，身体恢复后，就黯然离去了。

你走后，管家才告诉我这件事情。我猜想应该是你，就骑马去追你，一直追到你的家，也没追到你。从那以后，你在那个世界消失了……

一直到了晚年，在一个偶然的机会里，我在回乡省亲的路上遇到了你，虽然那时你已经白发苍苍，但我仍然一眼认出了你。

那一年，你离开京城后，没有回家，而是遁入了空门。我悔恨交加，但无论我怎样苦苦哀求，你都不肯原谅我了。

我知道在那个轮回里，我们的误会消除得太晚了，曾经的爱情已经无法挽回。临别，我曾对你说，下辈子，我一定还你！如果你肯给我一个赎罪的机会，下辈子就让你的父母给你取名叫青青，我一定会在茫茫人海中找到你，用八抬大轿把你抬回家，好好爱你一生一世……青青，我今生来到这个世上，就是向你赎罪的……

武承伟的真情告白说到这里，房间里已经是一片哄笑声，还夹杂着几声口哨。方青青满脸通红，低着头说："你的故事很动人，但是——我仍然不能接受你……"

竟然拒绝得这么直接，大大出乎了武承伟的预料，他整个人愣在了那里。

武承伟想追求方青青已经很久了，但他没有轻易出手。

方青青很清高，光本公司曾追过她的就有一个班了，全碰了一鼻子灰。武承伟通过观察和多方打探，知道方青青是一个比较喜欢浪漫的女孩，尤其喜欢穿越的故事。他就在她的生日前夕，花了三个晚上的时间，创作了这个凄婉动人的爱情故事。

在方青青的生日派对上，当气氛达到高潮时，武承伟挤到方青青身边，郑重地向她献出了这个故事。没想到，他提前设计的浪漫告白竟遭到了同事们的嘲笑和方青青的直接拒绝。

好在，已经到了吹蜡烛的桥段，同事们很快把注意力转移到青青身上。

武承伟在一片"Happy Birthday to You"的歌声中黯然离开了房间。

武承伟把手机关了,找到一家叫"伤心欲醉"的酒吧,坐在一个角落里自斟自饮。他喝红酒,像喝啤酒一样,一口一干。喝到深夜,酒吧要打烊了,他被两个服务生搀着送出了酒吧。

武承伟摇摇晃晃地走到路口,伸出右手的拇指拦车。一辆出租车在他身旁停下,司机摇下玻璃看了看他,突然一踩油门,逃也似的疾驰而去!

这时,一个人影从树影里扑过来,一下抱住了他。

是方青青。

青青焦急地说:"你知道吗,你吓坏我了,我一直在找你,电话也打不通。"

武承伟轻轻推开她,冷冷地问:"尊贵的公主,你找我干什么?"

青青又用力抱了抱他说:"你走后,我一直心不在焉,我慢慢记起来了……前世你确实欠我的,这一辈子,你得还我。"

昏暗的路灯下,两个人吻到了一起。

整个深夜的街道也温暖起来。

嬗 变

一大早,尤伟就坐在沙发上抽烟,一根接一根,一会儿,就落了一地烟头。

妻子晓萌洗完脸，刚来到客厅，就踩着蛇尾巴般惊叫道："呀！抽这么多呀！你不是这几天胃不舒服吗？"

尤伟不答话，仍然大口大口地抽，一张瘦脸被罩在烟雾中。

"抽抽！抽死拉倒吧！"晓萌一边说着，一边去厨房做饭了。

吃饭时，尤伟说没胃口。晓萌也懒得理他，把女儿送到学校后，顺路买了菜，回到家，看到尤伟还在抽，地上的烟头都摞成了小山，她气就不打一处来。

"尤伟！你怎么了，不想活了？"

尤伟头也不抬，却说出了一句让晓萌震惊的话："咱们离婚吧！"

晓萌一怔，她意识到尤伟不可能开这种玩笑，而且，今天一早他就有些反常。

晓萌坐在尤伟对面，轻声问："为什么？你不是早就答应我和女儿，不再赌了吗？"

尤伟深深地叹了口气说："现在想赌也赌不成了，你看看这个吧！"

尤伟把一张纸递给她。

是一份医疗诊断书，晓萌看了看，没看懂。

尤伟说："我已经查出胃癌晚期，医生说，开刀也没有意义了，保守治疗，最多再能活三个月。"

晓萌的泪一下子就涌了出来。丈夫常年整夜整夜地打麻将赌钱，整天泡在烟雾中，吃饭又没规律，她早就担心过他的身体，提醒过他多次，但他都当了耳旁风。这一下，她的担心，不幸应验了。

晓萌说："咱去最好的医院，用最好的药，兴许，能治好呢！"

尤伟苦笑了一下说："没用。再说，钱呢？"

晓萌无语了，是呀，钱呢？自从尤伟迷上赌钱，家底早就折腾光了，还欠了一屁股赌债。现在，家里就只剩下这套两居室的房子了，还有好几个债主惦记着。

尤伟说："我对不起你娘儿俩，临死，也不想拖累你们了。我想这样，咱们办了离婚手续吧，房子归你们，债务归我，这样，起码我死了以后，你们娘儿俩不会露宿街头。"

晓萌哭着说："不行！我不能扔下你不管，我们是夫妻呀！"

尤伟表现得出奇地冷静，他等晓萌哭过之后，缓缓地说："我知道你不忍，可是，咱们总该为女儿想想吧，如果我这样去了，那些债主都会找上门来，你这一辈子也还不完呀！"

晓萌平生第一次觉得丈夫像个男人了，她真的有些不舍，可仔细想了想，丈夫说得在理，如果他去了，这套房子迟早被人拿去抵债，她和女儿今后的生活也不会安生。

两人心平气和地办了离婚手续。

为瞒住女儿，尤伟走的那天，什么也没带，说是出门做生意。

出门前，尤伟将一个大信封交给晓萌说："这是我最近赢的五千元钱，留给你吧，我用不上了。"

晓萌不接，尤伟硬塞到她手里，头也不回地走了。

丈夫一走便没了消息。晓萌牵挂着，却苦于联系不上他，也找不到他，只能一心照顾女儿，打理店里的生意。晓萌开着一个裁缝店，从前生意是不错的，可后来丈夫迷上了赌博，她店里挣的钱，全给他填了窟窿。丈夫走后，晓萌一门心思全扑在店里，生意又一天天地好了起来，日子也有了起色。

这一天，晓萌去一家酒店送刚做好的工作服，刚进大厅，就见到一个熟悉的男人，和一个年轻女孩子手牵手地走出酒店，晓萌忍不住大喊："尤伟！"

尤伟头也没回，倒是那年轻女孩子回了回头，两人就出去了。晓萌追到门外，见两人钻进一辆宝马，风一般驶上了大街。

晓萌以为自己认错人了。就又回到大厅。吧台的经理问晓萌："晓萌姐，你认识尤老板呀？"

晓萌问："哪个尤老板？"

经理说："就是你刚才喊的尤伟呀！他可是个大老板，前些日子，买福彩中了五百多万元，离了婚，买了新房、新车，又娶了新娘子，新娘子可漂亮了……"

后面的话晓萌基本没听清楚，她心里已经乱作一团。

后来，晓萌多方打听，终于证实了：尤伟确实中了五百多万元的彩票，就在他们离婚前。

消息传开，很多人为晓萌不平，让她去法院告尤伟，拿回自己应得的那份财产。

晓萌却很平静，晓萌说："他的心已经走了，要钱又有什么用？"

晓萌仍旧过自己的日子。

两年之后的一个星期天上午，下着雨，晓萌正在店里忙活着，给聘用的几个女孩子分配任务，尤伟推门走了进来，淋得像个落汤鸡。

晓萌不理他，该干什么干什么。

尤伟在门口站了半天，终于开口了："晓萌，我……我想见见孩子……"

晓萌笑了："你还没死呀，不是胃癌晚期吗，怎么活了这么长时间。"

尤伟无语，良久，才低下头说："晓萌，给我一百块钱吧，我想给孩子买点儿东西。"

晓萌知道他的钱肯定又输光了，就扔给了他一百块钱。尤伟拿了钱，走了。

中午，晓萌回家时，见女儿正坐在沙发上，边看电视边吃着面前的一大堆零食。

她的前夫尤伟，坐在沙发的一个角上，怯怯地望了望她，低下了头。

玉米的馨香

那片玉米还在空旷的秋野上葱葱郁郁。

黄昏了，夕阳从西面的地平线上透射过来，映得玉米叶子金光闪闪，弥漫出一种辉煌、神圣的色彩。

三儿站在名为"秋种指挥部"的帐篷前，痴迷地望着那片葱郁的玉米。

早晨，三儿刚从篷内的小钢丝床上爬起来，乡长的吉普车便停到了门前。乡长没进门，只对三儿说了几句话，就匆匆忙忙地走了。

三儿便在乡长那几句话的余音里待了半晌。

"明天一早，县领导要来这里检查秋收进度，你抓紧把那片站着的玉米搞掉，必要时，可以动用乡农机站的拖拉机强制搞掉。"乡长说。

三儿知道，那片唯一还站着的玉米至今还未成熟，它的品种属于"沈单七号"，生长期比普通品种长十多天，但玉米个儿大籽粒饱满，产量高。

三儿还是去找了那片玉米的主人——一个五十多岁，羸瘦的汉子，佝偻着腰。

三儿一说明来意，老汉眼里便有浑浊的泪涌落下来。

"俺还指望这片玉米给俺娃子定亲哩，这……"汉子为难地垂下了瘦瘦的头。

三儿的心里便酸酸的。三儿也是一个农民，因为稿子写得好，才被乡政府招去当了报道员，和正式干部一样聘用。三儿进了乡政府之后，村里的人突然都对他客气起来。连平日里从不用正眼看他的支书也请他撮了一顿。所以三儿很珍惜自己在乡政府的这个职位。

三儿回到"秋种指挥部"的帐篷时，已是响午了。

三儿一进门就看见乡长正坐在里面，心便剧烈地顿了一顿。

"事情办妥了？"乡长问。

三儿呆呆地望着乡长，

"是那片玉米，搞掉没有？"乡长以为三儿没听明白。

"下午，……下午就刨，我……我已和那户人家见过面了。"三儿都有点儿结巴起来。

乡长狐疑地盯了他一会儿，忽然就笑了。乡长站起来，拍了拍三儿的肩膀说："你是不会拿自己的饭碗当儿戏的，对不对？"

三儿无声地点了点头。

乡长急急地走了。

三儿目送着乡长远去后，就站在帐篷前望着这片葱郁的玉米。

天黑了，那片玉米已变成了一片墨绿。晚风拂过，送来一缕缕迷人的馨香，三儿陶醉在玉米的馨香中，睡熟了。

第二天一大早，乡长和县里的检查团来到这片田地时，远远地，乡长就看到了那片葱郁的玉米在朝阳下越发地蓬勃。乡长害怕地看旁边县长的脸色。县长正出神地望着那片玉米，咂了咂嘴说："好香的玉米呵！"乡长刚长出了一口气，县长就笑着对他说："这片玉米还没成熟，你们没有搞'一刀切'的形式主义，这很好。"乡长心里一块石头落了地，脸上一片灿烂，心想待会儿见了三儿那小子一定表扬他几句。

乡长将县长等领导都让进了帐篷。乡长正想喊三儿沏茶,才发现篷内已经空空如也。

三儿用过的铺盖整整齐齐地折叠在钢丝床上,被子上放着一纸"辞职书"。

乡长急忙跑出帐篷,四处观望,却没有看到一个人影。一阵晨风吹来,空气里溢满了玉米的馨香。乡长吸吸鼻子,眼睛湿润了。

生活是作品的灵魂（代后记）

我写的小小说，题材较广，但无论是什么题材的，都离不开生活基础。尽管有些人物是虚构的、有些故事是虚构的，还有少数作品是科幻的，但它们的灵魂都来自现实生活，只不过经过了多元的、质的变化。把对生活的感悟转变为文学作品，这是我一贯的写作方法。

把生活"制造"成小说，我经常使用的方法有三种：

一是真实地再现生活。在日常生活中，总会有一些故事，它们本身就非常地传奇、生动、感人。我把它们撷取过来，稍加润色，就成了一篇不错的小说。当然，这些故事有亲身经历的，有发生在自己周围的，还有一些是听别人说的。如我的作品《扎西的菜园子》《讨水》《有"短"的女人》等，这些都是在生活中发生过的真实故事。《扎西的菜园子》是在西藏采风时听来的故事，《讨水》则是我小时候的亲身经历，我只是用小说的手法把它们艺术地记录下来，没有费什么心思，小说就写成了。

二是艺术地提炼生活。有些生活素材，不能直接写成小说，但它里面包含着一些值得提炼的东西。对这些东西，我取其精华，弃其糟粕，再加以艺术的升华，一篇小说便诞生了。如《白鸦》《借款记》《初心》等，都是从生活中来，经提炼加工而成的。《借款记》来自我们当地发生的一个真实案子：一个不大不小的贪官把贪来的二百万元钱埋到了老家的院子里，案发后，被人举报，把钱从地下挖了出来。多年之后，这个人出狱了，变得一无所有，但是，他曾经借给过别人的钱，却保留住了……我以此为灵感，创作了这篇小说。小说发表后，先后被《中国当代文学选本》等杂志转载，又获得"2020世界华语微型小说年度奖一等奖"。

三是围绕灵感编故事。我认为"灵感"就是生活对一个人的启迪和点拨，反过来说，就是一个人在瞬间对生活的感悟，它是可遇而不可求的。当我有了灵感时，我先以灵感确定主题，再围绕主题安排人物、故事。我的很多作品都是采用的这种方法，如《宝刀》《关系》《冬夜箴言》等。《冬夜箴言》写的是半夜里，一个独居的老年男子纪然和入室行窃的持刀盗贼在客厅相遇。纪然没有大喊大叫，而是像对待朋友般要和对方"唠唠"，他处处为对方着想，使盗贼逐渐放松下来……最终，纪然为自己化解了一场血光之灾，也使盗贼得到了救赎……而这个主题的灵感，在我的脑海中已经存了很长时间，我的终极目的是要人们无论什么情况下都要保持一颗善良和平和的心，使所有的事情都往好的方向发展，我只是为了诠释这个主题虚构了一个故事。

以上这些都谈不上经验，只是我在写作中体会到的一些雕虫小技，难入行家法眼，恳请众位方家批评指正。

图书在版编目（CIP）数据

具丘山笔记 / 邢庆杰著. -- 北京：中译出版社，2022.3
（第九届（2018—2020）小小说金麻雀奖获奖作家自选集）
ISBN 978-7-5001-6996-3

Ⅰ. ①具… Ⅱ. ①邢… Ⅲ. ①小小说—小说集—中国—当代 Ⅳ. ① I247.82

中国版本图书馆 CIP 数据核字（2022）第 038064 号

具丘山笔记
JUQIUSHAN BIJI

作者：邢庆杰

责任编辑：温晓芳 / 特邀编辑：尹全生 / 文字编辑：宋如月
封面设计：北京锋尚制版有限公司 / 内文排版：北京杰瑞腾达科技发展有限公司

出版发行：中译出版社
地址：北京市西城区新街口外大街 28 号普天德胜大厦主楼 4 层
电话：（010）68002926 / 邮编：100044
电子邮箱：book@ctph.com.cn / 网址：http://www.ctph.com.cn
印刷：北京中科印刷有限公司 / 经销：新华书店

规格：880mm×1230mm　1/32
印张：9.375 / 字数：180 千字
版次：2022 年 4 月第 1 版 / 印次：2022 年 4 月第 1 次
ISBN：978-7-5001-6996-3
定价：42.80 元

版权所有　侵权必究
中译出版社